„Ist nicht das Alltägliche am allerkomischsten?
Warum künstlich etwas erschaffen, was es längst
gibt? Und wenn sie sich einfach das Gegenteil
dessen vornahm, was normalerweise als Komik
gilt? Wie wäre es zum Beispiel mit dem
stinknormalen Buchhalteralltag einer
stinklangweiligen Buchhalterin?"

Klödia? Ein schillernder Star?

Nun ja, Claudia hat sich jedenfalls nie so gefühlt. obwohl das Leben sie, warum auch immer, zur Komikerin gemacht hat. Vom schüchternen Mauerblümchen zum Bühnenwunder aus Versehen – wie es dazu kam, versteht sie selbst kaum. Doch staunend lässt sie sich vom Strom des Geschehens mitreißen, eine Pointe nach der anderen, und genießt die Begegnung mit Dr. Norbi, einem echten Star, der mindestens so berühmt ist wie seine Krawattenauswahl exzentrisch.

Auf ihrem Weg stolpert die langweilige Buchhalterin Claudia über ein Ensemble von Charakteren – Statisten, die gerade lang genug im Scheinwerferlicht stehen, um das Gesamtbild schön unübersichtlich zu halten. Von bissigen Klassenkameraden bis zum Bistrobetreiber an der Straßenbahnhaltestelle, von der dicken Sophie bis zum Blaumann-Bär, von der unermüdlichen Prosafabrikantin Miranisa Shinjan bis zu den Königen – jeder hat eine Rolle in Klödias ganz persönlichem Bühnenstück. Denn wer braucht schon eine Hauptfigur, wenn das wahre Leben doch eine Verkettung von Nebenrollen ist?

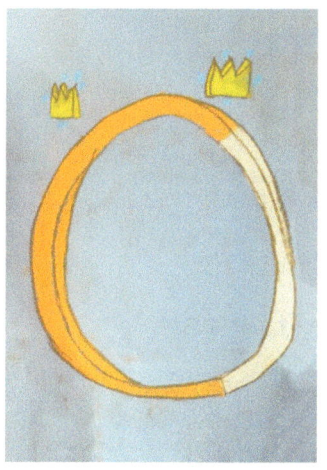

Klödia und die Könige

Erster Band der Umlaut-Trilogie

∘ *Teil 1* ∘

Titel: *Klödia und die Könige*
Autor: *Jasmin Rani Sinha, edition synaisthesis*

ISBN: 978-3-7693-1411-3

Verlag: BoD · Books on Demand GmbH,
In de Tarpen 42, 22848 Norderstedt, bod@bod.de
Druck: Libri Plureos GmbH, Friedensallee 273, 22763 Hamburg

Erstveröffentlichung: *November 2024*

Satz und Lektorat: Jasmin Rani Sinha

In Erinnerung an meine Schwester Indu Rani Sinha

Cover-Gestaltung: Jasmin Rani Sinha
Titelbild: Zeichnung „Ö" von Luzie Gilles
Verwendet mit freundlicher Genehmigung
Illustrationen teilweise generiert mit Unterstützung durch OpenAI
Bildnachweis S. 255: Gustave Courtois: Bildnis der Frau des
Generalkonsuls Kreismann, um 1890. Gemeinfrei (Public Domain),
80 Jahre pma, verfügbar über Wikimedia Commons.
Foto S. 258: privat, August 2024

synaisthesis.books@yahoo.com
www.jasminsinha.com/books/

MIX
Papier aus verantwortungsvollen Quellen
Paper from responsible sources
FSC® C105338

Kapitelübersicht

Die Bananenschale

Nie wieder.

Die Worte dröhnen laut in seinem Kopf, der Widerhall erzeugt ein Echo. Er hält sich mit beiden Händen die Ohren zu. Vergebens. NIE WIEDER!, hallt es von allen Seiten. Vor allem von innen. Schmerzverzerrt verzieht er das Gesicht, doch der Lärm in seinem Kopf will nicht verstummen.

Nie wieder! Nie wieder wird er eine Maschine besteigen!

Er ist auf dem Asphalt zusammengesunken. Er hat sofort begriffen, dass er nichts mehr tun kann. Er ist ein kleines, schmächtiges Kerlchen. Endlich hat er sich durchgerungen, einmal stark zu sein. Den Führerschein gemacht. Die Ducati gekauft. Mit dem Trinken aufgehört. Die Ledermontur hat ihn einen halben Meter größer werden lassen. Das souveräne Aufsteigen auf seine schwere Maschine hat er in seiner Garage geübt, bis es routiniert und selbstverständlich wirkt. Die Blicke der Umwelt sind auf einmal nicht mehr abschätzig, sondern neugierig oder sogar bewundernd. Noch schnell die Banane aufessen, und dann kann es losgehen.

Alles ist still, es ist dunkel, kaum Verkehr auf der Straße. Doch, jetzt kommt einer, er hört den angestrengten Motor eines Autos, das offenbar zu schnell unterwegs ist. Er weiß, wie fünfzig Stundenkilometer zu klingen haben, das hier sind eindeutig mindestens zweiundsiebzig. Er ist gut darin, Geschwindigkeiten allein am Motorengeräusch zu erraten. Da hat er früher immer gegen seinen kleinen

Bruder gewonnen. Auf diesem Teil der Straße fahren immer alle zu schnell. Man sollte unbedingt eine Petition bei der Straßenaufsichtsbehörde einreichen.

Sorgsam schiebt er die Ducati rückwärts aus der Parklücke, doch ein plötzlicher Widerstand erschüttert sie beide. Er bemüht sich mit aller Kraft, die Maschine zu halten, aber sie ist zu schwer für ihn. Er muss sie loslassen und zur Seite springen.

Ein hässliches Geräusch durchdringt die Nacht. Blech schleift auf Asphalt, aber da ist noch etwas anderes, als ob ein dicker Ast bricht. Ein Heulen, als ob eine Eule den Leibhaftigen erblickt habe, dringt durch Mark und Bein. Abrupt verstummt es.

Oh Gott. Warum liegt die alte Frau auf einmal da? Er hat sie doch vorhin noch von weitem gesehen, drüben am Zebrastreifen, ganz weit weg. Sie muss sich in Lichtgeschwindigkeit in seine Richtung katapultiert haben. Das ist doch unmöglich.

Dann entdeckt er die Bananenschale.

Das Rendezvous

Es war wie immer. Sie sah ihn von weitem kommen. Strotzendes Selbstbewusstsein auf zwei Beinen. Federnder Gang. Lässig-sommerlich gekleidet, weißes Leinenhemd, das leicht über der schicken, sandfarbenen Chino flatterte, dazu hellblaue Wildleder-Derbys – knackig. Wäre nicht das leicht gerötete, etwas zu füllige Gesicht mit zwei leicht eingekniffenen, blauen Augen gewesen. Aber die konnte man hinter der spiegelnden Pilotenbrille sowieso nicht sehen.

Er hatte sie erreicht. Auch er hatte sie von weitem ge-sehen. Sie stand mitten auf dem Platz in ihrem langen, är-mellosen Sommerkleid aus sanft fließender Viskose, schwarzgrundig mit großen, bunten Blüten und ein paar Schmetterlingen, der Stoff wehte scheinbar schwerelos in der Sommerbrise. Mit einer ausholenden Armbewegung streckte er seinen linken Arm nach ihr aus und zog sie an sich. Warum immer nur einen Arm? Warum nie beide? Arschloch. Gut, dass ihre dunkle Sonnenbrille ihre ärger-lich blitzenden Augen verbarg.

Nur ungern nahm er sich die Zeit für einen Kaffee, sie merkte es ihm an. Sie hatte darauf gedrängt, die Sommer-sonne noch ein wenig zu genießen und ihn in das Straßen-café gezogen. Beide bestellten einen Aperol Spritz, das hatte mehr Stil als ein Latte Macchiato und passte zum Sommergefühl. Das Gespräch war wie immer: er sprach, sie spielte die beeindruckte Zuhörerin. Er hatte die Typen so richtig eingeseift! Die Angeklagten wollten den Kläger schröpfen und mit einem Knebelvertrag ausnehmen, den – er senkte vertraulich die Stimme – der Kläger eigentlich nie unterschrieben hätte, wenn er auch nur für einen Löffel Aktivhirn besessen hätte. Es war klar, dass sie mit ihrer Klage normalerweise durchkommen würden. Eigentlich hätte er dem Idioten eine Niederlage gegönnt. Der angeklagte Makler tat ihm sogar ein wenig leid, er hatte nichts falsch gemacht. Wer sich so grottendoof ausnutzen lässt, ist doch schließlich selber schuld! Der Kläger hätte den Rechtsstreit besser vermeiden sollen, die Sache war viel zu offensichtlich. Er hatte eigentlich beabsichtigt, wegen des gefährlich niedrigen Intelligenzquotienten auf Seiten der Anklage die Klage abzuschmettern und eine Entscheidung zugunsten der Verteidigung zu treffen. Ist doch egal, wer hier im Recht war; wozu war er schließlich Richter, schließlich verdiente er sich so seine Luxusbrötchen, wenn sie verstand, was er meine.

Aber man stelle sich das mal vor! Da erscheint drei Tage vor der Hauptverhandlung die Verteidigerin des Maklers in seinem Arbeitszimmer und hatte ihren obersten Blusenknopf in eindeutiger Manier geöffnet, sie hatte ihm einen Schlafzimmerblick zugeworfen und sich erkundigt, ob sie eventuell den Fall gütlich regeln könnten. Was bildete die sich ein! Nicht mit ihm! Sie kannte ihn und seinen Ruf wohl nicht, sonst wäre sie niemals auf die Idee gekommen, ihm einen derart dreisten Vorschlag zu unterbreiten. Denn was sollte er bitte mit einer so unattraktiven Schnepfe mit spitzer Stimme, der er nur mit angelegten Ohren zuhören konnte?

„Und wie geht es dir?" Die Frage kam doch noch. Die Gläser waren leer, sie antwortete entsprechend knapp.

„Jetzt gut, es war ein bisschen stressig letzte Woche."

Die Bedienung kassierte ab, er dirigierte sie eilig in Richtung des Vier-Sterne-Hotels auf der anderen Seite des

Platzes, dessen Barockfassade sie die ganze Zeit vor Augen gehabt hatte. Sie wusste, dass er für Schwingungen aller Art unempfänglich war; es fiel ihr leicht, ihm etwas vorzumachen. Sie war innerlich stocksauer über seine deplatzierte Galanterie, wovon er nichts mitbekam, weil er in Gedanken längst wieder mit sich selbst beschäftigt war. Aber sie ließ sich weiterhin nichts anmerken, sondern saugte gespielt interessiert jedes Wort seiner langweiligen Geschichten auf.

Er war sehr zufrieden mit sich. Solange er im Mittelpunkt stand, war sein Ego befriedigt. Die kleine Tusse, die so bewundernd zu ihm aufblickte, war ein echter Leckerbissen und bot eine willkommene Abwechslung zu den üblichen Blondinen. Sie war maximal zwanzig Jahre alt, das tat ihm mal gut zwischendurch, obwohl er eigentlich mehr auf die Erfahreneren stand. Er konnte sie alle haben, früher oder später wollten sie alle auf seinen Beifahrersitz.

Stolz hatte er ihr berichtet, was er Geniales organisiert hatte. Da er nicht mit ihr zusammen in seiner Heimatstadt gesehen werden wollte („Das wäre schlecht für meine Reputation, immerhin bist du meine Praktikantin, denk nur an die Monica"), hatte er dafür gesorgt, dass sie sich andernorts vergnügen könnten. Keine Sorge, er würde sie nicht in ein schmuddeliges Stundenhotel entführen. Das ging deutlich eleganter: er hatte in einem Luxushotel ein Tageszimmer gebucht.

„Die großen, noblen Hotelketten machen das heutzutage alle! Sie reden nur nicht drüber, schließlich muss der Neuankömmling nicht wissen, dass in seinem Bett eben noch lustige Dinge getrieben wurden."

Nein, kein Problem, keine Namen. Sie würden beide keinerlei Identitätsspuren hinterlassen. Über einen spezialisierten Online-Anbieter hatte er sich mit einer anonymen E-Mail-Adresse und einem Prepaid-Handy bei der Hotelrezeption angemeldet. Es komme keine Kreditkarte zum Einsatz, und die Rechnung würde in bar bezahlt werden. Er würde vorausgehen und an der Rezeption läge eine Zimmerkarte für seine „Tochter" bereit.

Als sie das Hotelfoyer betrat, kam ein livrierter Rezeptionist diskret, aber zielstrebig auf sie zu. In der Hand hielt er einen eleganten Briefumschlag, auf dem groß das Hotellogo prangte, und wies, während er beflissen „Für das Fräulein Tochter, bitte dort entlang" sagte, in Richtung der Aufzüge. Im Umschlag war eine Zimmerkarte für das Zimmer 708. Sie fuhr in den siebten Stock. Die Zimmerkarte öffnete die Tür lautlos, sie trat ein und blieb in der Tür stehen. Leise erklang klassische Klaviermusik im Raum. Sie konnte einen Beistelltisch erkennen, auf dem ein Champagnerkübel mit vielen roten Rosen stand. Zwei Kristallgläser, gefüllt mit einer hellgoldenen, perlenden Flüssigkeit, standen neben dem Kübel. Die Vorhänge waren zur Hälfte zugezogen und versetzten den Raum in eine leichte Dämmerung, die durch den Schein einer Kerze gerade so erhellt wurde, dass keine Deckenbeleuchtung nötig war. Er hatte wirklich an alles gedacht.

Er saß im Sessel neben dem Tischchen. Als sie eintrat, wurden seine Augen weich und sein Blick verlangend.

„Meine Schöne", flüsterte er, „komm zu mir!"

Sie näherte sich langsam, nahm den Raum in sich auf, die sanften Farben, die beruhigende Musik und den betörenden Duft der Rosen. Er duftete ebenfalls; sie konnte es deutlich riechen, als er aufstand und einladend auf sie zutrat. Sein Herrenparfüm war maskulin und sinnlich, aber nicht aufdringlich, ausgewogene Noten von Sandelholz,

Vanille und Zedernholz bildeten ein perfektes Gleichgewicht. Er schien die kleine Ewigkeit förmlich zu zelebrieren, bis sie endlich den kleinen Tisch erreicht hatte und ihm dicht gegenüberstand.

Vorsichtig, fast scheu legte er einen Arm um sie und strich ihr mit der freien Hand die Haare aus dem Gesicht, bevor er auch den zweiten Arm um sie legte. Ihr Herz schlug bis zum Hals; sie wollte es, aber sie spürte auch, wie etwas in ihr „Vorsicht!" rief. Er fühlte ihre leichte Anspannung und ließ sich sehr viel Zeit. Seine Hand erforschte ihr Gesicht, strich über ihre Lippen, ihre Augen, ihre Ohren, dann über den Hals zur Schulter. Langsam öffnete er einen der Knöpfe ihres Kleides und glitt mit der Hand unter den Stoff, auf die Schulter. Noch langsamer glitt sie tiefer, während er nach und nach weitere Knöpfe öffnete. Als seine Hand ihren Nippel streifte, durchfuhr sie ein heißer Schauer, und ihre Knie wurden weich. Seine Hand fühlte sich heiß an, so heiß, dass sie eigentlich Brandmale hinterlassen müsste.

Ihre Vernunft, die ihr eben noch „Vorsicht!" zugerufen hatte, löste sich in glückselige Trunkenheit auf. Längst hatte auch sie ihre Arme um ihn geschlungen, auch ihre Hände streichelten alles, was sie erreichen konnten. Sie vergaß, wo sie war, sie vergaß die Zeit, den Ort, sogar seinen Namen, sie ging ganz in den Düften und Empfindungen auf, die sie umgaben. War es der Rosenduft, der sie berührte? Das war nicht mehr zu unterscheiden, und es spielte auch keine Rolle mehr.

Das Kleid war längst von ihren Schultern geglitten, ebenso der spitzenbesetzte BH, und sie hatte es gar nicht richtig mitbekommen, sondern sich ganz dem süßen Gefühl der Erregung hingegeben. Auch seine Kleider waren inzwischen über den Boden verstreut. Immer noch standen sie dicht aneinandergepresst, sie hielten einander fest in den Armen, die Champagnergläser blieben unangetastet, sie hatten Anderes zum Schmecken, sie tranken einander.

Umschlungen taumelten sie die wenigen Schritte zu dem mit weinrotem Samtbrokat bedeckten hohen Bett und fielen synchron auf die Tagesdecke. Sie war weich und samtig, sie war einladend und gab unter ihren verschlungenen Bewegungen sanft nach. Eine Zudecke benötigten sie nicht, es war heiß, sehr heiß. Erschöpft mussten sie voneinander ablassen, doch sie blieben ganz dicht aneinandergeklebt liegen. Er sah sie liebevoll an und flüsterte: „Danke! Du Wunderbare!"

Dann schloss er die Augen. Er atmete den Duft ihrer Haare und spürte sich in ihre Formen hinein, die so perfekt an die seinen passten. Nicht einmal ein Blatt Seidenpapier hätte zwischen Haut und Haut gepasst. So lagen sie lange Zeit, keiner von beiden konnte sagen, wie lange.

„Wann sehen wir uns wieder, meine Wunderbare?"

Dies waren seine letzten Worte, bevor die Realität sie beide in den Sommertag zurückholte und sie sich vor der wunderschönen Barockfassade des Luxushotels zum Abschied lang und innig küssten.

Moment.

Es wäre wirklich sehr, sehr schön gewesen, wenn es sich genauso zugetragen hätte. Eine ausgefeilte Liebesszene, mit raffiniertem Sex, genüsslich ausgebreitet über mehrere Buchseiten, mit noch viel mehr prickelnden Details. Aber die Realität gibt diese Szene leider nicht her. In Wirklichkeit lief es ganz anders.

Als sie die Tür öffnete, stand er schon da und wartete auf sie. Die fünf Minuten Vorsprung hatte er dazu genutzt, sich komplett auszuziehen. Sie musste zugeben, dass er nicht schlecht aussah. Muskulös, ein nur ganz minimaler Ansatz eines Bauches, und noch halbwegs volle Haare. Und Stehvermögen, ganz offensichtlich. Er fackelte nicht lang, zog sie, trotz seines Abstandhalters, eng an sich und begann sie schnell und wild auf Hals und Nacken zu küssen, während er gleichzeitig wenig geduldig an ihrem Kleid und danach an ihrer Unterwäsche herumzerrte.

Das hatte sie sich früher immer deutlich romantischer vorgestellt; in den kitschigen Frauenromanen, die sie bei ihrer Mutter auf dem Nachttisch gefunden hatte, waren die männlichen Helden immer aufmerksame und zärtliche Liebhaber. Doch dieses Exemplar hier hatte offensichtlich keinen einzigen davon gelesen. Skrupel wegen seiner Ehefrau hatte sie nicht, das war schließlich sein Problem. Aber dauerte es wirklich nur zwei Minuten, bis sie beide im Bett landeten? Und maximal zwei weitere, bis er genug hatte?

Sie war nicht sehr erfahren, sie war noch sehr jung, sie hatte erst einen einzigen Bettgenossen gehabt, und das war seit ein paar Monaten vorbei. Aber jetzt sie musste an ihren Exfreund denken. Er war aus der Parallelkasse. Sie waren zweieinhalb Jahre (immerhin!) zusammen gewesen, und gemeinsam hatten sie ihr erstes Mal erlebt. Sie war erst fünfzehn, als sie zusammenkamen, er war viel älter als sie, sechzehn und zwei Monate. Es war schön gewesen, weil sie beide vorsichtig miteinander umgegangen waren und sich genug Zeit gelassen hatten, sich zu erkunden, einander auszuprobieren, neugierig zu werden und erst dann miteinander zu schlafen, anstatt zack-zack zur

Sache zu kommen und anschließend zu schauen, mit wem eigentlich. Der Sex wurde immer besser und verlor nach und nach alles Schüchterne. Sie fanden beide immer mehr Gefallen daran und wurden zunehmend erfinderischer. Die Aufklärungsseiten aus der BRAVO benötigten sie längst nicht mehr. Insgesamt hatten sie eine schöne, intensive Zeit erlebt.

Bei ihrem Exfreund ging die Begeisterung leider so weit, dass er auch mit Angelika und Sybille schlief. Als sie dahinterkam, gab sie ihm wutentbrannt den Laufpass und wollte nie wieder etwas mit ihm zu tun haben, auch nicht, als er reumütig zurückkam, denn auch, wenn er mit Angelika Spaß gehabt hatte, sie war eben nicht die Eine. Sybille sowieso nicht, die war eigentlich zu plump, das war nur ein dummer Ausrutscher, der nie wieder vorkommen würde. Die Einzige, die er wolle und begehre, sei sie. Aber sie war in ihrer Ehre zu tief verletzt, um sich einzugestehen, dass auch sie ihn am liebsten zurückwollte, und erklärte ihm, dass er begrabene Sehnsüchte nicht so einfach reanimieren könne, und Tschüss.

Ihr Romanantiheld dagegen ging sehr direkt zur Sache und war auch entsprechend schnell fertig. Befriedigt aufschnaubend drehte er sich auf den Rücken und streckte wohlig alle Glieder aus.

„Baby, das müssen wir bald wiederholen," murmelte er schläfrig, „wir machen nachher den nächsten Termin aus."

Und schon fielen ihm die Augen zu. Nach ungefähr fünfzehn Minuten, während denen er hörbar entspannt geschnarcht und sie erfolgreich masturbiert hatte, um auch ein wenig Spaß zu haben, wachte er mit einem Ruck wieder auf, drehte sich gut gelaunt zu ihr und fragte: „Hey, ich war richtig gut, oder was?"

Hatte er den Satz aus einem Film geklaut? Gab es ernsthaft Typen, die so etwas sagten? Sie hatte das für Fiktion gehalten. Er grinste sie an. Sie log die erste Hälfte ihrer Antwort:

„Ja, ganz toll. Irre männlich, wie im Roman." Die zweite Hälfte stammte wortwörtlich aus einem seichten Frauenroman, den sie vor ein paar Monaten gelangweilt zur Seite gelegt hatte. Für ihre Ironie war er jedoch unempfänglich. Er blickte auf seine teure Armbanduhr, die er als einziges Kleidungsstück nicht abgelegt hatte.

„Wir haben noch zehn Minuten, danach kostet es Aufpreis."

Sie verstand. Sie beeilte sich. Sie huschte blitzschnell ins Bad und zog sich wieder an. Fünfeinhalb Minuten. Drei weitere Minuten später verließ sie zügigen Schrittes das Hotelfoyer durch die elegante Drehtür, ohne nach rechts oder links zu schauen, während er gerade noch pünktlich die Zimmerkarten an der Rezeption abgab und die Rechnung beglich, in bar.

„Nein, ein Rechnungsdurchschlag ist nicht nötig, machen Sie sich keine Mühe." Nein, keine Minibar, das war nicht nötig gewesen, sein Sahneschnittchen hatte völlig ausgereicht. Er zwinkerte dem livrierten Rezeptionisten jovial zu, der professionell zurücklächelte und sich wieder seinem Registrierbuch zuwandte.

Heute hatten sie ihr drittes Rendezvous gehabt. Er hatte das Tageszimmer in demselben diskreten Luxushotel gebucht, welches „das Fräulein Tochter" inzwischen ganz gut kannte. Aber An- und Abreise erfolgten stets getrennt. Bei ihrem ersten Treffen hatte er ihr erklärt, dass sie auf keinen Fall zusammen gesehen werden durften, daher könne sie leider nicht mit ihm im Auto nach Hause zurück fahren. So hatte sie gleich nach dem ersten nach dem ersten Rendezvous die nahgelegene U-Bahn-Station kennengelernt. Beim zweiten Treffen hatte sie sich Bahnsteig und Gleise genau angesehen.

Heute, beim dritten Treffen, wusste sie Bescheid. Wie immer würde sie mit dem Zug allein nach Hause fahren. Natürlich würde er sie zur U-Bahn begleiten. Romantik pur. Auch dieses Mal ging sie nach dem Verlassen des Hotels geradewegs in Richtung U-Bahnstation, und richtig, er folgte ihr und holte sie ein, als sie gerade die U-Bahnstation betreten wollte. Er begleitete sie, als der formvollendete Gentleman, der er gerne wäre, bis zum Gleis. Er würde aber nicht mit einsteigen, sein eleganter Flitzer wartete in der Nähe auf ihn: in der Tiefgarage der Barockfassade. Stand das auch so in den Romanen?

Zum Abschied sorgte sie dafür, dass er sie noch einmal so richtig romantisch in den Arm nehmen und ihr vor den Augen aller einen tiefen Abschiedskuss geben musste. Sie hatte beide Arme um seinen Nacken geschlungen und hing mit ihrem ganzen Gewicht an ihm. Zwar war sie nicht annähernd übergewichtig, aber ein zartes Gewächs war sie auch nicht gerade. Fünfundsechzig Kilogramm sind ein Wort, insbesondere, wenn sie Form und Verhalten eines Sandsackes annehmen. Er konnte sein Gleichgewicht nur mit Mühe halten.

Sie hatte ihn zum äußersten Ende des Bahngleises gezogen, wo keine anderen Menschen waren. Das hatte sie in *House of Cards* gesehen, Kevin Spacey war auch an das entlegenste Ende des Gleises gegangen, halb verborgen hinter irgendwelchen Säulen oder Wänden, bevor er sich dieser aufdringlichen und leider schlauen Journalistin, Zoe Barnes, entledigte. In ihrer unmittelbaren Nähe befand sich niemand, der nächste Zugang, wo andere Fahrgäste warteten, war über zehn Meter entfernt. Sie konnte die Überwachungskamera sehen, die über ihren Köpfen hing und den Bahnsteig filmte. Normalerweise dürften sie nicht erfasst werden, es sei denn, die Kamera wäre mit einer Fisheye-Linse ausgestattet. Aber dieses Risiko musste sie eingehen. Sie hatte ihn so weit unter die Kamera gezogen, wie es ging, aber ein Restrisikowinkel blieb.

Egal. Und dann hing sie an seinem Hals, küsste ihn und führte einen Tanz der sieben Schleier auf, bei dem sie ihren Oberkörper an seinem rieb, während sie gleichzeitig als Sandsack seine Bewegungsfreiheit stark einschränkte. Instinktiv hielt er sie fest, weil sie drohte, abzurutschen und zu fallen. Mit dem Gefühl einer Umarmung hatte das nichts zu tun.

Sie war unsicher gewesen, ob dieser Teil des Planes aufgehen würde, aber am Schlüsselbund in seiner Hosentasche konnte sie merken, dass er sogar besser funktionierte als gedacht. Er war tatsächlich erregt, obwohl er – mieser Schauspieler! – ihr kurz vorher noch vorgegaukelt hatte, dass er die Abschiedsszene genoss, während er sie in Wirklichkeit möglichst schnell hinter sich bringen wollte. Das bisschen Erregung jetzt nahm er aber dann doch mit. Mit ihren Händen begann sie, sein Haar zu zerwühlen. Nicht zu wild, um kein Aufsehen zu erregen, aber genug, um ihm die Sicht zu versperren. Und er hatte keine Hände frei, er musste sie festhalten, denn sie hatte keinen Halt.

Die wenigen anderen Wartenden in der Nähe glaubten begriffen zu haben, was da lief. Entweder waren sie genervt oder diskret, jedenfalls sahen sie demonstrativ in eine andere Richtung oder vertieften sich in ihre Handys, Bücher oder Zeitungen. Miranisa Shinjan hatte wenige Tage zuvor ihren dritten Roman veröffentlicht, *Ö – Die*

Königsspötter, der ebenso wie die ersten beiden im Handumdrehen zum Bestseller wurde. Am Bahnsteig waren mindestens vier Personen in die neueste Hardcover-Ausgabe der *Königsspötter* vertieft, 1.8 Kilogramm, sechshundertzweiunddreißig Seiten.

Sie küsste ihn immer weiter und scherte sich nicht darum, dass er nur lauwarm bis gar nicht zurückküsste. Er bemerkte auch nicht, dass sie dem Gleisbett gefährlich nah gekommen waren.

Eine Durchsage kündigte die Einfahrt der nächsten U-Bahn an. Die U6 würde gleich ankommen. Sie reckte sich in die Höhe, um ihm noch näher zu sein. So sah es jedenfalls aus. Um hochzukommen, nahm sie Schwung auf und schwang ihr rechtes Bein gezielt so in die Höhe, dass sie „ganz zufällig" und „völlig unglücklich" mit dem Knie voll zwischen seine Beine traf. Er stöhnte laut auf, krümmte sich vor Schmerzen und ging in die Knie, mit dem Rücken zum Gleis. Sie tat so, als wolle sie ihm wieder aufhelfen und schob ihre Arme unter seine Achseln. Sie ließ ihn nicht aus ihrem Klammergriff und schob sachte nach. Da er vom Schmerz benommen und schwindlig war, bemerkte er ihre Absicht zu spät.

Sie hatte in Gedanken alles tausendmal durchgespielt, aber hier und jetzt hatte sie genau einen Versuch. Er durfte sich auf keinen Fall wiederaufrichten. Wenn sie es schaffte, ihn daran zu hindern, wäre sie am Ziel. Falls nicht, dann würde sie einfach einen Krampfanfall vortäuschen und ihn mit sich zu Boden reißen.

Sie hatte sich schlau gemacht. Für einen Krampfanfall musste man nicht zwangsläufig an Epilepsie leiden. Unterzuckerung tat es auch. Sie wusste, welche Symptome sie im Falle eines Falles vortäuschen musste. Mit bebenden Lippen würde sie sich dafür bedanken, dass er ihr das

Leben gerettet habe, indem er sie festgehalten habe, und sie würde ihm das Geheimnis anvertrauen, dass sie an „Zuständen" litt, die sie ab und an handlungsunfähig machten und ihm schlimmsten Fall in einem epileptischen Anfall gipfeln konnten. Und sie würde es einfach beim nächsten Rendezvous versuchen.

Das erübrigte sich jedoch. Er kämpfte noch um sein Gleichgewicht, aber sein Schwerpunkt war im Oberkörper gefangen, er hatte nicht genug Hebelkraft, um sich mit Sandsack am Hals aufzurichten. Ein ganz leichter Stoß nach vorne, und er taumelte und fiel rückwärts auf die Gleise. Sie hatte ihn rechtzeitig losgelassen und brach sofort in entsetztes Hilfegeschrei aus. Das konnte sie richtig gut! Es klang sehr überzeugend.

Der U-Bahn-Fahrer hatte keine Chance; er konnte den Fallenden nur als Schatten erahnen, als er aus der leichten Kurve aus dem Tunnel in den U-Bahnhof einfuhr. Das Geräusch allerdings war eindeutig, er wusste, was geschehen war. Alle Hilfe kam zu spät. An diesem Tag kam es zu stundenlangen U-Bahn-Ausfällen und Verspätungen.

Kurz bevor er fiel, fragte er sich, ob er richtig gehört hatte. Hatte sie wirklich „Das ist für Klödia!" gesagt?

Die Witwe

Mit Lichtgeschwindigkeit erreicht die Meldung die lokalen Medien und das Internet und verbreitet sich wie ein Buschfeuer. Bereits in den 17-Uhr-Nachrichten verliest der Sprecher von Antenne 13-Süd die tragische Meldung.

> *„Am U-Bahnhof Gardinenstraße ist ein Mann*
> *unter eine U-Bahn der Linie U6 in Richtung*
> *Bertelsheimer Höhe geraten. Um 16.23 Uhr ging*
> *bei der örtlichen Feuerwehr der Alarm ein. Nach*
> *Angaben des Lagedienstes konnte der Mann nur*
> *noch tot geborgen werden. Seine Identität konnte*
> *bislang nicht geklärt werden. Die Ursache des*
> *Unfalls ist unklar."*

Zu diesem Zeitpunkt war die Meldung längst auf Facebook, Twitter und Insta, begleitet von Spekulationen, um wen es sich handelte. Wenig später war die Identität geklärt.

Für die Polizei war der Fall klar. Er hatte, von Lust übermannt, nicht aufgepasst und war leider zu nah an das Gleis gekommen. Ein tragischer Unglücksfall. Seine junge Freundin war zitternd zu Boden gesunken, sie war kreidebleich und wurde von einem Weinkrampf geschüttelt, sie konnte sich nicht mehr auf den Beinen halten.

„Es ist meine Schuld...", stammelte sie wieder und wieder. Eine resolute Rentnerin, die ebenfalls auf die U-Bahn gewartet hatte, kümmerte sich um die junge Frau.

„Kindchen, beruhigen Sie sich, ich bin da, nein, das war nicht Ihre Schuld, Sie können nichts dafür, sind Sie auch nicht verletzt? Nein, Sie können nichts mehr für Ihren Vater tun; soll ich mit ins Krankenhaus kommen? Kann ich etwas für Sie tun, soll ich Ihre Mutter anrufen?"

Ihr altersbedingt schwaches Sehvermögen hatte sie glauben lassen, Zeugin einer unschuldigen Abschiedsumarmung zwischen Vater und Tochter zu werden. Die „Tochter" befand sich in einem Schockzustand und war vorerst nicht vernehmungsfähig. Sie musste, geschüttelt von Krämpfen und pausenlosem Weinen, für eine Nacht in ein Krankenhaus aufgenommen und in einen medikamentös herbeigeführten, komaähnlichen Schlaf versetzt werden, um so schnell wie möglich für Vernehmungen zur Verfügung stehen. Auch wenn sie durch ihre sexuelle Ablenkung eine schlechte Augenzeugin war: sie war die einzige.

Niemand sonst hatte etwas mitbekommen; Miranisa Shinjans neuer Bestseller und mehrere hundert Schlaufone waren schuld. Dazu kam die offensichtliche Angst der jungen Frau, dass die Affäre aufflöge; sie war sichtlich am Boden zerstört.

Ebenfalls am Boden zerstört war seine Ehefrau, die er erst vor drei Monaten geehelicht hatte. Eine Traumhochzeit war es gewesen. Ganz so, wie es im Märchenbuche steht. Mit offener Kutsche und weißen Pferden. Sie hatte hinreißend ausgesehen in ihrer bodenlangen, weißen Robe, die ihr Schneider einem Modell von Givenchy nachempfunden hatte. Ihr zukünftiger Ehemann war großzügig, doch beim Preis des Originals hatte selbst er ein schmerzhaftes Zucken verspürt. Notgedrungen hatte sie sich auf den Kompromiss eingelassen, dass der nicht gerade untalentierte Schneider seiner Maßanzüge sich auch um das wichtigste Kleid ihres Lebens kümmern sollte.

Der Schneider beruhigte ihn, nein, keine Sorge, es würde bezahlbar werden, schließlich handele es sich um Size Zero. Nicht viel Stoff nötig. Inzwischen hatte der Schneider gefühlte Millionen Fotos von Promihochzeiten gesichtet. Wie wäre es mit dem Modell von Kim Kardashian, welches das Gesäß wie bei einer Meerjungfrau betont? Mit langer Schleppe? An so einem Tag benötige sie sowieso viel Sitzfleisch, er habe eine Idee, wie er das Gesäß mit einem maßangefertigten herzförmigen Sitzkissen, das unter dem Rock unauffällig und ganz natürlich aufgenäht wäre, aufpolstern würde. Mit einem Überzug aus weißem Satin.

„Überraschungen sind doch das Schönste, nicht wahr?", grinste der Schneider. Das Oberteil, empfahl er, sollte enganliegend und hochgeschlossen sein. Und mit ganz viel Spitze überzogen, so dass alle raten würden, was darunter sei. Er würde ihr empfehlen, die Schleppe etwas zu kürzen, so dass maximal sechs Kinder nötig wären, um sie ihr hinterherzutragen. Kinder? Was für Kinder? Egal, da sollte sich der Hochzeitsplaner kümmern, der bekam schließlich genug Geld für seine Dienste.

Als pränuptiale Aufmerksamkeit hatte sie sich von ihrem Zukünftigen Extensions gewünscht, die an den Spitzen im selben Hellblau wie seine Augen und der Stoff seines Hemdes glänzten. Man soll am Hochzeitstag ja etwas Blaues tragen.

Ihr Bräutigam sah auch gar nicht schlecht aus. Unter seinem Slim-Fit-Sakko mit passender Hose, natürlich maßgeschneidert, aus einem seidig schimmernden Wollstoff in edlem Mittelgrau, trug er ein sehr helles blaues Hemd, das exakt mit der Farbe seiner Augen harmonierte.

Und glücklicherweise hatte sie ihn rechtzeitig vor dem Akt davon überzeugt, dass seine Frisur keinen Stil hatte.

Zu kalt war sie, zu fantasielos. Er hatte etwas gegen Aufwände und war stolz darauf, dass er, anders als andere Männer, kein großes Tamtam veranstaltete. Sein Frisör lag auf dem Weg zur Arbeit. Einmal die Woche für zehn Minuten anhalten, einen Espresso Macchiato abgreifen, während der Friseur mit seinem Rasierer über die raspelkurzen Stoppeln glitt. Ein Monatsabonnement für fünfundzwanzig Euro siebzig, da konnte man nicht meckern.

Doch rechtzeitig vor der Hochzeit hatte er auf ihren drängenden Wunsch hin begonnen, das Haupthaar zu einer Länge von sieben Zentimetern sprießen zu lassen. Seine Gattin in spe zeigte ihm, wie er seine neuen Wellen mit ein bisschen Haargel stylisch in Form bringen konnte, ohne dass es Stunden an Aufwand erforderte. Sie trat einen Schritt zurück, kniff prüfend die Augen zusammen und war zufrieden. Ja, so würde er genug hermachen auf den Hochglanzhochzeitsfotos, für die selbstverständlich ein Profi angeheuert würde.

Die Trauung war wie im Märchen. Die Fotos würden spektakulär werden! Sie hatte einen wunderschönen Blumenstrauß aus vielen blauen Hortensien und ganz wenigen rosafarbenen Rosen. Am Ringfinger ihrer linken Hand glänzte sein Hochzeitsgeschenk, ein dicker Aquamarin.

Die Brautjungfern waren in himmelblaue Seide gekleidet. Und es gab ein paar entzückende Kinder, die aus silbernen Körbchen himmelblaue Blütenblätter streuten und gerade zusammengetrieben wurden, um die Schleppe zu tragen. Sie kannte sie nicht, sie mussten also aus seiner Sippe oder seinem Freundeskreis stammen. Egal. Mit den Rotzlöffeln würde sie sich im weiteren Verlauf des Tages nicht weiter abgeben.

„Wer sind denn diese Kinder?", fragte er sie plötzlich.

„Ja, keine Ahnung, die sind doch von dir ... äh, aus deiner Familie?" Sie sah ihn erstaunt an. Beide blickten zum Hochzeitsplaner, der neben ihnen stand.

„Oh, die Kinder?" Er winkte vergnügt. „Sind sie nicht allerliebst?" Das waren sie. Drei Jungen und drei Mädchen, nicht älter als sechs Jahre, alle in zauberhafte Feiertagsgewänder gekleidet, alle in Hellblau, alle sechs hellblond, so wie Braut und Bräutigam.

„Das sind meine Mietkinder. Sie arbeiten nicht das erste Mal für mich." Der Hochzeitsplaner strahlte. Mietkinder? Dem Bräutigam grub sich eine leichte Falte auf die Stirn.

„Es sind arme Waisenkinder, die nie als Blumenkinder auf eine Hochzeit eingeladen werden, weil sie keine Familie haben. Sie wohnen nicht weit von hier, im Waisenhaus zwei Orte weiter." Frohlockend gab der Hochzeitsplaner sein Geheimnis preis. „Ich kenne die Direktorin gut. Bei entsprechenden Anlässen leihe ich bei ihr immer ein paar passende Kinder aus. Ist das nicht wunderbar?"

Die Braut konnte ihm nur beipflichten. Ihre Augen begannen zu leuchten. Der Bräutigam sah skeptisch drein.

„Ich suche immer die richtigen aus. Für Ihren großen Tag heute musste es zu Hellblau und zu Ihnen beiden und Ihrem Outfit passen." In der Tat. Man hätte die sechs Blondschöpfe glatt für seine Sprösslinge halten können. Nicht ihre – nach sechs Geburten hätte sie niemals in ihr Brautkleid gepasst.

„Die Kinderchen erleben die Feier ihres Lebens und dürfen die Kleidchen behalten. Ich sage Ihnen, die Kleinen reißen sich darum, wenn ich wieder anfrage! Die träumen von Prinzessinnen wie Ihnen!"

Ja, das war in der Tat eine gute Idee! Sie war beeindruckt.

„Und wie Sie sich sicherlich vorstellen können, sind die öffentlichen Mittel für solche Einrichtungen immer viel zu knapp. Da verdienen die sich gerne etwas dazu." Der Hochzeitsplaner strahlte immer noch, er schien ehrlich gerührt über sein soziales Engagement.

Auch der Braut wurde warm ums Herz. Wie schön! Da tat sie an ihrem Ehrentag auch etwas Barmherziges. Das musste sie gleich nächste Woche ihren Freundinnen im Nagelstudio erzählen. Es war wahrlich schön, sein Glück mit weniger Begünstigten teilen zu dürfen! Der Bräutigam war in seiner Begeisterung etwas verhaltener, doch er sah ein, dass dies ein für alle Seiten gewinnbringendes Geschäftsmodell war. Auch verstand er jetzt endlich, was der nicht unerhebliche Posten „Blumenkinder" auf der Rechnung bedeutete. Vermutlich war den Kindern nicht einmal ansatzweise bewusst, welches Glück sie hatten, nicht diese beiden als Eltern zu haben.

Und jetzt war der ganze Aufwand umsonst gewesen. Nicht, dass sie ihn groß vermisste. Sie machte sich jedoch ernsthaft Sorgen, wie es ihr weiter ergehen würde. Das neue Leben hatte sich überaus bequem angelassen. Sie hatten Spaß im Bett, und er ließ ihr alle Freiheiten mit der goldenen Kreditkarte. So teuer war das auch nicht, schließlich bekam sie als Premiumkundin bei Louis Vuitton Rabatt. Aber wer war denn alles erbberechtigt? Die Witwe kannte seine Familie noch nicht gut, diese hatte nämlich keine Lust darauf gehabt, sie näher kennenzulernen, was durchaus auf Gegenseitigkeit beruhte, und sie hatte keinen Überblick, wen es da alles gab. Kinder hatte er keine, soweit sie wusste, aber was war mit Eltern und Geschwistern und deren Kindern?

Die Sorge war unbegründet. Die Schwägerin ihrer besten Freundin war rein zufällig eine bekannte Familien-

und Scheidungsanwältin. Ihre Kanzlei namens AGRESSUM war in gewissen Kreisen wohlbekannt und gut gebucht.

Der Name konnte durchaus als Programm verstanden werden. In weiser Voraussicht hatte die Freundin, ohne dazu aufgefordert worden zu sein, ihre Schwägerin gebeten, die junge Witwe einmal unverbindlich anzurufen und ihr eine Beratung anzubieten. Gesagt, getan, wenn die Rechnungshöhe kein Thema ist.

Die AGRESSUM-Anwältin half der jungen Witwe als erstes dabei, einen Antrag auf Witwenrente zu stellen. Zwar war die Witwe deutlich unter dem nötigen Alter für den Bezug der großen Witwenrente, sie waren erst drei Monate verheiratet gewesen, normalerweise hätte sie noch keinen Anspruch gehabt, aber mithilfe des Unfalls konnte die Anwältin erfolgreich geltend machen, dass ganz offensichtlich keine Versorgungsehe vorgelegen habe und der Ausnahmefall eingetreten sei.

Wie sich herausstellte, hatte er kein Testament verfasst, was bei einem Juristen eigentlich verwundern musste. Nur ein halbfertiger Entwurf fand sich in seinem Schreibtisch. Darin war, allerdings ohne explizite Namensnennung, „seine Ehefrau" als Alleinerbin eingesetzt. Das Testament war nicht datiert, es war handschriftlich verfasst, aber noch nicht unterschrieben und erfüllte daher nicht die formalen Kriterien, um vor Gericht akzeptiert zu werden. Vielleicht war es gar nicht für diese Ehefrau gedacht... Gleiches galt für den Ehevertrag. Dieser war zwar in Arbeit, aber ebenfalls noch nicht unterzeichnet.

Und so machte die junge Witwe den Schnitt ihres Lebens. Anstelle als Sekretärin irgendwelchen Lackaffen mit Krawatte morgens den Kaffee auf den Schreibtisch zu stellen, um eine enge Zweizimmerwohnung in der Vorstadt zu finanzieren, erbte sie die gesetzlich vorgeschriebene Quote: fünfundsiebzig Prozent aus dem sage und schreibe fast siebenstelligen Nachlass des gutsituierten Richters. Bei aller Beschränktheit war der jungen Witwe klar, dass, wenn sie es schlau anstellte, sie nie wieder arbeiten müsste.

Da war auch der edle Zweisitzer. Sie beglückwünschte sich nachträglich, dass sie ihm erfolgreich in den Ohren gelegen hatte, wie gerne auch sie einen so schnuckeligen, kleinen Flitzer haben würde. Als Hochzeitsgeschenk hatte er ihr daraufhin seinen Zweisitzer überschrieben, unter der allerdings nur mündlichen Auflage, weiterhin selbst damit fahren zu dürfen. Außerdem hatte sie wertvollen Schmuck zur Hochzeit geschenkt bekommen, im mittleren fünfstelligen Bereich. Schneller als ein in die Luft fliegender Champagnerkorken, eröffnete sie ein Konto bei einer Schweizer Privatbank und verschob den Schmuck in ihr neues Bankschließfach, welches allein auf ihren Namen lief.

Manchmal musste frau eben zackig handeln.

Am Tag der Beerdigung war schönes Wetter. Die junge Witwe hatte seit seinem Unfall pausenlos die Wettervorhersage für die kommenden Tage geprüft und herausgefunden, dass alles auf angenehme Temperaturen, vielleicht mit ein paar Wolken, hindeutete. Sie hatte kurz überlegt, mit offenem Verdeck vorzufahren und den schwarzen Trauerschleier hinter sich her wehen zu lassen, doch dann entschied sie sich dagegen, der Fahrtwind hätte ihre kunstvolle Frisur beschädigt. Der

Frisör, bei dem sie morgens um acht Uhr einen Sondertermin bekommen hatte, hatte ihre widerspenstigen Wellen mit einem Glätteisen bearbeitet und sich darangemacht, eine trauerfeiertaugliche Hochsteckfrisur zu zaubern. Ihre teuren Extensions erwiesen sich dabei als lohnende Investition. Er ließ sich dabei alle Zeit der Welt, so als ob er heute keine weiteren Termine habe. Würde sie es rechtzeitig auf den Friedhof schaffen? Einen Anflug von Nervosität schob sie beiseite. Egal, ohne sie konnte das Spektakel eh nicht anfangen.

Der Haarkünstler nahm eine seitliche Haarsträhne und führte sie über den Knoten, dem er mithilfe eines Duttkissens zusätzliches Volumen verlieh. Gleichzeitig mit der Strähne befestigte er einen schwarzen Spitzenschleier mit kleinen Punkten, der unter einem schwarzen Bonsaifascinator hervorkam und das Gesicht bedeckte, so dass sie alles und jeden beobachten konnte, während die anderen Trauergäste ihr Gesicht nur verschwommen sehen konnten.

Die Entscheidung für den Rest der Garderobe hatte sich einfacher gestaltet. Von Chanel konnte sie unbesehen alles tragen. Seit ihrer Hochzeit rief sie alle ein bis zwei Wochen in den Boutiquen der Gegend an und bat darum, ein paar Modelle in Größe 32 vorbeizubringen, mitsamt Schneiderin, bitteschön. Meist schickte sie weniger als die Hälfte wieder zurück. Für ihre Konfektionsgröße stimmte die Passform immer.

Auch in ihrer akuten Notlage ließen ihre Hoflieferanten sie nicht im Stich. Mit getragener Stimme hatte sie am Tag nach dem Gleisbettunfall ihres Mannes ihre Lieblingsboutique angerufen und um einen Private-Shopping-Termin gebeten. Noch am selben Abend führte man ihr nach Ladenschluss die aktuellen Modelle in Schwarz vor. Sie entschied sich schnell für *Look 57*, ein Kleid aus geripptem Jersey und ein Top aus Tweed in irisierendem Schwarz, das, obwohl kürzer, signifikant teurer war als das Kleid. Die halbhohen Sommerstiefel mit einer Spitze aus schwarzem Kalbslackleder und einem Schaft aus glattem sowie in kleinen Karos abgenähtem Lammleder fielen da nicht mehr ins Gewicht und mussten auch mit. Der Absatz war nicht flach, aber auch nicht unanständig hoch – perfekt.

Dermaßen vorbereitet, fuhr sie im Zweisitzer am Friedhof vor. Alle Blicke richteten sich auf sie; niemand sonst war so stilvoll gekleidet. Unter dem Schleier trug sie eine sehr dunkle Riesensonnenbrille von Dior. Niemand konnte ihr in die Augen sehen und feststellen, dass sie putzmunter die Lage checkte, anstatt tränenverschleierten Blickes um ihre Fassung zu kämpfen. Das Taschentuch, dass sie immer wieder in Richtung Augen oder Nase hob, blieb trocken. Wo waren die BUNTE-Reporter und -Fotografen, wenn man sie brauchte? Oder zumindest die lokalen Pressefritzen?

Der Pfarrer, dessen Kutte gekonnt sein erhebliches Übergewicht kaschierte, bekundete ihr schwerfällig sein Beileid. Er sagte bedauernd, dass ihr Mann ja eine lokal prominente Persönlichkeit gewesen sei, was die Anwesenheit des Fotografen da drüben erkläre. Er wies mit dem Zeigefinger nach rechts, wo sich gerade ein Mann in einem verknautschten, leicht fleckigen Trenchcoat betont lässig setzte. Ob sie damit einverstanden sei, dass dieser während der Beerdigungszeremonie seine Arbeit verrichtete?

Mit tränenerstickter Stimme erwiderte sie, dass sie im Moment andere Sorgen habe, als sich um einen Fotografen zu kümmern; es sei ihr egal. Ja, sie sah den Fotografen, er solle tun, was er zu tun habe. Sie kannte ihn flüchtig, er kam von der örtlichen Tageszeitung. Bei ihren früheren Begegnungen hatte sie stets darauf geachtet, sich in seiner Nähe zu halten, um ihm gute Schnappschüsse zu ermöglichen. So hielt sie es auch während der Beerdigung.

Ein paar Tage später änderte sich die Erbfolge. Als ihre Regel ausblieb, besorgte sich die junge Witwe erst einen Test und dann Klarheit vom Arzt: Tatsache, da war etwas unterwegs. Da das Ungeborene nach der Eheschließung, aber vor dem Eintritt des Erbfalls gezeugt worden war, wurde es als erbberechtigt eingestuft und in die Reihe der Erbberechtigten aufgenommen, unter der Voraussetzung, gesund geboren zu werden, was knappe acht Monate später auch passierte.

Obwohl der Onkel des Kleinen die Erbverteilung vor Gericht anfocht, gingen er und alle weiteren Blutsverwandten am Ende leer aus. Die Witwe zeigte sich dennoch großzügig und schenkte den Großeltern selbstlos den SUV, der ihr ohnehin viel zu unhandlich war.

Hach, Altruismus ist doch was Schönes.

Die Sekretärin

Wahnscheinlich. Was ein Titel! Aber das Buch befand sich zu Recht auf dem Aufstieg in sämtlichen Bestsellerlisten. So ein packendes Finale!

Hatte sie ihn tatsächlich umgebracht? Johanna hätte nicht gedacht, dass sie so weit gehen würde, auch wenn die Kleine offensichtlich kriminelle Energie besaß. Konnte es überhaupt sein, dass eine Achtzehnjährige so durchtrieben agierte? Sex und Mord? Waren die jungen Mädchen heutzutage so drauf? War das jetzt realistisch oder künstlerische Freiheit? Für Johanna und andere Vertreterinnen ihrer Generation wäre es undenkbar gewesen, mit einem Vierzigjährigen ins Bett zu steigen, als sie achtzehn waren. Aber bei Miranisa Shinjan wusste man nie, der fielen immer überraschende Wendungen ein.

Die Szene im Hotel war jedenfalls überraschend. Johanna hatte laut gekichert, als sich der erste Teil als Fantasie herausgestellt hatte. Wessen Fantasie? Der Frau? Der Autorin? Ach, egal, es hatte Spaß gemacht. Sie hatte auch nicht gewusst, dass so etwas wie Duttkissen überhaupt existierte. Vielleicht sollte sie es einmal ausprobieren.

Mit einem bedauernden Seufzen legte Johanna das ausgelesene Buch vor sich auf den Couchtisch. Ihre Freundin wartete ungeduldig darauf, dass sie es endlich im Lesezirkel weiterreichen würde. Morgen war Mittwoch.

Johanna war bereits auf den nächsten Band von *Wahnscheinlich* gespannt. Auch wenn es noch keinerlei Information dazu gab, ob und wann es einen geben würde, so war offensichtlich, dass diese Geschichte noch nicht auserzählt war. Was würde mit der Kleinen passieren? Die hatte definitiv noch mehr Unfug auf Lager, so wie sie gestrickt war. Deren Weg konnte überallhin führen, in die Hölle genauso wie ins Paradies. Und die Witwe! Jede Wette, auch deren Charakter barg noch viel Potential für allerhand Verstrickungen und Intrigen.

Was, wenn sich jetzt noch herausstellte, dass das Kind gar nicht von ihrem toten Ehemann war, sondern von dem Typ, der bei der Geburt überraschend im Krankenhaus aufschlug und großzügig erklärte, das Kind adoptieren und seiner Mutter ein aufopferungsvoller Lebensabschnittbegleiter sein zu wollen, wobei er schicklich unerwähnt ließ, dass sie ihn länger kannte als ihren verstorbenen Gatten und dass der ganze Plan eigentlich von ihm stammte? Oder sie könnte einer Sekte beitreten oder unglücklich in dubiose Prestige-Immobilien investieren, oder sie könnte einem Heiratsschwindler aufsitzen, aber bis dahin hätte sie bereits die Hälfte des Vermögens verjubelt.

Johanna rief sich zur Ordnung. Vielleicht sollte sie selbst mit dem Schreiben beginnen, so wie die Ideen sie gerade heimsuchten. Das wäre unter Umständen gar nicht die schlechteste Idee.

Denn Johanna Mauersegler litt unter Langeweile. Ihre siebenjährige Tochter Greta war diese Woche mit ihrem Vater und dessen neuer Freundin auf Mallorca. Zwei neue Bewerbungen hatte sie heute Morgen fertiggestellt, was ziemlich einfach war, sie hatte vierhundertdreiundsiebzig erfolglose Bewerbungen zum Ausschlachten. Entsprechend enthusiastisch hatte sie sich morgens um elf Uhr an die Arbeit gemacht, allein, um dem Arbeitsamt zu demonstrieren, wie proaktiv, findig und umtriebig sie war und dass sie brav den ihr auferlegten Eigenbemühungen nachkam.

Wie immer würde sie einen Ausdruck der letzten Bewerbungen bei sich haben. Nicht, dass das etwas gebracht hätte. Von denen kam nichts, rein gar nichts. Jedes Mal, wenn Johanna zu ihrem Pflichttermin in der Behörde aufschlug, beschied ihr der Berater lapidar, dass nichts Passendes reingekommen wäre. Sie hielt sich vorschriftsgemäß verfügbar, um jederzeit für die Arbeitsagentur erreichbar zu sein. Ihr Berater hatte sie belehrt, dass sie das Recht habe, die Agentur täglich aufzusuchen. Ja, hallo! Und wozu, wenn die sowieso nichts machen konnten? Mann, der Mensch da am Schreibtisch sollte eigentlich ein Schmerzensgeld in empfindlicher Höhe dafür zahlen, sich „Berater" schimpfen zu dürfen.

„Sie müssen jede zumutbare Beschäftigung annehmen", leierte der Fallsachbearbeiter in der Arbeitsagentur, jedes Mal, wenn Johanna ihm gegenübersaß, seinen Spruch herunter. Er konnte ihn auswendig, und er musste wohl ausnützen, dass er eine Zuhörerin hatte. Ja, wenn es denn eine zumutbare Beschäftigung gäbe! Johanna würde gerne mal wieder in die Verlegenheit kommen, etwas abzulehnen.

Dieses Luxusproblem stellte sich zurzeit aber leider gar nicht.

Brauchte denn niemand eine Sekretärin? Warum war es eine Katastrophe, alleinerziehend ein minderjähriges Kind zuhause zu haben? Alle beschwerten sich konstant über schlechte oder überforderte Administration und Personalmangel, aber niemand hatte eine offene Stelle oder bekam angeblich mindestens fünfzig Bewerbungen auf eine schlechtbezahlte Halbtagsstelle und konnte „Sie leider nicht berücksichtigen" (wenn überhaupt eine Antwort kam). Wenn all das Gute einträfe, dass die potentiellen Arbeitgeber Johanna in den Ablehnungsschreiben wünschten, dann wäre sie Besitzerin eines großen Landgutes, mit Gestüt, Fuhrpark und Personal und vor allem mit einem reichen, gutaussehenden Traumprinzen als Ehemann. *Agentur für Realironie* wäre ein deutlich besserer Name gewesen, für diese Lachbehörde!

Waren wirklich alle Sekretariatsstellen in ihrer Gegend besetzt? Sie hatte doch keinen Orchideenberuf. Wäre ihre Tochter in der Schule nicht so gut integriert und wäre hier nicht die Nähe zu Großeltern und Vater, mit dem das Patchwork-Teamwork meist ganz gut klappte, dann hätte sie keinen Augenblick gezögert und wäre nach Berlin gezogen.

Berlin! Die Stadt der Möglichkeiten! Unzählige potenzielle Arbeitgeber, bezahlbarer Wohnraum, hippe Kneipen, kulturelle Veranstaltungen ohne Ende, coole und aufgeschlossene Einwohner, die freundlich auf jeden Neuankömmling zugingen und bei der Eingewöhnung halfen, die beste Currywurst der Nation, hervorragende Gesundheitsinfrastruktur, Grillpartys im Hinterhof mit den Nachbarn, mit denen sie sich hervorragend verstehen würde, und so weiter.

In Gedanken konnte sie stundenlang Vorzüge aufzählen, die eindeutig für einen Umzug nach Berlin sprachen. Dass sie niemals dort gewesen war und Neukölln nicht von Wedding unterscheiden konnte, auch, dass sie noch niemals einen typischen Berliner Hinterhof mit seinen Mülltonnen, kaputten oder geklauten Fahrrädern und nicht vorhandenen Sitzgelegenheiten, geschweige denn Grün, mit eigenen Augen gesehen hatte, störte sie dabei wenig.

Aus reiner Gewohnheit rief Johanna die Webseite der örtlichen Tageszeitung auf und studierte – wieder einmal – die Kleinanzeigen. Auch das würde sie pflichtschuldigst dem gelangweilten Arbeitsberater berichten, der genau das hören wollte und dann trotzdem sagen würde:

„Das reicht leider nicht; intensivieren Sie Ihre Eigenbemühungen! Bleiben Sie am Ball."

„Ich lach mich tot!" Johanna verkniff es sich, den Gedanken laut auszusprechen, sie wollte schließlich keine Schwierigkeiten. Demotiviert verließ sie den Berater und stürzte sich wieder in ihre Eigenbemühungen.

Die neue Tageszeitung mit ihren Kleinanzeigen lag zuhause bereit. Natürlich las Johanna nicht nur die Stellenanzeigen. Auch all die anderen Anzeigen wollten gelesen sein; schließlich musste man wissen, wer um einen herum heiratet, sich vermehrt, stirbt. Bislang war Johannas schreckliche Grundschullehrerin nicht aufgetaucht – die musste jetzt hoch in den Neunzigern sein!

„Wir machen das!"

Eine Werbeanzeige stach Johanna in die Augen. Nicht etwa, weil es sie interessierte, sondern weil die Anzeige so unprofessionell aussah: Ein Haus, wie von einem Kind gezeichnet, darunter prangte in ungelenker Schreibschrift der Schriftzug „Hömmers Baumaschinen". Hömmer, Hömmer. Da war doch was: ja, genau, hieß nicht einer ihrer alten Klassenkameraden Hömmer? Hubert Hömmer? Sie hatten sich alle mehr oder weniger aus den Augen verloren.

Das Internet, dein Freund und Helfer. Ja, eigentlich sollte sie weiter die Stellenanzeigen studieren, aber Johanna gab den Namen des Klassenkameraden in eine Suchmaschine ein, und schon hatte sie einen Treffer: der Mensch, der da seine zweite oder dritte Heirat bekanntgegeben hatte, wobei die Anzeige schon zwei Jahre alt war, war tatsächlich ihr ehemaliger Schulkamerad. Jetzt war er ein etablierter örtlicher Bauunternehmer.

Sehr professionell sah Hubert Hömmers Homepage nicht aus. Die hatte wohl ein Teenager an einem langweiligen Sonntagnachmittag zusammengeschustert. Sie erinnerte an diese überbunten China-Restaurant-Speisekarten mit ihren verschwommenen Bami-Goreng-Bildern. Die Ränder waren in Orange gehalten, das ins Weiß des Seitenhintergrunds verschwimmt. So ein Design war Anfang der 2000er Jahre aktuell gewesen. Noch dazu war die Seite mit Musik unterlegt: zu lustiger Marschmusik sang ein fröhlicher Männerchor beschwingt den Bauunternehmer-Hömmer-Werbesong:

„Hee Hee Hee, Hoo Hoo Hoo – baut der Hömmer, sind wir froh!"

Johanna kannte den Slogan sogar, aus dem Radio. Sie hatte aber nie weiter auf den Text geachtet, weil sie nicht den geringsten Anreiz verspürte, ein Haus zu bauen, vor allem aber deswegen, weil sie die Melodie und den Gesang immer schon grottenschlecht fand. Ach, aber das war also die Homepage ihres alten Klassenkameraden? Er schien es zu etwas gebracht zu haben. Etabliertes Familienunternehmen. Seit 1953. Viele Kundenreferenzen, alle hymnisch. Nicht schlecht.

Neugierig klickte Johanna sich durch die Webseite, auf der Suche nach einem Foto vom Chef. Wie der wohl heute aussah? Sie gelangte auf einem Weg, den sie später nicht mehr nachvollziehen konnte, zu einer Rubrik „Aktuelles". Der letzte Beitrag war erst zwei Wochen alt.

Letzten Donnerstag feierten wir den Abschied von unserer langjährigen Sekretärin Maria Römer, die den Ruhestand erreicht hat. Es gibt kaum noch Menschen, die von sich behaupten können, ihr ganzes Arbeitsleben bei nur einem Arbeitgeber

*verbracht zu haben. Wir sind stolz darauf, für
Maria dieser Arbeitgeber gewesen zu sein. 47 Jahre
hat sie bei uns gearbeitet und ganz maßgeblich zum
Erfolg des Unternehmens beigetragen.
Immer ein freundliches Gesicht zu den Kunden,
hochprofessionell am Telefon, die gute Seele der
Firma – wir werden sie sehr vermissen. Die
Neubesetzung ihrer Stelle stellt uns bzw. ihre
Nachfolgerin vor eine große Herausforderung. Wir
werden Maria dankbar verbunden bleiben und
sehen uns spätestens zur Weihnachtsfeier wieder.*

Johanna klickte auf die Unterseite „Unser Team". Dort
fand sie auch das gesuchte Foto – den Hubert hätte sie nie
im Leben wiedererkannt! Der war doch damals schlank
und sportlich … war er das wirklich? Maria Römer wurde
ebenfalls noch gelistet, aber mit dem Hinweis auf ihr
Dienstende, da stand sogar „Danke, Maria!" in
orangefarbener Schnörkelschrift neben ihrem Bild, und,
das stach Johanna sofort ins Auge, es wurde keine weitere
Sekretariatskraft genannt. Hieß das etwa, die Stelle war
noch unbesetzt?

Johanna war inzwischen Profi im Abklappern aller
Ressourcen. Eine Sekretariatsstelle beim Bauunternehmer
Hömmer war ihr definitiv nicht untergekommen. Sie war
sich sicher, dass in der regionalen Presse keine Printan-
zeige geschaltet worden war, und auch im Netz war
nichts. Und wenn sie einfach mal anrief? Fragen kostet
nichts?

Ohne langes Nachdenken wählte Johanna die Nummer vom Bauunternehmer Hubert Hömmer. Das Telefon
klingelte dreimal, dann meldete sich eine ältliche, aber
routinierte Frauenstimme.

„Bauunternehmen Hömmer. Ihr zuverlässiger und kompetenter Partner für alle Fragen rund um den Bau. Am Apparat Maria Römer. Was kann ich für Sie tun?"

Johanna war einen Moment lang verwirrt. Sprach sie mit der Sekretärin, die sich bereits im Ruhestand befand?

„Äh", begann sie, und weil ihr nichts Besseres einfiel, sagte sie noch einmal „Äh".

„Kann ich Ihnen weiterhelfen?", fragte die Stimme freundlich. Mühsam fasste Johanna sich wieder.

„Äh, ja, ich wollte, also, ich bin, ja, ähm ... ja, also, ich bin eine alte Schulkameradin von Hubert Hömmer. Ich wollte ... äh ... nach einem Klassentreffen fragen."

Oh nein. Wo zum Kuckuck kam bloß der Schwachsinn her? Klassentreffen?? Konnte ihr auf die Schnelle nichts Besseres einfallen? Wie kam sie aus der Nummer bloß wieder raus??

„Ach, das ist aber nett! Ja, ich verbinde Sie gleich weiter."

Johanna bekam Hubert tatsächlich an die Strippe. Ja, er erinnerte sich. Erstaunlich leicht kam das Gespräch in Gang. Er schien sich aufrichtig zu freuen, dass sich die alte Klassenkameradin meldete. Umso erstaunter war er, als Johanna die Karten auf den Tisch legte und zugab, dass das mit dem Klassentreffen nicht der Hauptgrund für ihren Anruf war, aber dass sie der Sekretärin am Telefon natürlich nicht sagen wollte, dass sie an deren Job interessiert sei.

Johanna ahnte nicht, dass sie eben zur eierlegenden Wollmilchsau mutiert war. Sie ahnte nicht, dass sie ins Schwarze von Huberts Problem getroffen hatte. Dessen Gedanken begannen sich zu überschlagen. Gerade noch hatte er überlegt, diejenige Bewerberin einzustellen, deren Fingernägeldesign am wenigsten schrecklich aussah, damit er nicht jeden Tag beim Hinschauen Augenkrebs bekam. Und es musste auf jeden Fall jemand sein mit einer angenehmen, etwas tiefergelegten Sprechstimme, schließlich musste er sich das den ganzen Tag anhören. Er würde den Telefontest machen, den er im Internet bei der Suche nach „Wie finde ich eine Sekretärin" gefunden hatte: die Bewerberin sollte in seinem Beisein seinen natürlich eingeweihten Freund Frank anrufen und auf die säumige Zahlung der Rechnung vom letzten Monat hinweisen. Frank würde ihm später Feedback geben, wer am professionellsten und telefonisch am angenehmsten rübergekommen war. Da Frank die Sprecherin nicht sehen konnte, konnte er sich à la *The Voice* ganz auf das Professionelle konzentrieren, anstatt sich von Fingernägeln, Bleistiftröcken oder Rettungsringen ablenken zu lassen. Ja, die Neue musste sehr gut telefonieren können!

Vor seinem inneren Auge bot sich Hubert eine Horrorvorstellung. Er sah sich selbst, wie er in seinem engen, vollgestopften und staubigen Büro saß, mal wieder weder Zeit noch Lust gehabt hatte, sich morgens sorgfältig anzuziehen und aus Gewohnheit zu der bequemen Cargohose mit ausgeleiertem Poloshirt gegriffen hatte, weil das auf dem Bau praktischer war als der hellgraue Zweireiher, den der Herr Bauunternehmer zu tragen hatte.

Und er sah eine kilometerlange Warteschlange, die bis auf die Straße reichte. Eine hinter der anderen reihten sich weit über siebzig Bewerberinnen auf und warteten auf ihren Eintritt in sein Büro, so als seien sie bei einem Casting für ein Musical. Alle hatten sich sorgfältig zurechtgemacht und dezent geschminkt. In der Ausbildung wird einem eingeschärft, dass für eine Sekretärin genug zu viel und weniger mehr ist. Einigen sah er an, dass ihnen die Bewerbungsklamotten nicht mehr gut passten; entweder konnten sie sich nichts Neues leisten, oder sie hatten zu oft zu exakt diesem Outfit gegriffen, obwohl es nicht mehr saß, weil die drei Kilo mehr sich nun als störend erwiesen. Einige Bewerberinnen sahen komplett verschüchtert aus. Himmel, denen musste er erstmal eine Mirabelle einschenken, damit sie den Mund aufbekamen und ihre inneren Qualitäten zeigen konnten. Einige von denen waren vermutlich gar nicht schlecht! Sie glaubten bloß nicht an sich selbst. Er erkannte diesen Typ von weitem.

Und seine Sekretärin hatte ihn am Ende des vorhergehenden Arbeitstages nicht auf den heutigen Tag vorbereitet. Normalerweise hätte sie ihn darauf hingewiesen, dass der Tag heute ein „offizieller" sein würde und adäquate Kleidung erforderte. Und er hatte keinen Ersatz im Büro hängen – auf das Jackett mit Krawatte und Hemd, das er für Notfälle immer im Büro hängen hatte, hatte er neulich viel gelben Senf befördert. Alle drei befanden sich bis vor kurzem in der Reinigung. Die Frau an der Kasse hatte ihn mit sorgenvollen Augen lange und traurig angeschaut, als ob er besser sofort von seinem Jackett Abschied nehmen solle. Jackett und Hemd hingen säuberlich unter Folie verpackt auf einem dünnen Drahtbügel bei ihm zuhause in der Garderobe, fertig fürs Büro. Aber eben nur fertig. Nicht im Büro.

Und wie hätte die Sekretärin das bewerkstelligen wollen – er hatte gar keine mehr. Darum ging es ja gerade. Außerdem wäre es durchaus intelligent, zuerst eine Anzeige zu schalten, damit sich die siebzig potenziellen Bauunternehmerssekretärinnen überhaupt erst mal bewürben.

Mit dieser Gedankenschleife kam er wieder in der Gegenwart an und erinnerte sich, dass es gerade exakt 14:55

Uhr war, dass er am Telefon hing und dass möglicherweise die Lösung seines Problems am anderen Ende gerade etwas gesagt hatte, was er nicht mitbekommen hatte. Oder vielleicht doch. Hatte sie gerade wirklich „Klassentreffen" gesagt?

Warum eigentlich nicht? Nach so vielen Jahren könnte das eine nette Idee sein. Immer nur arbeiten, die sozialen Kontakte verlieren, die Ehefrauen auch – auf Dauer machte das keinen Spaß. Ohne es konkret auszusprechen, wusste Hubert insgeheim, dass sein Sozialleben unausgeglichen war, trotz seiner dritten Heirat vor knapp zwei Jahren. Wenn er ehrlich war, dann vermisste er Doris, Tanzstundenflamme und Ehefrau Nr. 1, immer noch.

Außerdem wurde er mit der verzogenen Göre seiner neuen Frau Yvonne einfach nicht warm. Sie begann wie auf Kommando zu heulen, wenn sie nicht bekam, was sie wollte, vor allem beim Essen, und sie beruhigte sich erst, wenn Mama ihr das einzige kochte, was Mademoiselle zu essen geruhte: nackter Reis. Leider wollte sie ständig etwas, was sie nicht sofort bekam, insbesondere ihren Papi, und so war Huberts früher so behagliches Zuhause seit einiger Zeit von Dauergeheule erfüllt.

„Ja", sagte Hubert Hömmer, „das wäre sicher eine gute Idee. Komm doch morgen mal vorbei."

Am nächsten Tag erschien Johanna pünktlich um vierzehn Uhr im Bauunternehmen. Maria Römer, die Johanna vom Foto auf der Webseite erkannte, schüttelte ihr freundlich die Hand und führte sie nach hinten, zum Büro des Chefs.

„Was für eine schöne Idee, ein Klassentreffen zu veranstalten! Wissen Sie, der Chef hat sich über Ihre Initiative total gefreut."

Maria plapperte munter weiter, während die beiden Frauen die Gerätehalle durchquerten.

„Normalerweise bekommt niemand so schnell einen Termin wie Sie jetzt. Eigentlich wäre der Chef heute auf der Baustelle in Altdorf, da am Hang hinter der Kirche, aber das hat er Ihretwegen verlegt."

Auch das Aufeinandertreffen verlief harmonisch. Obwohl fünfundzwanzig Jahre vergangen waren, erkannten sie sich sofort wieder. Hubert hatte ordentlich an Gewicht zugelegt, Johanna nur ein bisschen, aber sie trug die Haare jetzt viel kürzer, nicht mehr platt und zu lang herabhängend wie damals. Die hellen Strähnchen ließen ihre Haare leuchten; es hatte ihren Friseur viel Überzeugungsarbeit gekostet, bevor sie zugestimmt hatte. Jetzt fand sie es großartig.

Hubert bot Johanna einen Kaffee an. Maria machte sich sofort an dem stylischen Vollautomat zu schaffen, wo für einen perfekten Latte Macchiato mit Milchschaum sieben Knöpfe in einer bestimmten Reihenfolge, die sich außer ihr in der Firma niemand merken konnte, zu drücken oder zu drehen waren. Der bröckelige, braune Bio-Fairtrade-Vollrohrohrzucker befand sich in einer auf alt gemachten, in Orange-Rot-Gelb-Tönen pulverbeschichteten Metallkugel mit altmodischem Tellerfuß, wie aus einer alten Eisdiele. Die obere Hälfte war aufgeklappt, im Zucker steckte ein kitschiger Löffel mit durchbrochenem Schnörkelrosenmuster im Griff.

Johanna ergriff den Löffel, ließ klumpigen Ökozucker in das Kaffeeglas rieseln und musste leider die perfekten Farbschichten im Kaffeeglas zerstören, um den Kaffee trinken zu können, während das Glas, das Maria vor Hubert abgestellt hatte, wunderschön und harmonisch aussah. Der sachte Übergang, wie das Kaffeebraun ins Weiß der Milch verschwamm! Das Leben ist unfair. Aber bitterer Kaffee, das ging gar nicht. Die Zuckerdose war schon einmal ein Plus. Meistens wurde einem gar kein Zucker angeboten, und wenn Johanna danach fragte, erntete sie oft Blicke, die, wenn sie sprechen könnten, ihre Missbilligung zum Ausdruck bringen würden:

„Wie ungesund! Du solltest besser auf deine Ernährung achten!" Oder es tönte: „Was macht der eine Löffel für einen Unterschied? Tu dir was Gutes und trinke die braune bittere Koffeinbrühe wie ein Mann: ohne Zucker!"

Demonstrativ die Augen zusammenkneifend: „Oh, was bin ich nur für eine Gastgeberin! Kein Ding, ich hole dir blitzschnell einen Löffel." Gefolgt von: „Nein, natürlich macht das überhaupt keine Umstände. Natürlich habe ich Zucker im Haus, der ist sogar bio, und natürlich hole ich ihn dir sehr, sehr gerne, wirklich, kein Thema, auch wenn ich dazu jetzt aufstehen und nach hinten in die Küche gehen muss. Bin in fünf Minuten zurück."

Am Ende fand Zucker seinen Weg in den lauwarmen Kaffee, den Johanna unter Beobachtung austrinken musste, schließlich sollten sich die Aufwände gelohnt haben.

Johanna eierte herum, um den richtigen Gesprächseinstieg zu finden. Aber der Latte Macchiato war lecker, Hubert wirkte entspannt, und so bekam sie schließlich die Kurve und erzählte Hubert die Wahrheit: dass sie gerade auf Arbeitssuche war, dem Arbeitsamt in drei Tagen mal wieder ihre „Eigenbemühungen" nachweisen musste, und wie sie beim Googeln nach „Sekretariat" und dem Namen ihrer Stadt auf Huberts Seite mit dem „Danke,

Maria!" gestoßen war. Zum einen habe sie seinen Namen wiedererkannt, und dann sei ihr aufgefallen, dass außer Maria Römer keine weitere Person auf der Seite als Sekretärin genannt wurde. Und deswegen habe sie all ihren Mut zusammengenommen und auf gut Glück hin den alten Klassenkameraden angerufen, aber dann habe Frau Römer das Gespräch angenommen, der sie natürlich nicht direkt die Wahrheit auf die Nase binden wollte ... und jetzt säße sie hier und wolle Hubert mal fragen ... es sei überhaupt kein Problem, falls nichts möglich sei. Es sei auf jeden Fall sehr nett, dass sie sich nach so langer Zeit mal wieder getroffen hätten, vielen Dank für seine Zeit und den leckeren Kaffee.

Hubert hatte ein realistisches Verhältnis zu Bewerbungen. Da er schon oft unbrauchbare Bewerbungen bekommen hatte, wusste er, wie typische Manager ticken, die sich durch Berge von Bewerbungen fressen, um die darin versteckten Perlen zu finden. Ab und an hatte er Blindbewerbungen erhalten, von denen einige preisverdächtig waren.

„Mentale sowie reale Beweglichkeit" war vielsagend. Eine Zappelphilippine, die nicht stillsitzen konnte?

„Ich bin weiblichen Geschlechts und freue mich auf den regen Verkehr mit Ihren Kunden" ließ ebenfalls das Schlimmste befürchten. Vielleicht lag es an Hubert und seinem Normalhirn, aber da hatte jemand etwas gründlich missverstanden.

Katharina W. schrieb: „Ich bin räumlich sehr flexibel, kann mich also optimal der Mobilität Ihres Hauses anpassen." Hubert war gar nicht bewusst, dass sein Unternehmen mobil war. Seines Wissens gab es eine seit 1953 unveränderte Postanschrift.

Eine ausgesprochen spezielle Qualifikation wies Anna R. vor: „Ich bin schon lange überzeugter Fan des Bauunternehmens Hömmer: seitdem Sie im Jahre 1997 die Renovierung der Doppelhaushälfte meines Schwiegervaters durchgeführt haben (Tannenweg 15). Ich war damals vierundzwanzig Jahre alt und werde nie das Leuchten in den Augen meines Schwiegervaters vergessen, der mir sehr nahesteht. Insbesondere erfreuen wir uns bis heute an der neugestalteten Außenanlage mit den bleiverglasten Butzenfenstern, die handwerklich höchst professionell und kompetent umgesetzt wurde. Meine drei Kinder haben immer gerne auf der Terrasse gespielt, als sie klein waren."

Außer diesen spannenden Informationen (man hört gerne auch Jahrzehnte später von zufriedenen Kunden) und der hochrelevanten Tatsache, dass die Dame freiwillig enthüllte, dass ihre Familienplanung abgeschlossen war, brachte sie keinerlei Qualitäten mit und kam bedauerlicherweise nicht in Frage für eine Stelle, die es gar nicht gab.

Hubert war zupackend und alles andere als dumm, aber nicht gerade intellektuell gestrickt. Er mochte es gerne geradeheraus und handfest, so wie eine grobe, scharf angebratene Bratwurst mit Kartoffelpüree und teuflisch scharfem Senf. Eine passende Sekretärin für Hömmers Baumaschinen oder eine Büroassistentin, wie es auf Neudeutsch hieß, müsste herzhaft zupacken, ohne zu beißen und sollte bitte weder ein Weichei noch ein Business-Monster sein.

In der Blindbewerbung einer Mittvierzigerin, die wegen des Jobwechsels ihres Mannes neu in die kleine Stadt gezogen war, las Hubert entgeistert: „Gern möchte ich mich, als Ihre neue *Persönliche Assistentin*, dem Schwerpunkt <u>Office Administration</u> widmen, dabei meine kundenorientierte Arbeitsweise umsetzen und als Aushängeschild des Bauunternehmens Hömmer fungieren. Durch meinen mehrmonatigen Auslandsaufenthalt im rückständigen Bulgarien konnte ich meine organisatorischen Fähigkeiten innovativ weiterentwickeln und wertvolle interkulturelle Erfahrung gewinnen. Nach der professionellen Sondierung meiner neuen geographischen Umgebung halte ich das Bauunternehmen Hömmer für ein Schlüsselunternehmen in der Region und möchte gerne seinen Vorzeigecharakter unterstützen."

Liebe Güte. Etwas weniger Innovationsgeist hätte nach Huberts Geschmack vollauf gereicht. Ob er dieser Dame in normalem Deutsch Arbeitsanweisungen geben könnte? Und wie würde sie reagieren, sobald sie erfuhr, dass ihre Arbeit sich auf den Schreibtisch im Empfangsbereich beschränkte und sie leider nicht als Aushängeschild eingesetzt werden würde?

Johannas Latte Macchiato war bis auf einen kleinen Rest Milchschaum, der im Glas Widerstand leistete, ausgetrunken. Sie bereitete sich innerlich darauf vor, gleich aufzubrechen, da legte Hubert seine Karten auf den Tisch. Nein, es gab noch keine Nachfolgerin für Maria Römer. Hubert hatte nicht einmal mit der Suche einer Nachfolgerin begonnen. Aus Zeitmangel, natürlich. Er hatte gerade keinen Kopf für so etwas. Und es wäre auch unfair gewesen, Maria direkt damit zu konfrontieren, dass sie jetzt ersetzt werden würde: „Schau mal, Maria, da ist sie, deine Nachfolgerin, dreißig Jahre jünger, schneller, fitter, kann Computer..."

Hubert wollte den Übergang lieber „schonend" angehen. Maria sei daher nach wie vor präsent.

Johanna war beeindruckt. Was für ein einfühlsamer, mitdenkender Arbeitgeber! Ob Maria wusste, was für ein Glück sie all die Jahre gehabt hatte? Das heutige Aufeinandertreffen war sehr angenehm gewesen, aber Johanna verstand. Sobald Hubert Hömmer seinen Kaffee ausgetrunken hatte, würde Johanna Mauersegler unverrichteter Dinge wieder nach Hause gehen.

In Hubert sah es ganz anders aus. In Wirklichkeit (was er Johanna aber nicht verriet) war er allein mit dem Gedanken an den Einstellungsprozess überfordert und verspürte nicht die geringste Lust auf eine Bewerberparade. Er hatte auch Angst vor der großen Veränderung, die Marias Ausscheiden bedeuten würde. Vor siebenundvierzigeinhalb Jahren war die damals blutjunge Maria von Huberts Vater eingestellt worden und schnell zu so etwas wie die Mutter des Unternehmens geworden. Jeden zweiten Tag brachte sie selbstgebackenen Kuchen mit. Unzählige Lehrlinge und Gesellen und Bauleiter hatte sie durch den Arbeitsalltag gecoacht, mit Kuchen und Ansprache. Selbst wenn er eine fähige Sekretariatskraft fände: wie sollte die menschliche Lücke geschlossen werden?

Gedankenverloren spielte Hubert mit dem kleinen Holzbagger herum, der auf seinem Schreibtisch stand. Er kurbelte den Greifer nach unten und ließ ihn in einen imaginären Erdhaufen beißen. Abgesehen davon war sein Büro karg und nüchtern, nur das Nötigste an Möbeln war vorhanden, ein Schreibtisch mit ein paar Stühlen, zwei Regale an der Wand, auf einem kleinen Besprechungstisch lag ein unordentlicher Stapel mit Plänen, von denen einer aufgeklappt war und wie eine ungeschickt platzierte Tischdecke wirkte. Es war ein Kettenbagger. Das Gehäuse war aus naturbeigem Holz. Der Greifer hing an einem grünen Doppelfaden, der über zwei lange, rot lackierte Ausleger lief und sich an deren Fuß säuberlich auf eine Winde aufrollen ließ. Diesen Bagger hatte einst Maria Römer dem kleinen Hubert geschenkt, zum fünften Geburtstag. Er hatte damit so manche Grube im Sandkasten ausgehoben, der Bagger hatte viele Gebrauchsspuren. Es war ein schönes Spielzeug, und der kleine Hubert hatte ganz schnell seinen ursprünglichen Wunsch nach einem Kran vergessen.

Heute wohnte der Bagger im Büro des Chefs von Hömmers Baumaschinen, auf dem Schreibtisch, neben dem Telefon. Hubert hätte sich schon aus Respekt vor Maria nicht getraut, sich von dem Bagger zu trennen, aber vor allem hätte er es auch gar nicht gewollt. Als Kind hatte er den Bagger geliebt, und auch jetzt hätte er sein Büro ohne den Bagger als kalt und leer empfunden. Bei nervtötenden Telefonaten mit schwierigen Kunden oder aufdringlichen Werbefuzzis fanden Huberts Hände stets schnell zu dem Bagger. Er wickelte mithilfe einer kleinen Kurbel die Schnur auf oder ließ den Greifer herunterfahren, nur um ihn gleich wieder hochzufahren. Mit Engelsgeduld hatte Hubert mehrfach die Kettenschnur ersetzt, nachdem die Originalkette gebrochen war. Momentan war die Schnur grün, er hatte nichts anderes zur Hand gehabt.

Dankbar hatte Hubert Marias Angebot angenommen, als Rentnerin auf Minijobbasis bis auf Weiteres das Notwendigste zu tun. So konnte er die quälende Aufgabe, eine Nachfolgerin einzustellen, noch eine Weile wegignorieren. Maria hatte umgekehrt nicht verraten, dass sie trotz ihrer siebenundvierzig Jahre Berufstätigkeit nur eine Mickerrente bezog und eine zusätzliche Einnahme mehr als willkommen war. Niemand wusste, dass Maria einen unehelichen Sohn hatte. Dieser hatte sich schon vor Ewigkeiten an die Copa Cabana abgesetzt und lebte als selbständiger Fremdenführer. Einmal Zuckerhut rauf und runter, bitte. Angeblich lief sein Geschäft sehr gut, es war wirklich nur eine Ausnahme, dass er seine Mutter um eine ganz kleine Überbrückung bitten müsste, die er selbstverständlich postwendend zurückzahlen würde. Nur dass die Postwende am Sankt-Nimmerleinstag stattfand, während „ausnahmsweise" in Wirklichkeit monatlich bedeutete. Maria sah keinen ihrer hart erarbeiteten Cents jemals wieder.

Hubert empfand eine wirkliche Zwicklage. Ganz ehrlich, Maria war schon länger nicht mehr gerade hypereffizient. Menschlich spielte sie bei Hömmers Baumaschinen eine große Rolle, aber immer wieder kamen Unterlagen abhanden.

„Die Post muss den Brief verloren haben." Mehr als einmal fand er Fehler in den Buchungsunterlagen: „Oh, da ist wohl eine Zeile verrutscht...".

In den vergangenen drei Monaten hatte er mehrmals wütende Kunden am Telefon, die mit dem Chef persönlich sprechen wollten und erbost fragten, wo, zum Kuckuck, der seit sieben Wochen versprochene Kostenvoranschlag bliebe, oder weshalb er den vereinbarten Termin nicht eingehalten habe? Oder ob sie ihm die zweite Mahnung für eine unentschuldbare Verspätung persönlich und auf einem roten Samtkissen vorbeibringen sollten?

Jedes Mal dachte er sich eine Entschuldigung aus. In allen Fällen gelang es ihm, die aufgebrachten Kunden zu beruhigen.

Er beglich ausstehende Rechnungen umgehend. Verpasste Termine wurden zeitnah nachgeholt. Der verschwundene Kostenvoranschlag wurde in Marias Ablage gefunden; sie hatte „vergessen", ihn zu schicken. Diese ganzen neumodischen Gerätschaften mit Internet, Kabeln, Bildschirmen, das war alles Teufelszeug. Zwar hatte Maria sich bemüht, sich auf Computer einzulassen, aber den Unterschied zwischen lokaler Ablage und Unternehmensserver oder zwischen Windows und Microsoft Office hatte sie trotzdem nie wirklich verstanden, obwohl Lukas, der IT-Lehrling, alles Menschenmögliche unternommen hatte, ihr das Nötigste beizubringen:

„Schauen Sie, wenn da ein Z davorsteht, dann ist es lokal. Ihre Festplatte. Und wenn ein P davorsteht, dann ist es Barbarella, unser Server." Lukas wusste beim besten Willen nicht, was das Problem war, und Maria blickte es einfach nicht. „Auf Ihrer Maschine ist Windows 10 installiert, und Sie können nicht drucken, weil der Treiber fehlt."

Maria schaute ihn verständnislos an. Treiber? Lukas hörte sich so an, als habe SIE vergessen, den Treiber morgens mitzubringen. Wo sollte sie den hernehmen, wenn sie gar nicht wusste, was das war? Meinte er etwa Hefe? Schon krempelte Lukas seine Ärmel hoch.

„Kein Ding. Ich logge mich als Admin ein, und dann fixe ich Ihnen das mit dem Drucker. Muss nur kurz den Port konfigurieren."

Kurz, in dieser Hinsicht war Maria ein Totalausfall. Viele wichtige Dokumente befanden sich entweder lokal auf ihrer Festplatte, oder sie hingen als Anlage an einer E-Mail, ohne jemals abgespeichert worden zu sein, oder sie waren zwar auf Barbarella abgelegt, aber mittels einer Logik, die ausschließlich Maria nachvollziehen konnte. Am liebsten nutzte sie den Computer als überdimensionierte Schreibmaschine. Mithilfe der Computertastatur schrieb sie einen Brief. Zugegeben, das ging einfacher als früher auf diesen Hammertasten der alten mechanischen Schreibmaschinen, die man ohne Hanteltraining nicht nach unten drücken konnte. Danach druckte sie den Brief aus und verschickte ihn, aber ohne ihn abzuspeichern und vor dem Eintüten wenigstens zu kopieren. Manche Vorgänge waren dadurch schlicht nicht mehr nachvollziehbar.

Das Schlimmste war, dass Hubert von einigen zweiten Mahnungen, mit Inkasso-Drohung, kalt überrascht wurde. Schnelles Handeln war nötig, um Ärger zu vermeiden. Das nötige Kleingeld war vorhanden; es gab überhaupt keinen Grund, ausstehende Rechnungen nicht zu bezahlen. Einige davon gingen an kleinere Zulieferer, die dringend auf den Zahlungseingang angewiesen waren. Einer befand sich bereits im Kurzarbeitsmodus. Der Rechtsweg wurde angedroht. Doch wo war die Originalrechnung, und wo war die erste Mahnung?

„Die Rechnung ist genau da, wo sie sein soll: im Ordner im Schrank".

Nur, dass sie dort nicht war. Hubert nutzte einmal einen Samstag, als niemand sonst im Büro war, um gezielt auf die Suche zu gehen. Er tat etwas, was eigentlich gegen sein Gewissen ging: er durchsuchte Marias Schreibtisch. Als er die unterste Schublade aufzog, traf ihn fast der Schlag. Sie war bis zum Rand gefüllt mit ungeöffneten Briefen.

Maria hatte einfach alles, was sie nicht abarbeiten konnte, in diese Schublade gelegt. Vermutlich, um nicht zu zeigen, wie hoch ihr Rückstand war. Aber dieser Berg war längst nicht mehr aufzuholen.

Hubert verfluchte sich selbst, dass er zu lange die Augen vor Marias Not verschlossen hatte und schlicht nicht mitbekommen hatte, dass sie längst nicht mehr nur ein kleines Problem hatte, sondern völlig überfordert war. Und sie, ganz alte Nachkriegsschule, würde sich eher die Zunge abbeißen, als dies einzugestehen, erst recht nicht dem Chef gegenüber. Nicht gehen lassen. Zusammenreißen. Disziplin war alles.

Den restlichen Samstag sowie den größten Teil des Sonntags verbrachte Hubert damit, alles zu sichten, nach Dringlichkeit zu ordnen und, vor allem, die Begleichung aller ausstehenden Rechnungen anzustoßen. Am Montag würde er einige längere, unangenehme Telefonate führen.

Hubert wusste schon länger, dass es Zeit für eine Veränderung war, und nach der Geschichte mit der Schublade durfte er nicht weiter zögern, wenn er Schaden von der Firma fernhalten wollte. Doch Marias historische Position, seine Abneigung zu Bewerbersichtungen und seine Scheu vor dem notwendigen direkten Konflikt machten es ihm unmöglich, die nötigen Konsequenzen zu ziehen.

Wenn weder Flucht noch Kampf eine Option sind, verfällt ein Lebewesen in Lähmung, so dass gar nichts mehr geht. Hubert sagte folglich nichts. Maria hatte entweder nicht bemerkt, dass die Schublade leer war, oder sie tat so, als sei nichts geschehen. Keiner von beiden sprach das Geschehene an.

Hubert hatte nicht gewusst, dass man gar nicht schlafen musste, um einen Alptraum zu erleben. Vor seinem inneren Auge erschien Hubert immer wieder das imaginäre Ballett der Bewerberinnen, wie sie sich synchron um die eigene Achse drehen und auf der Straße vor dem Bauunternehmen eine musicalreife Choreographie hinlegen, den rechten Fuß erst in die Luft werfen, um ihn dann elegant in einer schwungvollen Kurve wieder auf den Boden zu setzen und mit Ausfallschritten eine schwungvolle achtförmige Figur zu laufen. Alle haben eine breite, rote Krawatte lose um den Hals hängen, welche ihre Bewegungen mitmacht und die Drehungen unterstreicht. Und zu allem Überfluss erklingt dazu ein dreistimmiger Chor, Hubert kann ihn genau hören.

Oder er träumt, wie Maria zur Furie wird, die Konturen ihres Gesichts verziehen sich comichaft-grotesk zu großen Zacken, so dass das Gesicht wie eine einzige Comicsprechblase wirkt, die nur noch aus gezacktem Mund zu bestehen scheint. Ihre Stimme erklimmt das Matterhorn:

„Und so zeigst du deine Dankbarkeit? Nach all den Jahren? Was bist du nur für ein MENSCH!".

Johannas Vorstoß bot Hubert die Lösung, über die er so verzweifelt nachgedacht hatte. Nachdem sie endlich offengelegt hatte, dass es ihr um eine persönliche Spontanbewerbung ging, ließ er sich ihren Lebenslauf zeigen, den sie vorsorglich ausgedruckt mitgebracht hatte. Der sah ihm solide genug aus, auch weil er die letzten Monate, während denen Johanna auf Jobsuche war und „nichts" getan hat, einfach bewusst überlas.

Beim Weiterlesen wurde auch schnell klar, dass sie nicht untätig gewesen war: Sie hatte sich in einem gemeinnützigen Verein eingebracht, der sich für den Erhalt eines unter Naturschutz stehenden Gebietes nördlich der Stadt einsetzte, das in Gefahr war, mit einem neuen Klärwerk bebaut zu werden. Einige der nötigen Genehmigungen hatte ein Unternehmer bereits erfolgreich eingeholt. Johanna hatte sich vor allem im Hintergrund nützlich gemacht, bei der Organisation aller Aktivitäten sowie der Protokollierung der Treffen, der Sichtung von Materialien und der Ablage aller Dokumente. Also bei all diesen zeitraubenden Tätigkeiten, die von außen niemand sieht, aber ohne die ein Organismus nicht funktionieren kann.

Außerdem hatte Johanna sich mit Photoshop beschäftigt und konnte jetzt ziemlich gut mit Bildmaterialien umgehen. Auch dies war ein Bedarf aus dem Verein gewesen, den sie für ihre eigene Weiterentwicklung nutzte. Und zu guter Letzt hatte ihr der Verein eine dreitägige Weiterbildung in Projektmanagement finanziert. Sie machte allerdings auch keinen Hehl daraus, dass ihre Fremdsprachenkenntnisse ausbaufähig waren, außer eingeschlafenem Englisch hatte sie wenig vorzuweisen.

Hubert erkannte schnell, dass genug Potenzial da war. Zudem löste sich soeben der Alptraum der siebzig antanzenden Bewerberinnen in Luft auf. Er folgte seinem Impuls und stellte Johanna vom Fleck weg ein. Ohne die übliche Bedenkzeit („Wir melden uns dann bei Ihnen"). Nein, er machte ihr direkt im Gespräch den Vorschlag, bei ihm anzufangen.

Johanna dachte ebenfalls nicht zweimal nach. Da war kein „Vielen Dank für Ihr Angebot, ich gebe Ihnen übermorgen Bescheid, wie ich mich entschieden habe", und zwei Tage später: „Ich habe leider ein weiteres Angebot bekommen, gestern, dessen Gehaltshöhe interessanter ist", und nach weiteren sechs Tagen Diskussion: „Ja, darauf können wir uns einigen..."

Sie gab ihrem spontanen Bauchgefühl nach und nahm ohne jede weitere Verhandlung das Angebot direkt an. Sie war so erleichtert, dass ihre langwierige Suche endlich ein Ende hatte, dass sie gar nicht mehr hörte, was Hubert noch zu sagen hatte:

„... die Gehaltshöhe? Muss ich nachschauen; es wird schon etwas mehr werden als bei Maria Römer."

Hubert war entzückt, dass ihm die Ausschreibungs- und Interview-Aufwände erspart blieben – er vereinbarte noch nicht einmal eine Probezeit, so groß war seine Erleichterung, ohne Aufwand jemanden gefunden zu haben, der ihm sowohl das Bewerberkarussell ersparte als auch das akute Maria-Problem lösen würde. Seine Personalleiterin war weniger entzückt. Sie wäre gerne bei dem offiziellen Bewerbergespräch dabei gewesen, wo sie unter Einsatz ihres umfassenden Fachwissens als Einzige die entscheidenden Kniffelfragen gestellt hätte, an denen sie sofort den geeigneten Bewerber erkennen würde, was nur mit einer einschlägigen Erfahrung wie der ihren möglich war, was natürlich auf niemanden sonst zutraf. Hubert war schließlich kein Personaler! Was war hier bitte mit Talent-Management? Wenn Expertise vorhanden war, dann sollte man sie auch abrufen. Menschenkenntnis und Bauchgefühl zählten nicht zu ihren Kernkompetenzen, daher entging ihr, dass Hubert normalerweise ein ganz gutes Händchen dafür hatte, Leute einzustellen, die neben dem nötigen Fachwissen genug Rudelkompetenz mitbrachten, um sich und andere nicht zu zerfleischen, sondern halbwegs konstruktiv miteinander zu arbeiten. Es war unbestreitbar von Vorteil, wenn der Gabelstaplerfahrer nicht ausrastete, während er am Steuer saß.

Tja, aber Hubert war nun einmal der Boss. Wenn er jetzt einen neuen Vertrag ausgestellt bekommen wollte, dann bitteschön. Und dann noch als Nachfolge für Maria! Die Schlüsselperson des Bauunternehmens! Und jetzt hatte er eine Kandidatin ausgesucht, ohne die hochkompetente Analyse des „Human Resources Officer" (so stand es auf ihrer Visitenkarte) zu berücksichtigen. Sie würde sich definitiv einschalten, und Hubert Hömmer würde das Ergebnis ihrer Analyse, die sie sich nicht nehmen lassen würde, schon noch anhören müssen. Sie würde es von Anfang an gesagt haben, wenn es dereinst explodieren und die Neue rausfliegen würde!

Trotz allem zögerte Hubert Hömmer immer noch, Maria den Vierhundertfünfzig-Euro-Vertrag zu kündigen. Er fühlte sich ihr gegenüber in der Pflicht, fast wie bei einem Familienmitglied. Siebenundvierzig Jahre wischt man nicht so einfach weg, als hätten sie keine Bedeutung. Hubert kannte sein eigenes Bauunternehmen gar nicht ohne Maria; sie war schon da, als seine früheste Erinnerung einsetzte und er als Junge seinem Papa durch die Werkshalle gefolgt war. Maria hatte dem kleinen Hubert immer, wenn sie ihn sah, einen Schokokeks in die Hand gedrückt.

„Aber nicht dem Papa sagen!"

Maria gehört zum Inventar und war schließlich nicht irgendeine Angestellte. Und das sah sie selbst auch so, wie sie immer wieder unmissverständlich kundtat. Außerdem: was sollte sie jetzt mit ihrer ganzen Zeit anfangen? Sie ging keinem Hobby nach, hatte keine Familie, nicht einmal eine Katze. Einmal pro Woche eine Zeitschrift, eine von denen mit vielen Bildern. Marias Leben war die Firma.

Maria Römer beäugte die Neuentwicklung beim Bauunternehmer Hömmer äußerst argwöhnisch. Seit der Anstellung dieser neuen Sekretärin wurde ihre Rolle zunehmend auf das Kuchen-Vorbeibringen alle zwei Tage reduziert. Ihre Arbeitsleistung wurde spürbar nicht mehr benötigt. Und anstatt dass alle wie früher mit ihr eine „kurze" Kaffeepause machten, hatten sie auf einmal keine Zeit mehr, nahmen sich ein Stück Donauwelle, sagten artig „Danke!" und gingen wieder zurück an ihre Arbeit.

Maria erhielt eine Aufgabe, die früher genauso wenig nötig gewesen war wie jetzt: sie passte den Briefträger ab und verteilte die Post im Haus. Solange sie die Briefe nicht selbst abarbeiten musste, sollte eigentlich kein Risiko bestehen. Außerdem übernahm sie es, Ausdrucke vom Drucker aufzusammeln und zu den druckenden Personen zu tragen. Die fette Carla aus dem dritten Stock (Vertrieb) freute sich als einzige darüber, dass sie sich den Weg sparen konnte.

So saß Maria nun tagein, tagaus neben dem Drucker auf dem Besucherstuhl und wartete. Auf Ausdrucke. Auf Gespräche, die nicht mehr stattfanden. Es kam jetzt kaum noch jemand zum Drucker, weil Maria die Ausdrucke persönlich an den Schreibtisch brachte, und ein Kopiervorgang dauerte mindestens fünfzehn Minuten, weil sie einen in ein Gespräch verwickelte, aus dem man sich nur schwer sofort wieder loseisen konnte. Der Papierverbrauch des Bauunternehmens Hömmer ging in diesen Wochen drastisch nach unten.

Nur Stefanie mit den steilen, schwarzgefärbten Haaren und diversen Piercings an diversen Körperstellen aus der Buchhaltung, vierter Stock, traute sich noch. Sie hatte sowieso meistens kleine Kopfhörer auf und hörte Heavy Metal. Es war Hubert ein Rätsel, wie sie es schaffte, sich bei der Art von Musik auf Zahlen zu konzentrieren, aber sie konnte es. Ihre Bilanzen waren einwandfrei und glasklar. Stefanie fertigte Maria mit einem kurzen und freundlichen „Stimmt!" oder „Natürlich!" ab, unabhängig davon, was Maria gerade gesagt hatte – sie hatte es wegen der Kopfhörer sowieso nicht verstanden. Dann griff sie sich ihre Kopien und ging einfach wieder weg, während Maria immer noch redete.

Maria wartete weiter. Darauf, dass jemand sagte: „Mensch, wir vermissen Sie so!", oder: „Die Neue hat es überhaupt nicht im Griff!", oder: „Es ist nicht mehr so wie früher, damals lief der Laden wie geschmiert." Dass sich jemand zu ihr an den Drucker schleichen und ihr zuraunen würde: „Weißte, die Neue hat KEINEN BLASSEN SCHIMMER! Wie hast du bloß immer alles gewuppt? Und könntest du mir grad mal zeigen, wie man ... ?"

Jeden Tag gegen zehn Uhr wartete Maria in der Nähe des Haupteingangs auf den Postboten. Sie hatte sich einen kleinen Wagen besorgt, falls mal ein schwereres Paket dabei war. Jedem drückte sie persönlich seine Post in die Hand. Auf den Schreibtisch wurde nichts gelegt. Wer nicht da war, musste auf seine Post warten, bis Maria ihre nächste Runde machte. So konnte es passieren, dass ein Brief über mehrere Tage hinweg seinen Empfänger nicht erreichte, obwohl bei der Post der Erhalt des Einschreibens längst quittiert worden war. Es kam, wie es kommen musste: nach und nach sammelten sich immer mehr Briefe bei Maria, weil sie mit der persönlichen Verteilung nicht mehr hinterherkam.

Maria hatte keinen Schreibtisch mehr und konnte die Briefe nicht mehr einfach in irgendeine Schublade stopfen. Sie suchte sich einen neuen Ablageplatz: im Flur, neben dem Drucker, stand ein Schrank. Dort stellte sie eine leere Kiste hinein, die einmal sehr viel Kopierpapier enthalten hatte. Die Kiste wurde zum neuen Aufbewahrungsort für die nicht ausgehändigte Korrespondenz. Da Maria inzwischen als Einzige das Papier im Kopierer nachfüllte, ging niemand sonst an den Schrank, niemand bemerkte die Kiste mit den vermeintlichen Papiervorräten.

Es kam, wie es kommen musste. Wieder sammelte sich ein Berg an, der viel zu hoch wurde, um schnell erledigt werden zu können. Maria konnte längst nicht mehr alle Briefe auf ihrer täglichen Runde mitnehmen. Und wie hätte sie erklären sollen, dass ein wichtiges Einschreiben für den Weg von der Pforte zum Schreibtisch des Empfängers siebzehn Tage benötigt hatte? Johanna lief auf diese Weise in ihr erstes Problem. Hubert wollte ein neues Grundstück ankaufen; er benötigte ein weiteres Lager. Das Grundstück war gefunden, der Kaufpreis verhandelt. Jetzt musste der Kauf nur noch formalisiert werden. Hubert hatte Johanna alle Details mitgeteilt und ihr alle bisherigen Unterlagen zur Verfügung gestellt. Ihre Aufgabe war es, daraus ein Dokument zu erstellen, auf dessen Grundlage der Notar einen Kaufvertragsentwurf anfertigen konnte, der alle Absprachen und Vereinbarungen mit dem Verkäufer enthielte.

Johanna wusste ganz genau, wann sie das Dokument abgeschickt hatte. Der Notar hatte im Vorfeld zugesagt, spätestens zehn Tage später einen Vertragsentwurf zu schicken, den das Bauunternehmen Hömmer dann bitte gründlich auf Vollständigkeit und Korrektheit prüfen möge. Änderungswünsche seien innerhalb von fünf Geschäftstagen zu melden, damit der Notar den geänderten Vertragsentwurf rechtzeitig vor der Beurkundung, deren

Termin bereits feststand, allen Beteiligten zukommen lassen könnte.

Johanna hatte alles in ihrem großen Notizbuch dokumentiert, wann sie was mit Hubert besprochen hatte, wann sie welchen Brief verschickt, beziehungsweise erhalten oder welches Telefonat sie mit wem geführt hatte. Der Antwortbrief müsste längst da sein! Aber er kam und kam nicht. Jeden Tag fragte sie Maria konkret nach diesem Brief, wenn diese auf ihrer täglichen Runde bei ihr vorbeikam. Diese schüttelte stets bedauernd den Kopf und versicherte, einen solchen Brief sofort vorbeizubringen.

Johanna saß täglich viele Stunden am Schreibtisch. Maria hatte also keinen Grund, ihr gemäß ihrer selbstgewählten Regel der persönlichen Übergabe Post vorzuenthalten. Aber sie sah absolut nicht ein, die Neue, die ihr ihren angestammten Platz streitig gemacht hatte, zu unterstützen. Das wollte sie doch mal sehen, ob die wirklich zurechtkam! Mit etwas Nachhilfe würde Hubert einsehen, dass er sie, Maria, und nur sie, brauchte, und er würde angekrochen kommen, um sie zurückzuholen. Sie würde sich ein bisschen zieren, dann zusagen, „weil du es bist", und der Neuen mütterliche Ratschläge mit auf den Weg geben, wie man so einen Job meistert. Sie würde ihr viel Glück wünschen und bekräftigen, dass sie es weit bringen würde, schließlich sei sie eine patente junge Frau. Als der erwartete Brief ankam, versteckte Maria ihn in ihrer Kiste im Schrank, ganz unten.

Johanna reagierte aber nicht so wie erwartet. Anstatt zu verzweifeln, sich vor Hubert zu fürchten und die Situation auszusitzen, ging sie zu ihm und erklärte, dass sie den Vorgang erledigt habe, sie könne das Absenden des Einschreibebriefes nachweisen, doch leider schien etwas schief gelaufen zu sein: der Vertragsentwurf sei bisher nicht angekommen. Aber morgen sei der Termin für die Beurkundung, vor der sie den Vertrag unbedingt prüfen müsse. Sie würde vorschlagen, dass sie, mit seinem Einverständnis, noch einmal von vorne anfangen und der Sache auf den Grund gehen würde.

Hubert war natürlich einverstanden. Alle Bestrebungen, Probleme von ihm fernzuhalten, waren höchst willkommen. Er gab Johanna freie Hand. Diese setzte sich ans Telefon und rief den Notar an, der sie darüber informierte, dass der Rückschein für seinen Einschreibebrief mit dem Vertragsentwurf bereits vor zehn Tagen bei ihm angekommen sei. Ja, selbstverständlich könne er ihr davon ein Foto schicken. Nein, eine Fristverlängerung sei nicht möglich, schließlich stand der Termin seit Wochen fest und war allgemein bekannt. Eine halbe Stunde später hatte Johanna ein per Handy geschicktes Foto in ihrem elektronischen Postfach. Sie sah es sich auf ihrem Bildschirm an. Da war es, klar und deutlich. Das Empfängerfeld trug eine gut lesbare Unterschrift. Mit so einer Retro-Handschrift schrieb heutzutage niemand mehr. Eine elegant geschwungene Schönschrift: Maria Römer.

Johanna überlegte, was sie unternehmen solle. Müsste sie nicht Hubert informieren? Sie hatte längst das Konstrukt mit Marias Vierhundertfünfzig-Euro-Vertrag durchschaut. Es tat ihr auch ehrlich leid für die alte Dame. Johanna verstand durchaus, wie schwer es für diese sein musste, ihr, der Neuen, zuzusehen, wie sie ihren Platz einnahm. Aber das hier ging zu weit. Sie entschied sich, zuerst Maria zur Rede zu stellen, bevor sie zu Hubert ging.

Johanna wollte eben aus ihrem Büro auf den Flur treten, wo Maria immer auf dem Stuhl neben dem Drucker Platz nahm. Da kam sie gerade, in der Hand einige Briefe.

Johanna sah durch den Spalt ihrer Zimmertür, wie Maria die Schranktür öffnete und die Briefe einfach hineinlegte. Danach griff sie sich ein paar frisch ausgedruckte Seiten und machte sich auf den Weg in den vierten Stock. Johanna lief schnell zum Schrank und entdeckte die Kiste. Himmel! Sie kippte den Inhalt in ihrem Büro auf den Schreibtisch und stellte die leere Kiste zurück.

Maria kam zurück. Johanna stand im Flur, um sie abzufangen. Maria erkannte sofort, dass etwas geschehen war. Johanna war sehr wütend und riss sich ganz offensichtlich extrem zusammen, um nicht auszurasten. Fliehen war zwecklos. Johanna funkelte die Ältere gefährlich an und zischte:

„Das reicht. Dieses Mal regle ich das in aller Stille. Noch einmal, und ich werde Sie höchstpersönlich beim Chef melden. Haben wir uns verstanden?"

Auf dem Absatz drehte Johanna sich um und ging wieder in ihr Büro. Die Tür stand offen. Maria konnte sehen, wie Johanna die Briefe nach Empfänger sortierte, darunter auch an sich selbst. Auch der vermisste Brief vom Notar war dabei. Johanna sah kurz auf und sah in Richtung Flur. Dabei trafen sich ihre Augen. Maria hatte großes Glück, dass Johannas Blick keine echten Revolverschüsse abfeuerte.

Johanna ging zu Hubert und informierte ihn, dass der Brief aufgetaucht war. Er war unter anderen Briefen versteckt gewesen. Dies entsprach auch der Wahrheit. Johanna wusste nicht, dass Hubert in diesem Moment an Marias Schreibtischschublade denken musste. Sie wunderte sich zwar, dass er keine weiteren Fragen stellte, aber für so etwas war jetzt auch keine Zeit.

Gemeinsam sahen sie in höchster Eile den Vertragsentwurf durch. Zum Glück stellte sich heraus, dass der

Notar sorgfältig gearbeitet hatte. Der Vertragsentwurf war sehr gut geraten. Alle Vereinbarungen waren sorgsam und vollständig eingearbeitet worden. Der Käufer hatte keine Änderungen gewünscht, und Johanna und Hubert fanden ebenfalls nichts mehr zu beanstanden. Die Beurkundung am nächsten Tag war gesichert.

Auch an diesem Arbeitstag ging Maria zur gewohnten Zeit nach Hause. Sie war traurig. Die Sache mit der Briefekiste war natürlich ein Fiasko, ihr war klar, dass ihr Verbleiben in der „Familie" auf dem Spiel stand.

Wieder hatte sie den größten Teil des Tages neben dem Drucker herumgesessen und war ratlos, weil kaum jemand so wie früher ihren Johannisbeeren-Baiser-Kuchen probieren wollte. Doch dann hatte sich am Ende des späten Nachmittags ein Lichtblick ergeben. Der Arbeitstag war vorüber. Maria zog ihren leichten grauen Mantel an, der perfekt für diese Jahreszeit war, wo es tagsüber angenehm, aber abends ein wenig zu kühl wurde, und ergriff ihre riesige, beutelartige Handtasche, die aus in unterschiedlichen Blautönen gefärbten Lederstreifen gewebt war. Das unförmige Gebilde war hässlich, aber ungemein praktisch. Der halbe Hausrat fand darin Platz, wenn es sein musste.

Maria war gerade im Begriff aufzubrechen, als Rosi, Susanne und Alfred aus der Buchhaltung am Drucker vorbeikamen. Gemeinsam gingen sie zum Ausgang und unterhielten sich, zuerst über den anstrengenden Tag („Diese Bilanz raubt mir den letzten Nerv! Sie sind immer noch nicht zufrieden und wollen morgen eine neue Fassung. Ich kann es echt nicht mehr sehen."), dann darüber, was morgen alles anstand („Und wer kümmert sich um die neue Azubine, die morgen anfängt? Bestimmt bleibt das wieder an mir hängen, dabei hatte ich damals klipp und klar gesagt, dass ich im Juli keine Zeit dafür habe..."), und schließlich über den bevorstehenden Abend. Alfred verschwand schnell, war auf dem Weg in den Badminton-Club. Rosi und Susanne hielten am Drucker kurz an.

„Wir gehen die Tage zum Esso-Griechen; kommst du mit? Ruth, Sandra und Wilma kommen auch, wir wollen Wilmas Geburtstag nachfeiern."

Nach kurzem, zaghaftem Widerstand war Maria, die „nicht stören wollte", überredet. Sie hatte nichts Besseres vor, und einen Samstagabend mal nicht allein zu verbringen, klang gar nicht so schlecht, zumal sie in dieser Stimmung eine Aufheiterung gebrauchen konnte. Gerne in hochprozentiger Form. Außerdem mochte sie, wie alle, den Esso-Griechen gerne. Besonders seinen Studententeller. Und vielleicht konnte sie auch ein bisschen Stimmung gegen die Neue machen. Außerdem waren die drei Damen wirklich nett.

Der Esso-Grieche war eine Institution in der Stadt, seit Kostas 1988 sein Restaurant eröffnet hatte. Seine Lage war alles andere als attraktiv: der Esso-Grieche befand sich auf dem Gelände der Tankstelle desselben Namens, an der Ausfallstraße, die in Richtung Autobahn, aber auch in Richtung Naturschutzgebiet führte. Die ganze Anlage erinnerte stark an eine Autobahnraststätte, nur, dass diese Raststätte sich inzwischen mitten in der Stadt befand.

In den letzten zwanzig Jahren waren einige neue Wohnviertel im idyllischen Süden der Stadt entstanden. Desillusionierte Städter suchten bezahlbare Mieten, wollten bauen oder wollten dem Lärm und den Gerüchen der Großstadt entfliehen. Und auf einmal befand sich die

Raststätte am Übergang zwischen Innen- und Vorstadt. Der Tankstellenpächter konnte absehen, dass die Firma, der das Grundstück gehörte, seinen in dreieinhalb Jahren auslaufenden Pachtvertrag höchstwahrscheinlich nicht verlängern würde. Zu kostbar waren die potenziellen Baugrundstücke, und zu nah die benachbarten neuen Einfamilienhäuser.

In der kleinen Stadt gab es keine weiten Entfernungen; vom Zentrum aus waren es zu Fuß keine zwanzig Minuten. Vielleicht hatte Kostas genau deswegen den Zuschlag bekommen. Aber an diesem Ladenlokal neben der Tankstelle war niemand sonst interessiert. Für die *Schiffschaukel* dagegen, ein gutbürgerliches Restaurant mit deftigen, aber erlesenen Spezialitäten aus der Region, gab es mehrere Bewerber, darunter Kostas, doch am Ende erhielt das badische Pächterpaar den Zuschlag für das begehrte Grundstück am Fluss.

Im kleinen Garten der *Schiffschaukel* stellten die neuen Pächter zwei nostalgische Schiffschaukeln auf, die sie einem Schausteller im Ruhestand abgekauft hatten. Das Gebäude wurde fachgerecht saniert. Die rückwärtige Fassade erhielt eine großflächige Verglasung, eine Terrasse wurde angebaut.

Die meisten Tische hatten einen schönen Blick auf die malerische Altstadt am anderen Flussufer. An lauschigen Abenden war die *Schiffschaukel* einer der beliebtesten Treffpunkte der Stadt.

Doch wenn es kühl war, dann gab es für viele Einwohner der Stadt nur eine Wahl: Kostas und die warme, behagliche Stube in seinem griechischen Restaurant an der Esso-Tankstelle. Kostas war in Deutschland geboren und aufgewachsen, er hatte nie in Griechenland gelebt, er sprach akzentfrei den lokalen Dialekt. Sein holpriges

Griechisch dagegen wies einen deutschen Akzent auf, was seinen Gästen in der Regel aber nicht auffiel.

Die Einrichtung der *Griechischen Taverne*, wie der Esso-Grieche offiziell hieß, war gelinde gesagt rustikal. Aber die gepolsterten Bänke waren bequem, und die dunkelbraunen Tische konnte nichts mehr schrecken. Trotzdem hatte Kostas ein paar kitschige Bilder in Neu-Fresko-Technik direkt auf die Mauern malen lassen: die Akropolis, eine kitschige, nicht ganz korrekte Landkarte der griechischen Inseln, eine Venus von Milo, griechische Götter mit Streitwagen und halbbekleideten, entführten Schönen.

Das Rathaus lag nicht sehr weit entfernt. Viele Kommunalpolitiker hatten es sich zur Gewohnheit gemacht, nach den Sitzungen bei Kostas einzukehren und ihre Politik auf eine andere Kommunikationsebene zu heben. Im Esso-Griechen saßen oft genau diejenigen einträchtig beim Retsina zusammen, die sich gerade eben noch im Sitzungssaal des Rathauses verbal die Köpfe eingeschlagen hatten. Vereine, Stammtische und Bürgerinitiativen buchten gerne eines der drei Hinterzimmer. Betriebe ebenso. Auch Hömmers Baumaschinen hatte im letzten Dezember die Belegschaft zur Weihnachtsfeier beim Esso-Griechen eingeladen.

Der Esso-Grieche hatte sich im Laufe der Zeit zu einem Kulttreff entwickelt und war weit mehr als nur ein Restaurant geworden. Die Preise waren so moderat, dass unklar blieb, wie Kostas seinen Umsatz machte, aber vermutlich halfen die vielen Stammgäste ungemein. Die klassisch griechische Speisekarte war legendär, Gyros, Souvlaki, Bifteki, gefüllte Weinblätter und Calamari warteten auf hungrige Gäste. Da war der historische Tavernenteller, mit etwas von allem. Besonders beliebt waren der Studententeller (Gyros) und der Kinderteller (Souvlaki), jeweils mit Pommes Frites oder Reis und Tsatsiki, beide für unter zehn Euro. Das Beste war, dass der Kinderteller nicht nur Kindern und der Studententeller nicht nur Studenten vorbehalten waren. Jeder Gast, egal welchen Alters oder Profession, konnte sie bestellen und bekam sie schwungvoll von Kostas persönlich serviert:

„Bitte schön, Professor!"

Der Esso-Grieche war fast immer voll besetzt, dennoch fand er für jeden Neuankömmling einen Platz. Da konnte es passieren, dass der konservative Schornsteinfeger sich mit alternativen Grünen-Politikern am selben Tisch wiederfand und sie nach einer handfesten, lautstarken Debatte als gute Freunde nach Hause gingen. So ein kleiner Ouzo bewirkt manchmal Wunder.

Es war so weit. Maria fühlte sich traurig und antriebslos, aber sie freute sich auf den Esso-Griechen und die Kolleginnen. Gedankenlos griff Maria sich ihren grauen Wollmantel und machte sich auf den Weg. Ruth und Sandra waren in der Personalabteilung, Wilma war eine der wenigen Frauen in der Fertigung. Sie war erstaunlich zierlich. Aber wer sich davon nicht täuschen ließ, erblickte eine drahtige Fußballerin, die ihre vermeintlichen Mängel durch Wendigkeit ausglich, den Ball dabei stets an der Schuhspitze, um ihn schließlich ins Tor zu versenken.

Was Wilma an physischer Kraft fehlte, machte sie durch eine gesteigerte feinmotorische Fertigkeit wett, die keiner der anderen Baumaschinen-Mechatroniker aufwies. So hatte sie sich im Laufe der Zeit ihr Standing erarbeitet und wurde immer dann hinzugezogen, wenn besonders knifflige technische Probleme zu lösen waren. Mit ihren kleinen Händen und schlanken Fingern konnte sie in Zwischenräume greifen, die eigentlich nur für Kinderhände groß genug waren.

Es war immer unterhaltsam, Wilma zuzuhören, wenn sie burschikos Anekdoten aus dem Technikpark des Bauunternehmers Hömmer erzählte oder beschrieb, wie ungelernt und teilweise wenig lernfähig die Auszubildenden waren, worauf Ruth und Sandra stets die Augen gen Himmel rollten und stöhnten, sie hätten aber nur die allerbesten Bewerbungen ans Team weitergeleitet, es sei eben hauptsächlich Schrott dabei gewesen.

Die Zeit verging schnell. Sie hatten diverse griechische Klassiker bestellt und bis auf den letzten Krümel aufgegessen: griechischer Salat mit Gurken, Oliven und Tomaten, Gyros, Souvlaki, Tsatsiki und natürlich am Ende den traditionellen Ouzo, der aufs Haus ging. Kostas hätte niemals eine Bezahlung dafür akzeptiert.

Sie hatten viel über die zwei unfähigen Azubis gelacht, deren Bewerbungen angeblich so herausragend gewesen waren.

Und dann hatten Ruth und Susanne doch tatsächlich erzählt, dass die Neue im Sekretariat sich ganz gut machte. Offenbar verstand sie etwas von Organisation, und sie verstand es auch, Hubert und seine Launen gut zu nehmen. Er war in letzter Zeit viel ausgeglichener und schon länger nicht mehr in die Luft gegangen. Und sie hatte was drauf, die Neue; die eine Azubi hatte einige der Dateien für die Bilanz völlig vermurkst und unerklärliche Fehler eingebaut, als ob sie überhaupt kein Excel könne, dabei war dies doch eine Einstellungsvoraussetzung. Sie habe zwar unter Tränen später behauptet, dass diese Fehler nicht von ihr stammten und dass das alles nicht sein könne, aber sie hatten es vor Augen, schwarz auf weiß. Grundrechenarten: mangelhaft. Und die Neue hatte sich so richtig reingefuchst und konnte die Fehler beheben, und zwar, bevor der Chef sie zu sehen bekam. Gleichzeitig gab sie der Aushilfe eine Nachhilfestunde, angeblich mit dem Plan, dies wöchentlich zu tun, solange es eben nötig war, anstatt das Mädchen zur Schnecke zu machen. Guter Stil, das musste sie ihr lassen.

Maria brach der Schweiß aus. Sie wusste, von welcher Bilanz die Rede war. Und von welcher Excel-Tabelle. Die Azubine hatte damals ein paar schlimme Fehler eingebaut, und sie, Maria, hatte diese entdeckt und behoben. Sie waren hier doch in Deutschland! Hier wurde mit Euro geschafft! Was hatten daher die vielen $-Zeichen in dieser Excel-Tabelle zu suchen? Maria hatte sie kurzerhand alle entfernt und die Tabelle danach dem Chef gezeigt, der auf den ersten Blick sah, dass hier von hinten bis vorne alles falsch war. Zahlen verstand Hubert sehr gut, da konnte niemand ihm etwas vormachen.

Leider begriff in diesem Moment keiner von beiden, dass die Azubine alles richtiggemacht hatte. Sie hatte feste Zellenbezüge eingefügt, die für die korrekte Berechnung von Prozentsätzen benötigt wurden. Durch das Löschen der $-Zeichen hatte Maria diese Bezüge wieder entfernt, was zu falschen Rechenergebnissen führte.

Hubert war entsetzt über das Excel-Niveau der Azubine. Maria wiederum verstand zwar, dass ihre Manipulation zu fehlerhaften Ergebnissen geführt hatte, aber sie hatte keine Ahnung, was an ihrem Vorgehen falsch gewesen war. Sie hätte sich jedoch eher auf die Zunge gebissen, als ihren Fehler zuzugeben.

Marias Verdacht war bestätigt: diese Johanna wollte sich möglichst schnell unentbehrlich machen und sie damit komplett aus den Baumaschinen, in die Vergessenheit drängen. Bestimmt machte sie sich an den Chef ran. Wie sonst ließen sich seine ausbleibenden Wutausbrüche erklären? Maria war unbehaglich zumute. Nach dem zweiten Ouzo beschloss sie, dass die Zeit für einen eleganten Abgang reif war. Das tägliche Herumsitzen neben dem Drucker war kontraproduktiv; das wusste sie insgeheim längst selbst. Bisher hatte sie nicht die Kraft aufgebracht, aber etwas musste sich ändern. Marias Entschluss stand fest. Sie würde Hubert die Wahrheit über die Neue servieren!

Der dritte Ouzo schmeckte deutlich besser als die beiden zuvor.

Die Schulkameraden

Für Johanna ließ es sich sehr gut an beim Bauunternehmer Hömmer. Hubert war als Schüler ein freundlicher Mensch gewesen, nach fünfundzwanzig Jahren war er das immer noch. Die Geschäftswelt hatte es gut mit ihm gemeint. Er musste zwar hart anpacken, um sein Unternehmen dahin zu bringen, wo es war, aber das hatte ihm Spaß gemacht, und er war erfolgreich.

Johanna hatte sich die kindliche Neugierde bewahrt, die ihr immer schon zu eigen war. Sie hatte ihr in der Schule genützt; auch später, bei Freundschaften, in der Familie, im Beruf. Sie hatte keine Angst vor Veränderungen und freute sich darauf, das Bauunternehmen Hömmer von innen zu entdecken.

Johanna und Hubert fanden Spaß daran, über die gemeinsame Schulzeit zu quatschen. Es war erstaunlich, was für ein ergiebiges Gesprächsthema die alten Zeiten waren, und es war ein seltsam angenehmes Gefühl, mit jemandem, den man von damals kannte, gemeinsame Erinnerungen zu teilen. An welche der alten Weggefährten konnten sie sich erinnern?

Da war der unfaire Mathelehrer, der Johanna bescheinigte, es nie weit zu bringen, aber der glaubte sowieso, dass Mädchen prinzipiell nicht rechnen können und besser heiraten und für Nachwuchs sorgen sollten. Doch zwei Klassen später wurde sie zur Klassensprecherin gewählt.

Der dicke Physiklehrer Schmitz, der leider immer stark schwitzte und dem deswegen der fiese Spitzname „Schwitzischmitzi" verpasst wurde.

Da war die Tochter vom Rektor, die in Latein bevorzugt wurde, was ihr Lehrer und sie selbst stets vehement abstritten.

Der Rowdy, der immer den Unterricht störte. Wie hieß der gleich – ja, Uwe. Nur der Mathelehrer hatte ihn im Griff.

Der Klassenlehrer, von dem lange niemand wusste, dass sein Sohn das Down-Syndrom hatte.

Die dicke Sophie, laut, frech und mit der Einfühlsamkeit eines Regenwurms gesegnet.

Der Stille, der sich später als Klassenbester herausstellte.

Die unfähige Sportlehrerin, unter der die Mädchen von der sechsten bis zur achten Klasse zu leiden hatten, bis die Frau endlich aus dem Sportunterricht entfernt wurde und ausschließlich Handarbeiten unterrichten durfte. Ja, das gab es damals noch! Die Mädchen mussten freitags zwei Stunden länger bleiben und Socken stricken, während die Jungs nach Hause gehen durften, wo sie mit lautem Gejohle Bälle kickten oder lautstarke Fahrradwettrennen veranstalteten. Einen handwerklichen Unterricht gab es nämlich nicht, der war mangels Lehrer abgeschafft worden.

Wie unfair!

Derweil quälten sich die Mädchen, um mittels eines quietschenden Tretgestells den Keilriemen der antiken Singer-Schulnähmaschine auf dem verschnörkelten, gusseisernen Tischgestell in Bewegung zu versetzen und Stoff, der eigentlich ein Rock werden sollte, zu unförmigen, sackartigen Gebilden zu verarbeiten.

Johanna konnte das alles längst; sie strickte sogar ganz gerne. Auch das Nähen hatte sie sich auf der Maschine ihrer Mutter in deren Werkräumchen selbst beigebracht.

Ihre Mutter hatte viele Stoffreste, an denen sie sich frei bedienen durfte. Mit viel Eifer und Zeitaufwand nähte sie dem Hund der Familie eine wattierte Patchworkdecke, die jahrelang zum Einsatz kam.

Dies alles verschwieg sie der unfähigen Möchtegern-Pädagogin. Sie fand den Handarbeitsunterricht unerträglich und strengte sich daher kein bisschen an. Den anderen Mädchen ging es genauso; keine gab sich Mühe. Johanna hatte sogar Glück im Unglück, als die Madame ihr zum Jahresabschluss ein „Befriedigend" ins Zeugnis schmierte und aufmunternd meinte, sie habe sich stark verbessert im Vergleich zum Halbjahr. Mit dem „Befriedigend" war sie eine der drei Besten. Zwei hatten „Gut" bekommen, vier weitere ebenfalls ein „Befriedigend", aber ihres war, mit einem Durchschnitt von 2,6, das beste „Befriedigend".

Der Sohn eines Grafen, Klaus Börghelm, der seinen Adelstitel zunächst erfolgreich verschwiegen hatte, bis der Klassenlehrer bei der Anwesenheitskontrolle eines Morgens den vollen Namen vorlas (entgegen der Absprache mit den Eltern): Nikolaus (nicht Klaus, aha!) Fridolin Eugen Wendelin Graf zu Börghelm-Dönnersruth. Von diesem Moment an nannten seine Klassenkameraden ihn Bödö, den kompletten Namen konnte sich niemand unfallfrei merken, selbst Klaus hatte seine Probleme damit.

Die Hübsche mit der Querflöte. Wie hieß sie doch gleich?

Der Skiausflug mit der ganzen Klasse nach Österreich, wo der Toni allen davonfuhr und alle Schulwettbewerbe in dieser Woche gewann.

Johanna gestand, dass sie hoffnungslos in ihren Schul-Tanzkurspartner Stefan verschossen, aber viel zu schüchtern gewesen war, ihm dies zu zeigen. Später fand sie ihn total affig, auch weil er sich mit dieser Doris einließ, die immer so viel quatschte. Dies war der einzige unbequeme Moment in ihrem Gespräch: Doris wurde später Huberts erste Frau. Obwohl sie seit vielen Jahren geschieden waren, verkniff Johanna sich schnell alle weiteren, nicht unbedingt schmeichelhaften Bemerkungen über Doris.

Irgendwann leitete Hubert zu der Idee über, die Johanna hatte anklingen lassen: Sie könnten doch tatsächlich ein Klassentreffen andenken. Seines Wissens hatte es all die Jahre keines gegeben, das hätte er mitbekommen. Warum eigentlich nicht. Was sie davon hielte? Er habe da eine Idee. Ob sie diesen neuen Biergarten kenne, außerhalb der Stadt, im Wald?

Hubert war neulich erst dort gewesen, sein Bruder Markus hatte ihn in den Försterhof eingeladen, mit der Absicht, Hubert um einen privaten Kredit zu bitten. Er wollte mal wieder ein supergeniales Start-Up-Unternehmen gründen, diesmal für einen mobilen Pflegedienst. Sein letztes Start-Up, IT-Dienstleistungen für Frisöre (Nachschub an Material über Markus' Softwarelösung zu bestellen sowie Terminkalender und Urlaubsplanung der Angestellten) war pleitegegangen. In der Stadt hätte Markus riskiert, Bekannten, insbesondere Frisören, über den Weg zu laufen, und bei Hubert zuhause könnten sie nicht unter vier Augen sprechen.

Dort im Wald sei jedenfalls dieser alte Bauernhof. Es gäbe dort einen malerischen Garten mit Bierbänken, deftiger Brotzeitküche und viel Platz. Bei schönem Wetter würden sie ein paar Randtische unter den großen Kastanien reservieren. Und bei schlechtem Wetter gäbe es zwei sehr hübsche Innenräume. Das Beste: es gäbe sogar eine Handvoll einfache, aber gemütliche Fremdenzimmer, in denen die Ex-Klassenkameraden bei Bedarf nächtigen könnten. Zwar habe er sie nicht persönlich in Augenschein genommen, aber am Nebentisch saß damals ein Touristenpaar, das seinem Bruder furchtbar auf die Nerven ging, weil es sich lautstark darüber ausließ, wie „prima" alles sei, sogar die Matratze sei angenehm hart.

Markus kam mit seiner flüsternden Stimme kaum durch, seinen Bruder um diesen Kredit zu bitten. Doch er hatte keine Wahl, er musste in normale Laustärke wechseln; die beiden Touristen dominierten die Geräuschkulisse dermaßen, dass man kaum dagegen ankam.

Von seiner eigenen Begeisterung mitgerissen, rief Hubert die Homepage des Försterhof auf, um sie Johanna zu zeigen. Wärmstens wurde alles angepriesen, von der Ausstattung über die traumhafte Nachtruhe mit Blick in den Sternenhimmel und den Schreien der Eulen, die dort ihr Zuhause gefunden hatten, bis hin zur Küche.

„Der Enthusiasmus Ihres Gastwirtes Hannes und die Kochkunst seines erfahrenen Chefkochs Jean-Michel werden in Ihnen unerwartete Emotionen des gastronomischen Genusses wecken."

Daneben ein Foto der beiden, der Chefkoch mit Kochmütze auf dem Kopf. Beide standen am Tresen und lachten in die Kamera, als ob der Fotograf einen Witz erzählt hätte. Es war wohl sehr heiß, als das Foto geschossen wurde; beide hatten einen hochroten Kopf.

Je mehr Johanna darüber nachdachte, desto besser fand sie die Idee. Das mit dem Biergarten sowieso, aber auch insgesamt.

Ja, warum eigentlich nicht. Fünfundzwanzig Jahre nach dem Abitur könnte so ein Treffen durchaus interessant werden. Es wäre auch eine Ablenkung von ihren üblichen Beschäftigungen. Sie merkte, wie in ihr die Lust aufstieg, so ein Treffen zu organisieren.

Ein Termin war schnell gefunden: der Samstag am zweiten Juli-Wochenende. Es war der einzige Termin, den der Försterhof noch zur Verfügung hatte. Hubert reservierte vierzig Plätze. Um die Einzuladenden zu kontaktieren, mussten sie sie jedoch zuerst auftreiben. Johanna und Hubert hatten beide nur wenige Kontakte behalten, insgesamt sieben. Die waren schnell abtelefoniert, und tatsächlich sagten fünf von ihnen direkt zu und schienen sich sogar zu freuen. Der sechste würde im Urlaub sein, und die siebte müsste leider genau in der fraglichen Zeit eine längere Geschäftsreise antreten.

Ermutigt machte Johanna sich daran, weitere Klassenkameraden aufzutreiben. Das antike, örtliche Papiertelefonbuch aus Huberts Büro half weiter. Erstaunlich viele Klassenkameraden waren in der Region geblieben und im Telefonbuch verzeichnet. Zumindest viele der Männer. Auch einige der Frauennamen waren zu finden. Offenbar hatten einige ihren Mädchennamen behalten.

Johanna nahm nun das Internet zu Hilfe. Die Suche nach Namen, die nicht im Telefonbuch zu finden waren, brachte in einigen Fällen Erfolg.

Petra Müller ließ sich beim besten Willen nicht auftreiben. In einem anderen Fall fand Johanna zwar nicht die Anschrift oder Telefonnummer von Karl Huber, aber er engagierte sich ehrenamtlich im Schachclub der kleinen Stadt, in der er jetzt lebte. Über das Kontaktformular auf der Homepage des Schachclubs schrieb Johanna eine Nachricht, und zehn Tage später antwortete Karl. Ja, er habe Zeit und Lust, zu kommen.

Sophie, im Internet unter ihrem Mädchennamen Schnöde aufzufinden war, hatte eine eigene Hochglanzwebseite, von der aus einen in Sepiatönen gehaltene Kulleraugen anstrahlten, die wohl erotisch wirken sollten. Da hatte sich jemand am Weichzeichner ausgetobt. Das war auch nötig gewesen: Da Sophie ziemlich dick war, machte sie auf Kindchen-Schema; alles andere wäre auch vergeblich gewesen. Wie es aussah, war Sophie im wahrsten Sinne des Wortes dick im Geschäft, als Konzert- und Eventmanagerin sowie als Agentin von einigen nationalen Showgrößen, darunter die Schlagersänger Hector und Susi Schnalle, der Liedermacher Horsti Hövel, die Fernsehansagerin Ines Sonnenschein, und sogar der bekannte Komiker Dr. Norbi, die Würgbacke. Johanna konnte ihn nicht ausstehen und wechselte jedes Mal das Programm, wenn eine seiner Shows im Fernsehen übertragen wurde, was gefühlt alle drei Tage der Fall zu sein schien.

„Kontaktieren Sie mich gerne mit Ihrem Anliegen! Ob Show, Event oder Festival – ich bin Ihre Fachexpertin", verhieß der Text über dem Kontaktformular. Eine Telefonnummer war nicht dabei, auch nicht im Impressum. Johanna füllte das Formular aus und lud Sophie zum Klassentreffen ein. Wenig später bekam sie eine E-Mail von einem Namen, der ihr nichts sagte: Frau Schnöde sei momentan gänzlich mit der äußerst aufwändigen Tournee eines ihrer wichtigsten Klienten beansprucht und daher unabkömmlich. Sie bedaure dies aufrichtig und wünsche dem Klassentreffen gutes Gelingen. Mit freundlichen Grüßen, gez. Jacek Svoboda (Praktikant, im Auftrag der Geschäftsleitung).

Johanna erfuhr nie, dass der erste Satz zu fünfzig Prozent und der zweite Satz komplett auf das Konto von Jacek ging. Sophie hatte ihn, wie sie es gerne tat, angeschnauzt, er solle sie mit diesem Weichei-Zeug in Ruhe lassen, sie habe Besseres zu tun, als in ihre kleinbürgerliche Heimatstadt zurückzukehren. Für ein Klassentreffen?? Um die alten Versager zu treffen?? Die sie sowieso nur beneideten??? Nein, das hatte sie nicht nötig! Sie wusste, mit wem sie Umgang wollte, und mit denen allen ganz bestimmt nicht. Sie würde deren Treffen auf keinen Fall durch ihre Anwesenheit aufwerten, sie, die draußen in der Welt Karriere gemacht hatte, während die alle in der Provinz versauerten.

Sie brauchte keine Neider, die ihr den Erfolg nicht gönnten, aber selbst nichts vorzuweisen hatten, oder Jünger, die anbetend an ihren Lippen hingen. An denen sei ihr Bedarf mehr als gedeckt, schau dich doch mal um! Und außerdem sei sie an dem Tag sowieso in Mönchengladbach, für Dr. Norbis große Sommer-Open-Air-Show im örtlichen Schwimmbad. Zwanzig Minuten dauerte ihre Tirade. Ihrem Assistenten klingelten die Ohren, er fühlte sich, als sei er selbst einer dieser alten, gemeinen Klassenkameraden, dabei war er damals nicht einmal gezeugt.

Auch Johanna legte ehrlicherweise keinen großen Wert darauf, Sophie wiederzusehen. Sie fühlte sich jedoch in der Pflicht, alle einzuladen und niemanden auszugrenzen. Aber insgeheim war sie über Sophies Absage erleichtert.

Ein weiterer Klassenkamerad, Jochen, wurde gefunden: er war Kirchenmusikdirektor geworden und würde in Kürze ein Orgelkonzert auf einer historischen Kirchenorgel in der Vordereifel geben. Dieses Konzert wurde auf der Webseite seiner Gemeinde angekündigt. Über das Kirchendekanat gelang es Johanna, mit Jochen Kontakt aufnehmen. Die Pfarramtssekretärin, die das Telefon abgenommen hatte, war ihr gerne dabei behilflich und richtete Johannas Botschaft aus, zusammen mit ihrer Telefonnummer und der Bitte um Rückruf, der ein paar Tage später erfolgte. Jochen war es auch, der ihnen den neuen

Nachnamen von Johannas Sitznachbarin Marianne mitteilte: sie sei geschieden, lebe aber seines Wissens wieder in der kleinen Stadt, und sie habe ihren Namen bei der Eheschließung geändert, was aber die meisten nicht mitbekommen hätten, weil Marianne die kleine Stadt kurz nach dem Abitur verlassen hatte und niemand dort den Badischen Tagesanzeiger las, in dem ihr Aufgebot veröffentlich worden war.

Eine Marianne mit dem angegebenen Nachnamen war tatsächlich im örtlichen Telefonbuch verzeichnet, und Johanna rief sie an. Ja, es war die richtige. Schnell wurden sie sich einig. Marianne würde gerne zum Klassentreffen kommen.

„Kommt Claudia auch?", fragte Marianne.

Johanna erinnerte sich dunkel – ja, es hatte in der Kollegstufe drei Claudias gegeben. Der Klassenlehrer hatte sie der Einfachheit halber einfach durchnummeriert: Claudia-1, Claudia-2, und Claudia-3. Diese Spitznamen waren ebenso einfach wie praktisch und setzten sich flächendeckend durch. Die meisten anderen Lehrer übernahmen sie ohne größeres Nachdenken.

Claudia-1, die mit den dunklen Locken, war die Tochter eines FDP-Stadtrats. Musikleistungskurs. Höhere Tochter eben. Ja, die ließe sich sicher auftreiben, notfalls über den Herrn Papa.

Dann war da eine mit langen, welligen, blonden Haaren, die immer vergnügt gewesen war und alle mit ihrem herzhaften Lachen angesteckt hatte: Claudia-2. Sie war zwar verheiratet und hatte dabei ihren Namen geändert, doch über andere Schulkameraden war die Friseuse leicht ausfindig zu machen.

Dann war da die dritte, Claudia-3, die immer still war. Sie saß immer hinten links in der vorletzten Reihe und meldete sich nur zu Wort, wenn sie von den Lehrern explizit dazu aufgefordert wurde. Auch Hubert hatte keine eindeutige Erinnerung an die dritte Claudia. Wie sah sie gleich wieder aus? Und wie war gleich ihr Nachname? Ach ja, der war auffällig, deswegen konnte Hubert, anders als Johanna, sich daran erinnern: Luschka. War diese Claudia-3 nicht extrem schüchtern? Das war doch die, die sich meist still in irgendeine entlegene Ecke des Pausenhofes verkroch? Mit glatten, schulterlangen Haaren? Welche Farbe? Schwer zu sagen, irgendwie weder hell noch dunkel, so eine Art Aschblond, oder? Hing sie nicht eine Weile mit dieser entsetzlichen Sophie ab, was zum vollständigen Verlust ihrer sowieso wenigen Sympathiepunkte geführt hatte?

Johanna vermochte beim besten Willen kein Gesicht vor sich sehen, obwohl sie alles an Erinnerungsfetzen heraufbeschwor, was sich in ihrem Gehirn hervorkramen ließ. Inzwischen hatte sie Übung darin, fremde Leute anzurufen; nach fünfundzwanzig Jahren ohne Kontakt waren viele der alten Klassenkameraden wie Fremde geworden. Johanna hatte nicht gewusst, wie gut sie darin war, Leute zu etwas zu überreden, wozu diese keine Lust haben. Sie roch durch den Telefonhörer, dass Claudia-3 nicht begeistert war, aber Johanna insistierte („das Restaurant will die genaue Anzahl der Teilnehmer wissen"), bis Claudia-3 entgegen ihrer Präferenz zusagte.

Das Gesamtkonzept Klassentreffen empfand Claudia-3 aus der Zeit gefallen. Machte man so etwas heute noch? Reichte nicht eine Facebook-Gruppe? An Marianne dachte Claudia immer noch gerne. An die Anruferin dagegen konnte sie sich kaum erinnern, doch Johanna hatte sehr nett geklungen. Es sollte möglich sein, ein nettes Bier zu trinken.

Sophie – ach, egal. Aber auf die Gedanken an Christian und Uwe könnte Claudia-3 problemlos verzichten – wenn es denn ginge. Zwei ausgemachte Hänselprofis. Ab und zu schlichen sie sich von hinten zurück in ihre Erinnerung, immer in Momenten, wo sie es gar nicht brauchen konnte, aber glücklicherweise waren diese Momente weniger geworden.

Die Jahre hatten einen gesunden Abstand entstehen lassen. Und das Klassentreffen würde ihr die Chance bieten, sich mit einer guten Entschuldigung für ein paar Stunden aus dem muffigen Vorstadtreihenhaus zu verabsentieren, in dem sie aufgewachsen war, der tristen Bleibe ihrer Eltern, die immer noch ins Schweigen vertieft waren, seit über vierzig Jahren, mit groben, orange-moosgrün gemusterten Vorhängen, in denen ein Geruch aus einer Mischung von Braten, Kohlsuppe, Käsekuchen und Waschküche festhing, der auch beim Waschen nicht mehr rausging, mit seinem handtuchgroßen Garten hinter dem Haus, wo mickrige Petersilie ein armseliges Dasein fristete, umgeben von niedrigen Mauern, nicht zu unterscheiden von den Nachbarsgrundstücken, mit denselben roten Geranien.

Hatte Johanna während des Telefongesprächs nicht auch erwähnt, dass Marianne kommen würde? Also böte das Klassentreffen zumindest die Chance, sie wiederzusehen, auch wenn es vielleicht zu weit gegriffen war, auf eine Erneuerung der alten Freundschaft zu hoffen.

Auf ein Treffen mit Marianne freute Claudia sich tatsächlich, auch wenn diese sich seit Ewigkeiten nicht mehr gemeldet hatte. Anfangs, in den ersten zwei bis drei Jahren nach dem Abitur, trafen sie sich gelegentlich in Ginos Eisdiele, wo sie zu Schulzeiten Stammgästinnen gewesen waren. Aber man kann den Lauf der Dinge nicht aufhalten; es war nicht mehr wie früher. Marianne hatte sich in Rolf aus ihrem Volleyballverein verliebt und dadurch immer weniger Zeit an den immer selteneren Wochenenden, an denen Claudia zurück in ihre Heimatstadt kam.

„Das nächste Mal, wenn du wieder hier bist, O.K.?"

Was sollte sie darauf anderes antworten als „Ja, klar." Es kam ein Volleyballturnier auf Kreisliganiveau dazwischen, wo Rolf, als zweibester Spieler seiner Mannschaft, nicht fehlen durfte. Oder Marianne war nicht da, weil sie Rolfs Sippe ein paar Dörfer weiter besuchten.

Auf einmal lagen zwischen zwei Treffen vierzehn Monate, und die alte Vertrautheit wollte sich nicht mehr so wie früher einstellen. Zu sehr hatten sich ihre Leben auseinanderentwickelt: die alleinstehende Buchhalterin, die den Absprung aus der Heimatstadt in ein vermeintlich interessanteres Leben geschafft hatte, wo ihr alle Türen offenstanden und sie alles unternehmen konnte, was die große Stadt an Attraktionen bot. Darum beneidete die Hausfrau und junge Mutter ihre Freundin insgeheim sehr, während die Buchhalterin sich fragte, wo ihr eigener Traumprinz und Vater ihrer Kinder auf sie wartete und mit Sehnsucht Mariannes kleinen Kindern beim Spielen zusah.

Von Claudias aktueller Nebentätigkeit hatte Marianne garantiert keine Ahnung. Und das mit dem Traumprinzen war ganz offenbar nur ein Ammenmärchen. Das sah man nur allzu deutlich an Rolf, der den Volleyball längst nicht mehr zwischen den Fingern, sondern am Bauch hatte. Gerüchten zufolge ging er schon lange mit der Frau seines Kegelfreundes fremd, aber wegen der beiden Reihenhäuser und der insgesamt fünf Kinder verließen beide ihre Ehepartner nicht. Alle weiteren Kontakte zu früheren Schulkameraden verliefen sich viel schneller. Nach spätestens vier Jahren hatte Claudia zu niemandem mehr Kontakt.

Und jetzt sollten sie sich alle wiedersehen.

Die Luschkas

Jeder Mensch hat dieses eine Buch, das er auf die einsame Insel mitnehmen würde. Claudias Inselbuch war *Das I-Ging des vermaledeiten Alltags*, verfasst von Didier Saphir Schlunz. Trotz des zweifelhaften Rufes seines Autors war das Buch seit vielen Jahren Claudias treuer Wegbegleiter. Bei allen entscheidenden Stationen ihres Lebens – Ausbildung, Boyfriend, Berufswahl, Umzüge – hatte sie es stets griffbereit auf ihrem Nachttisch liegen gehabt. Immer, wenn sie nachdenken musste, holte sie es hervor und schlug es aufs Geratewohl auf. Das Buch wies ihr stets genau die richtige Seite, mit genau den richtigen Inhalten, die sie in genau diesem Moment benötigte.

Dein NAME ist ein unlöslicher Teil von dir.
Für immer bleibt er an dir haften.
Er prägt deine Persönlichkeit. Du bist dein Name.
Auch, wenn du es gar nicht willst.
Auch, wenn du dir sehnlich
einen anderen Namen wünschst.
Wenn Roman eigentlich Romana heißen müsste.
Wenn deine Mutter dich Sheila nennt
und du mit fünf Jahren eine Brille
gegen dein Schielen verpasst bekommst.
Wenn die Erinnerung an Onkel Wilhelm besser
unwiederbringlich ausgetilgt werden sollte, aber
der nach ihm benannte Neffe leider längst so heißt,
als der Missbrauchsskandal ans Licht kommt.
Oder wenn die Großmutter bei der Namensvergabe
zurücksteht, weil die neue Schwiegermutter sich
durchsetzt.

Und die Oma stirbt, ohne dass ihr Name von einer
Enkelin weitergetragen wird, die sich jedoch nichts
mehr gewünscht hätte,
als ebenfalls Elsa zu heißen.

Der richtige Name kann Wunder bewirken. Er kann Türen öffnen, Wege glätten, Weichen stellen. Erst der richtige Name verleiht Wirklichkeit. Der falsche Name kann zur schweren Last werden. Er kann ein Trauma sein. Er kann ein unüberwindliches Hindernis auf dem Weg sein.

Dein Name. DEIN Name.
Er kann dir den Weg weisen.
Den Weg wohin?
Ach, egal. Irgendwohin.
In die Zukunft.
Zur Traumarbeitsstelle.
Zu dir selbst.

Didier S. Schlunz hatte ja so Recht. Claudia hasste ihren Allerweltsvornamen. Hätten ihre Eltern, Hans und Gerhild, wenigstens die Fantasie besessen, ihren Vornamen mit „K" zu schreiben! Claudia fand „Klaudia" immer schon eleganter als die gewöhnliche „Claudia". Heimlich übte sie ihre Unterschrift mit einem verschnörkelten „K", so wie sie es einmal auf dem Buchdeckel eines Liebesromans auf dem Nachttisch ihrer Mutter gesehen hatte. Es wirkte sehr viel besser, oder etwa nicht? Hätten ihre Eltern nicht einmal im Leben etwas origineller unterwegs sein können? Für Claudia hatte „Klaudia" sogar einen anderen Klang: nobel, edel, vornehm, während sich „Claudia" in ihren Ohren einfach nur banal und abgedroschen anhörte.

Dabei war „Claudia" gar nicht der ihr zugedachte Vorname gewesen. Ihre Eltern hatten kurz vor ihrer Geburt die typischen Bücher gewälzt und vermeintlich schöne Namen herausgesucht. Sie hatten eine Liste von zehn möglichen Namen erstellt, auch wenn später keiner von beiden dafür verantwortlich sein wollte, dass „Dietlind" auf der Liste gelandet war. Auf der Liste fanden sich weitere elf Namen: je drei vorgeschlagen von Vater (Gertrud, Horst, Renate) und Mutter (Aurelia, Gloria, Gregor) sowie vier nach den Großeltern (Herbert, Wolfgang, Gerlinde, Elisabeth) und der Patentante mütterlicherseits, Annchen.

Erst Jahre später erfuhr Claudia, was sich auf dem Standesamt zugetragen hatte. Wie vorgeschrieben, ging Hans Luschka direkt nach der Geburt aufs Standesamt, um seine neugeborene Tochter anzumelden. Es war extrem viel los, und die Geräuschkulisse war entsprechend laut. Am Nebenschalter stand ein schwerhöriger Mann, der sein Hörgerät nicht laut genug aufgedreht hatte und der Beamtin laut die Namen seiner Kinder zurief:

„Stäääffaaan, Beeee-hernd (nein, nicht Wäärnäär! Beeeeehernd!!!), Claaauuuudia!!!"

Zur Sicherheit wiederholte die Beamtin die Namen, und zwar so laut, dass der Mann sie verstehen konnte, mit der Folge, dass auch alle anderen Anwesenden mühelos alles mitbekamen.

Claudias Vater stand am Schalter daneben und nannte dem Beamten gerade die Namen für seine neugeborene Tochter: „Anna Elisabeth", nach seiner Mutter und der Patentante seiner Frau.

Doch der Beamte, abgelenkt durch den Lärm vom Nebenschalter, trug „Claudia Elisabeth" ein.

Hans Luschka prüfte die druckfrische Geburtsbescheinigung nicht weiter, viel zu eilig hatte er es, diesen hektischen Ort wieder zu verlassen und zurück zu Frau und Tochter zu kommen. Schnell unterschrieb er das Formular und gab damit sein Einverständnis, das Einwohnermeldeamt durch das Standesamt verständigen zu lassen.

Schnell machte er sich wieder auf den Weg zurück ins Krankenhaus. Dort holte er die Geburtsbescheinigung hervor und gab sie seiner Frau. Sie begann stolz und freudig zu lesen. Doch je länger sie auf das Papier starrte, desto mehr verfinsterte sich ihre Miene. Fassungslos blickte Gerhild auf, sah ihrem Mann in die Augen und fragte gefährlich langsam:

„Was soll das?"

Hans blickte sie verständnislos an: „Was soll was?"

Sie sagte gefährlich langsam, fast zischend: „Willst du mich verarschen, oder was?"

Er wurde ärgerlich: „Kannst du mich vielleicht mal aufklären? Was soll los sein?"

Gerhild warf ihm den Schein hin: „Was hatten wir ausgemacht?? WIE heißt unsere Tochter? Wie??"

„Na, Anna, wie denn sonst ...?"

Er hatte den Schein wieder in die Hand genommen und jetzt sah auch er, warum sie so aus der Fassung geraten war. Da stand gar nicht „Anna". Da stand „Claudia".

C-L-A-U-D-I-A.

Hans Luschka war nun selbst sprachlos. Er ließ nach dem ersten Schock den Besuch auf dem Standesamt wie einen Film vor seinem inneren Auge noch einmal ablaufen, in Zeitlupe, immer wieder, und er verstand. Der Lärm vom anderen Schalter war schuld gewesen, außerdem war sein Beamter abgelenkt worden, während er mit Anna-Claudias Geburtsanzeige zugange war, weil ein

Kollege in exakt dem Moment etwas von ihm wollte, als er gerade Geburtszeit, Geburtsort des Babys, die persönlichen Daten der Eltern sowie Vor- und Familiennamen des Kindes Claudia Elisabeth Luschka eintrug.

„Ich bringe das in Ordnung!" Claudias Vater versuchte vergeblich, seine Frau zu beruhigen, die weinend in den Kissen lag. Am nächsten Tag ging er aufs Standesamt und wollte Claudia in Anna umbenennen lassen, aber da der Antrag bereits rechtskräftig war, ging dies nicht mehr. Der Beamte verwies auf das Formular zur Namensklärung, das Hans Luschka am Vortag unterschrieben hatte. Dort stand es schwarz auf weiß, im Kleingedruckten, dass er nicht gelesen, aber angekreuzt hatte:

„Uns (mir) ist bekannt, dass mit der Beurkundung unseres (meines) Kindes die Vornamensgebung abgeschlossen ist. Eine Änderung der Vornamen ist danach nur nach Maßgabe des Namensänderungsgesetzes möglich."

Auch wenn man sein Problem verstehe, und ja, man erinnere sich an den schwerhörigen Opa, der hier gestern laut rumkrakeelt hatte, aber trotzdem hätte der Herr Luschka sorgfältig prüfen müssen, was er unterschrieb. Eine Unterschrift ist eine Unterschrift. Doch, selbstverständlich, hier seien die Antragsformulare für die Beantragung der Namensänderung, er dürfe die gerne mitnehmen, aber dass den Eltern ihre eigene Wahl plötzlich nicht mehr gefiel, würde als Grund nicht anerkannt, Entschuldigung vielmals..

Claudias Vater hatte insgeheim der Name „Anna" nicht gefallen, denn so hieß nicht nur die liebenswürdige Patentante seiner Frau, die sich gut als Namenspatronin eignete, sondern auch seine nervige Tante zweiten Grades, die ihn als Kind immer an ihren dicken Busen gepresst und ihn mit ihrer lauten Stimme zu Schule und Schulfreundinnen ausgequetscht hatte und jedes Detail wissen wollte. Außerdem hieß gefühlt mindestens die Hälfte der kleinen, auf dem Spielplatz tobenden Mädchen „Anna". Daher konnte er sich erstaunlich schnell mit dem scheinbar Unvermeidlichen anfreunden. Der Name Claudia war durch Zufall zu seiner Tochter gekommen – vielleicht gab es einen tieferen Sinn dafür. Vielleicht war das eine echte Claudia, die genau diesen Namen brauchte.

Claudia. Claudia.

Je öfter Hans Luschka den Namen wiederholte, desto besser gefiel er ihm. Hans beschloss, Gerhild vorzuschlagen, den Antrag auf Namensänderung nicht zu stellen. Seine Frau war schockiert. Ihre Tochter musste einfach Anna heißen, genau wie ihre geliebte Patentante, die vor einem Jahr gestorben war. Doch als sie endlich das Krankenhaus verlassen konnte, war die Widerspruchsfrist verstrichen. Für ihren Mann war das Thema abgehakt.

Das verzieh Gerhild nie. Der nächstgeborene Sohn würde Severin heißen, die nächste Tochter wäre eine Anna – keine Diskussion. Überhaupt diskutierte das Ehepaar ab diesem Zeitpunkt kaum noch. Schweigen kehrte in der kleinen Familie ein. Severin und Anna wurden nie geboren.

Mit vier Jahren kam Claudia in den Kindergarten. Dort kam es zur Eskalation. Hans und Gerhild Luschka wurden einbestellt, um über ihr ungezogenes Kind zu sprechen, dass immer wieder Wutanfälle bekam und die Spielsachen quer durch den Raum pfefferte.

Claudia musste, während alle anderen Kinder abgeholt wurden, fertig angezogen mit Mäntelchen, Schal und

Schuhen und mit ihrer Kindergartentasche auf dem Schoß warten, während die Kindergartenleiterin, die strenge Tante Renate, wie sie sich von den Kindern nennen ließ, mit Claudias Eltern ein ernstes Gespräch führte. Ihr war unerträglich warm, doch sie traute sich nicht, den dicken Mantel auszuziehen. Wie ein Häufchen Elend saß sie auf der Kinderbank und wartete. Auf was genau, wusste sie nicht. Dass das Donnerwetter endete. Dass ihre Eltern wieder gut mit ihr waren. Die kleine Claudia hörte die Stimmen der Erwachsenen bis auf den Flur und hielt sich beide Ohren zu.

„Ich muss mich hier um ALLE Kinder in GLEICHEM Maße kümmern! EXTRAwürste gibt es bei mir nicht! MEINEN Kindern bringe ich jedenfalls bei, wie man sich in eine Gemeinschaft einfügt!"

Während des Gesprächs legte Tante Renate Claudias Eltern eine datierte Liste von Vergehen ihrer Tochter vor. Mindestens zehn Übergriffe auf andere Kinder, davon drei im stärker aggressiven Bereich.

„Im Sandkasten hat Claudia den kleinen Gerd und weitere Kinder MEHRFACH gehauen! Der Anja hat sie den Lutscher weggenommen! Den Ball versteckt! Auf Charlottes Arm war deutlich die Stelle sehen, wo sie von IHRER Claudia gebissen worden ist!"

Tante Renate war über alle Maßen empört und zog alle Register. „Das störende Verhalten Ihrer Tochter muss SOFORT aufhören! Der Kindergarten im Nachbarort hat einen Inklusionszug, vielleicht können die was für ihre Claudia tun."

Und jetzt erst stellte sich heraus, dass die falschen Eltern einbestellt worden waren: An dem Datum, an dem Charlotte gebissen wurde, waren die Luschkas gar nicht in der Stadt, sondern bei den Großeltern auf dem Land.

An einem weiteren Datum – der versteckte Ball – war Claudia, an den Masern erkrankt, zu Hause gewesen. Tante Renate fand peinlicherweise das Entschuldigungsschreiben der Eltern in ihren Akten, ebenso das ärztliche Attest.

Jetzt erfolgte ein richtig lautes Donnerwetter, die kleine Claudia konnte es von ihrem Warteplatz aus gut hören. Ihr Papa hatte eine wirklich laute Stimme! Sie wurde noch kleiner und verbarg ihr Gesicht auf der Tasche. Zusammengekauert blieb sie sitzen, bis eine Ewigkeit später ihre Eltern mit Tante Renate deren Büro verließen.

Hans Luschka hatte Tante Renate nach allen Regeln der Kunst zusammengefaltet und ihr die schlimmsten Höllenqualen angedroht, sollte sie seiner Tochter noch einmal derart unhaltbare Unterstellungen vorwerfen. Tante Renates Körperumfang schrumpfte um die Hälfte. Ihr Gesicht nahm einen gelblich-fahlen Ton an, sie murmelte „Entschuldigung" in Richtung Claudia, die dies aber nicht hören konnte, weil sie sich immer noch die Ohren zuhielt und gleichzeitig die Gummisohlen ihres Vaters auf dem PVC-Belag des Kindergartenflurs quietschten.

So bekam Claudia gar nicht mit, dass sich die Wut ihrer Eltern nicht gegen sie richtete. Weder Gerhild noch Hans hielten es für nötig, ihr zu erklären, was passiert war. Für sie war die Sache aus der Welt. Wie ein Häufchen Elend schlich Claudia hinter ihren Eltern aus dem Kindergarten.

Die Familie ging in ein Eiscafé, und Claudia durfte sich bestellen, was sie wollte. Sie wollte nichts, zu tief saß der Schreck. Sie war traumatisiert und ging nur mit Bauchschmerzen zurück in den Kindergarten. Die andere

Claudia war zwar fristlos aus dem Kindergarten, aber das half jetzt auch nichts mehr.

Tante Renate hatte bleibenden Schaden angerichtet.

Grundschule? Ja, da war was. Claudia erinnerte sich allerdings kaum an diese vier Jahre. Schulfreunde? Lehrer, die einen Eindruck hinterließen? Fehlanzeige. Nichtsdestotrotz konnte sie am Ende lesen, schreiben und rechnen. Abgesehen davon, hatte sie ihr Bestes getan, weder durch Verhalten noch durch Leistungen aufzufallen.

Auf einmal war Claudia zehn Jahre alt und fand sich im Gymnasium wieder. In der Klasse 5c gab es drei Schülerinnen namens Claudia. Sie wurden kurzerhand durchnummeriert, was bis zum Abitur Bestand hatte: Claudia-1, Claudia-2, Claudia-3. Alle schrieben sich mit „C".

Was hätte Claudia dafür gegeben, Marlene oder Lisa zu heißen. Oder zumindest Paula. Während ihrer Schulzeit konnte Claudia sich beim besten Willen nicht daran gewöhnen, „Claudia-3" genannt zu werden. Sie fühlte sich wie in einer Hülle gefangen, die so aussah wie sie, aber nicht sie war.

Wenn sie angesprochen wurde, zögerte sie oft einen Moment zu lang, bevor sie antwortete, was ihr den Ruf eintrug, nicht die Schnellste zu sein. Dabei brauchte sie diesen Moment, um zu verstehen, welche der drei Claudias gemeint war.

Infolge ihres hervorragenden Gedächtnisses schlug Claudia sich gut durch ihre gesamte Schulzeit, indem sie im Unterricht aufpasste und sich alles merkte, um es in der nächsten Schulstunde wieder abzurufen. Das reichte, um einen soliden Zweierdurchschnitt zu halten. Claudias Noten waren nicht gut genug, um sie als Streberin abzustempeln, aber auch nicht auffällig genug, um Eltern oder Lehrer in Sorge zu versetzen oder Mitschülern Angriffsflächen zu bieten.

Ein spezielles Lieblingsfach hatte Claudia nicht. Deutsch lag ihr am wenigsten, aber mit einer guten Drei im Durchschnitt störte dies nicht weiter. Mathematik mochte sie zwar am liebsten, aber über eine Zwei kam sie auch hier nicht hinaus. Englisch funktionierte, wenn überhaupt, noch am besten, was sich ebenfalls in einer guten Zwei spiegelte. Ausreißer nach oben oder unten gab es keine, mit Ausnahme von Sport: der Sportunterricht lief katastrophal; mehr als eine Vier war absolut nicht drin.

Hätte jemand Claudia gefragt, was die Höhepunkte ihrer Schulzeit und Jugend gewesen seien, so hätte sie keine vernünftige Antwort geben können. Vielleicht die Eins, die einzige in ihrer gesamten Schullaufbahn, die sie in der siebten Klasse bekommen hatte, in Erdkunde, als es darum ging, die Hauptstädte von mindestens fünfundzwanzig europäischen Staaten korrekt wiederzugeben.

Enge Schulfreunde hatte Claudia keine. In der Pause ging sie meist mit zwei oder drei anderen Mädchen, die ebenfalls keine Freundinnen hatten, über den Hof; gesprochen wurde nicht viel. Es war aber trotzdem besser, als ganz allein zu sein. Jungs waren weit und breit nicht in Sicht; sie hatten es auf die hübscheren Mädchen abgesehen, die entweder in der Schule so gut waren, dass sie gegen eine Einladung zum Eisbecher bei Gino nach der Schule bei den Klausurvorbereitungen halfen, oder so schlecht, dass es schon wieder cool war.

Ein paar Monate lang hing Claudia der Illusion an, endlich eine Freundin gefunden zu haben. Sophie.

„Da kommt die Trampeline!" Wie gemein. So wurde Sophie ihrer ausladender Körperformen wegen von einigen Klassenkameraden bezeichnet, sie gaben sich nicht einmal Mühe, es vor ihr zu verbergen. Claudia, die aus Erfahrung wusste, wie Mobbing sich anfühlt, empfand Mitgefühl, auch wenn es dafür keinen Grund gab. Sophie war zwar hochgradig unbeliebt, aber an ihr perlte alles ab wie an einem robusten Gummiboot. Ihr dickes, wasserdichtes Fell versetzte Claudia in ungläubiges Erstaunen. Das hätte sie sich für sich selbst gewünscht.

Sophie war laut, frech, schlagfertig, unverfroren, mit einem Einfühlungsvermögen unter null. Aber dafür dachte sie rasend schnell. Zu allem Überfluss konnte sie fast so schnell reden, wie sie dachte, und das auch noch grammatisch korrekt. Damit kein Zweifel offen blieb, wiederholte sie jeden Satz mindestens dreimal, wobei sie sich um die eigene Achse drehte und die Anwesenden mit leicht zusammengekniffenen Augen anstarrte, so dass niemand es wagte, den Blick abzuwenden. Das Problem hatten jedenfalls immer die anderen, nicht Sophie. Claudia hätte gerne gewusst, wie sie das schaffte.

Sophie und ihren Eltern verdankte die Schule es auch, dass es in der Schulmensa keine nusshaltigen Süßigkeiten mehr zu kaufen gab. Dafür hatten Sophies Eltern, ein erfolgreicher Manager und eine Rechtsanwältin, hart gekämpft und sich am Ende durchgesetzt. Sophies starke Allergie gegen Nüsse aller Art, insbesondere Erdnüsse, verbannte viele leckere Schokoriegel auf die rote Liste.

Allen ging Sophie auf die Nerven. Lehrern. Mitschülern. Bestimmt auch ihren Eltern. Ihre ungeborenen Geschwister schlugen sicher drei Kreuze, dass ihnen das

Schicksal als Bruder oder Schwester erspart geblieben war. Und warum hatten ihre Eltern sich wirklich stark gemacht und Schoko-Nussriegel aus der Schule verbannen lassen? Die wollten bestimmt nur, dass sie zuhause nicht dem Nölen ihrer Nervensäge ausgesetzt waren.

In unerträglichen Sonderstunden informierten diverse Lehrer über alle möglichen Allergien, bis keiner es mehr hören konnte: die traumatischen Folgen von Ausgrenzung im Kindergarten, nur, weil irgendwelche strohdummen Eltern ihrem Knirps nusshaltige Leckerlis mitgegeben hatten und die kleine, bedauernswerte Sophie traurig zusehen musste, wie die anderen Kinder sich die Schokomandeln schmecken ließen. Über die Folgen, die bereits eine zufällige Berührung der Haut durch joghurtverschmierte Finger für einen Milchallergiker haben könnte. Darüber, was ein Allergen ist, welche es gibt und wo man sie findet.

Die Trampeline hatte sich wichtiggemacht, sie hatte sich vor der Klasse aufgebaut und mit vor Aufregung geröteten Backen erzählt, wie entsetzlich wichtig es sei, dass alle auf sie Rücksicht nähmen, da sie sonst in Lebensgefahr käme und alle, alle!, zu ihrem Mörder würden.

„Ihr müsst echt total aufpassen und SEHR gewissenhaft sein, was ihr mir anbietet, und ihr dürft mich ABSOLUT nicht ärgern oder schubsen." Dabei sah sie drohend die paar wilden Jungs an, die in der Pause gerne ein bisschen die Sau rausließen und andere Klassenkameraden ärgerten, insbesondere die schüchternen Mädchen.

„... denn, wenn ICH ein Problem bekomme, dann habt ihr ein VIEL größeres!"

In allen Farben schilderte sie einen allergischen Schock, den sie bei ihrer Tante erlitten hatte, die es gewagt hatte, Mandeln unter den Kuchenteig zu mischen.

„War nur ein ganz kleiner Rest!", habe die Tante angeblich geflötet. Anschaulich demonstrierte die Trampeline die durch das Zuschwellen des Rachens ausgelöste Atemnot, indem sie sich theatralisch mit beiden Händen an den Hals griff, als ob sie sich eigenhändig erwürgen wollte, begleitet von den adäquaten Geräuschen.

Todesangst. Mit vor Schreck weit aufgerissenen Augen saßen ihre Klassenkameraden vor ihr und wagten nicht, auch nur einen Mucks zu machen.

„Um ein Haar wäre ich gar nicht hier bei euch, stellt euch das mal vor, wie entsetzlich!" Ihr Blick sprach Bände. Der ihrer Klassenkameraden allerdings auch.

Während die Trampeline sprach, hatte sie ständig mit dem Kopf auf- und abgenickt, um ihren Worten Nachdruck zu verleihen. Ihre Stimme war gegen Ende ihres Vortrags, bei dem sie von ihrer eigenen Begeisterung mitgerissen worden war, immer höher geworden, bis sie sich am Ende überschlug. Trotzdem hatte sie immer schneller gesprochen, es wurde gänzlich unverständlich. Ihre Augen waren weit aufgerissen, sie hob warnend den Zeigefinger. Claudias strenge Mutter hätte das auch nicht besser gekonnt.

Es war damals so weit gegangen, dass die Schüler sogar für sich selbst ausschließlich Lebensmittel mitbrachten, die die Trampeline vertrug. Claudia hatte nie verstanden, weshalb die Schule Sophie hatte gewähren lassen. Erst viel später bekam sie heraus, dass Sophies Eltern dem Schulrektor gedroht hatten, die jährliche Spende ein ganz klein wenig zu kürzen, wenn ihren Wünschen nicht Folge geleistet würde. Alle passten höllisch auf.

Und dennoch hatte Claudia mit Sophie einen Deal. Claudia brachte Pausenbrote mit in die Schule, die ihre Mutter morgens aufwändig bereitet hatte. Sophie fand diese Brote wunderbar. Ihr schmierte zuhause niemand solche Brote, sie kaufte sich von ihrem Taschengeld in der Bäckerei auf dem Schulweg immer eine frische Laugenbrezel.

Claudia wiederum fand das schick und hätte das auch gerne gemacht, aber sie hatte ja ihre Pausenbrote. Mit dem Tausch Pausenbrot gegen Brezel war jedenfalls beiden gedient.

Claudia stellte sicher, dass ihre Mutter auf Nussprodukte aller Art verzichtete und nur normale Butter und nussfreie Aufstriche, Wurst und Käse verwendete. Dies funktionierte gute sechs Monate. Sophie und Claudia verstanden sich in dieser Zeit eigentlich ganz gut.

Claudia nahm stets an, dass ihre Mitmenschen in bester Absicht handelten. So durchschaute sie schlicht nicht, dass die Trampeline sie nur ausnutzte und wie eine Qualle ohne Herz und Gehirn, aber mit äußerster Cleverness auf der Suche nach Essbarem um sie herumwaberte. Da niemand mit der Trampeline in der Pause zusammen sein wollte, hielt sie sich an Claudia, an das einzige Mädchen, das ebenfalls allein herumlief.

Und dann beging Claudia den Fehler, Sophie von ihren Sorgen mit einigen der Mitschüler zu erzählten, die sich über sie lustig machten, weil sie im Sport so ungeschickt war. Sie machten sich regelmäßig ihren Spaß mit ihr, zum Beispiel, wenn sie mal wieder als Letzte beim Zweihundert-Meter-Lauf ins Ziel kam.

Oder noch schlimmer: beim Hochsprung. Wie sollte es nur gelingen, sich über die Stange zu hieven? Claudia schaffte es beim besten Willen nicht. Sie hatten diese schikanöse (da waren sie sich einig) und unfähige (hierbei auch) Sportlehrerin, die absolut nichts erklärte, aber wegen Rückenproblemen auch nichts selbst vorturnte: das mit dem Hochsprung konnte nur für Naturtalente klappen, die instinktiv das Richtige taten.

Claudia gehörte nicht zu diesen wenigen. Als die Stange auf 1,38 Meter Höhe lag, tauchte sie nach dem Anlauf einfach darunter durch. Es gab ordentlich Gekicher von einigen der anderen Mädchen, eine Standpauke der hochbegabten Sportpädogogin, und – das Schlimmste – höhnischen Beifall von einigen Jungs, die feixend oben an den großen Fenstern des Ganges standen, der zu ihrer Umkleide führte.

Uwe. Thorsten. Christian. Sie hatten von oben einen hervorragenden Blick auf die drei Turnhallen.

Claudia hatte angenommen, dass Sophie wegen ihres Körperumfangs dieselben Probleme im Sportunterricht haben müsste. Doch diese ging mit den Hänseleien völlig anders um: Sie hatte ein so überbordendes Selbstbewusstsein, dass sie sich alles Mögliche schönredete, worin sie großartig und außerordentlich talentiert war, z.B. Algebra (eine glatte Lüge) oder Biologie (schon eher, aber auch nicht so richtig), so dass ein kleiner Misserfolg im Schulsport nicht so wichtig war. Claudia waren ihre Erfolge mehr oder weniger egal, ebenso wie die Sportnote. Aber die Hänseleien der Mitschüler gingen ihr sehr nahe, und das, obwohl sie genau wusste, dass Sport einfach nicht ihr Ding war und ihre Leistungen sich niemals verbessern würden.

Das geheuchelte Mitleid ihrer vermeintlichen Freundin klang zunächst sehr professionell. Vermutlich hatte Sophie aus Mädchenbüchern, die die grandiose Gemeinschaft unter Internatsschülerinnen priesen, gelernt, was sich in Situationen gehörte, wo jemand Trost brauchte. Sie aktivierte ihre gesamte Selbstdisziplin und unterbrach Claudia zwei ganze Sätze lang nicht.

Doch dann übernahm sie selbst das Wort und erklärte, wie unentschuldbar Mobbing sei, dass die anderen Mitschülerinnen hier kommunikativ gnadenlos versagt hätten.

„Du solltest dir das nicht so zu Herzen nehmen! Die meinen es gar nicht böse! Jemand, der so reif ist wie ich, durchschaut die Spötter und steht darüber. Nimm dir an mir ein Beispiel!"

Die dicke Sophie stampfte mit bewundernswerter Lässigkeit durchs Leben. Claudia hätte sich gerne eine Scheibe abgeschnitten, aber sie war nun einmal zarter besaitet. Ihre feinen Antennen empfand sie meist als Gabe, aber manchmal war es ihr schlicht zu viel. Sophie dagegen genoss sichtlich ihr Gefühl von Überlegenheit und Schadenfreude.

Claudia-3 litt sehr darunter, einfach nur eine Nummer zu sein. OK, es schien praktisch, aber wer war sie denn?? Wirklich nur eine Nummer? Einmal machte sie den Fehler, dies anzusprechen. Sie gesellte sich während der großen Pause auf dem Pausenhof ausnahmsweise zu einer größeren Gruppe von Mädchen. Auch Sophie stand heute in dieser Gruppe.

„Ah, ah, Claudia-3 gibt uns heute die Ehre", rief Paula spöttisch.

„Könnt ihr mich nicht bitte einfach nur Claudia nennen? Es reicht, wenn die Lehrer mich als Nummer behandeln", fragte sie, all ihren Mut zusammennehmend. Ihre Freundin Sophie war auch da, die würde sie bestimmt unterstützen. Stattdessen brach die Gruppe in hämisches Gelächter aus.

„Wieso, Claudia-3 ist doch perfekt!"

„Wie sollen wir euch drei sonst auseinanderhalten?"

„Du bist aber keine 1, sondern maximal eine 3!"

„Oh, du bist aber zimperlich! Stell dich nicht so an!"

Und das von Sophie, ihrer vermeintlichen Freundin. Eine Weile noch tauschten sie die Pausenbrote, aber es war nicht mehr wie vorher. Für Claudia war ihre Freundschaft gestorben, Sophie dagegen schien es egal zu sein. Hauptsache, die leckere Wurst lag auf dem Brot.

Mit der Wahrheit nahm Sophie es nicht so genau. Hauptsache, die Geschichte klang gut. Claudia war nicht schlecht in Englisch, aber Sophie machte sich einen Spaß daraus, lautstark zu spekulieren, dass Claudia-3 ihre guten Englischnoten allein den schönen Augen verdankte, die sie dem Englischlehrer machte. In Wahrheit war die Trampeline selbst in den coolen Referendar verschossen, aber weil er dafür unempfänglich war und sie wie alle anderen schmachtenden Schülerinnen abblitzen ließ, entwickelte sie einen gehörigen Neid auf alle, die gut mit ihm zurechtkamen.

Es dauerte nicht lange, bis Sophie Gehör fand. Wenn Claudia mal wieder eine gute Englischnote zustande gebracht hatte, tuschelten ihre Klassenkameraden über die Art und Weise, wie sie zu dieser Note gekommen war. Die Gerüchte hielten sich so hartnäckig, dass sie irgendwann auch zum Rektor vordrangen. Er knöpfte sich den Lehrer vor, der seine Unschuld beteuerte.

Auch Claudia wurde vor den Rektor zitiert. Genau wie der Lehrer stritt sie ab, dass je etwas gelaufen oder auch nur im Busch gewesen war, aber vergebens. Es glaubte ihnen niemand.

Ist der Ruf erst einmal beschädigt, dann lässt er sich so schnell nicht wieder reparieren.

Dem Lehrer wurde nachdrücklich nahegelegt, sich bitte eine andere Schule zu suchen. Claudia war fassungslos, sie verstand die Welt nicht mehr. Die ganze Geschichte tat ihr sehr leid, der Englischlehrer konnte absolut nichts dafür. Er hatte nichts, gar nichts getan und stolperte nur deswegen, weil jemand Lust gehabt hatte, ihm einen Stock vor die Füße zu legen. Und es ging nicht mal gegen ihn selbst, sondern Sophie war nur neidisch auf Claudia. Es war höchst unfair, dafür den Lehrer über die Klinge springen zu lassen. Er wurde kalt erwischt, ohne jegliche Möglichkeit, sich zu schützen, weil er nicht die geringste Ahnung von der Intrige hatte. Gegen was hätte er sich verteidigen sollen? Luft?

Zum Glück fand er eine Stelle an einer anderen Schule, in einem anderen Stadtteil. Wie Claudia drei Jahre später durch einen Zeitungsartikel erfuhr, in dem ein erfolgreiches schulisches Integrationsprojekt beschrieben wurde, war der Englischlehrer an einer Brennpunktschule untergekommen, wo es der Rektorin nach eigener Aussage herzlich egal war, ob es da eine „Geschichte" gab oder welchen Hintergrund ihre Lehrer mitbrachten, solange sie es schafften, die schwierigen Schüler an dieser Brennpunktschule halbwegs zu disziplinieren und ihnen etwas beizubringen, was sie im Leben weiterbrachte. Claudia freute sich sehr, als sie dies las. Der Englischlehrer war ein guter Pädagoge; sie konnte sich vorstellen, dass er in diesem schwierigen Umfeld viel Gutes leistete.

Für Claudia ging die Sache nicht so glimpflich ab. In den Augen der Schulkameraden war es ihre Schuld, dass der Lehrer gegangen wurde. Sie wurde fortan geschnitten. Niemand wollte mit ihr zusammensitzen oder die Pausen verbringen, auch die Trampeline nicht. Im Gegenteil, sie ließ nicht ab, ihre abfällige Meinung über Claudia kundzutun.

Es gab Momente, in denen Claudia es bereute, sich strikt an die „Keine Erdnüsse!"-Regel gehalten zu haben.

Wenn man im Regen steht und denkt, es könne nicht schlimmer kommen, fängt es an zu hageln. Claudia-3 nahm in der neunten Klasse an einem Schüleraustausch in Frankreich teil. Insgesamt verlief der zweiwöchige Schüleraustausch, trotz der reizenden Gastfamilie, traumatisch. Sie waren sehr lieb, sprachen sogar ein paar Worte gebrochenes Deutsch und behandelten Claudia genauso wie ihre gleichaltrige Tochter Élodie, doch sie konnten beim besten Willen ihren Vornamen nicht korrekt aussprechen und nannten sie konsequent „Clooodya".

„Nein, es heißt ‚Claudia'."

„Ja, ja, natüüürlisch, Clooodya."

Dabei blieb es für die gesamte Dauer des Schüleraustauschs. Auch wenn die Familie sehr nett war und sich Mühe gab: weder Vater noch Mutter bekamen es richtig hin, nicht einmal Élodie, die seit drei Jahren Deutsch in der Schule hatte. Dass Claudia Schiffer, die gerade Paris eroberte, ständig als „Clodia" in den Nachrichten erwähnt wurde, war natürlich auch nicht hilfreich.

Für ausgiebigere Gespräche fehlte es auf beiden Seiten an elementaren Sprachkenntnissen. Claudia fühlte sich ziemlich einsam. Einmal die Woche telefonierte sie mit ihrer Mutter.

„Und, sag, wie geht es dir, Kind?"

„Ach, ganz gut."

„Erzähl mal, wie ist es denn?"

„Die Leute sind sehr nett. Aber sie sprechen kein Deutsch."

„Aber in den Unterlagen stand doch, die Gastfamilie könne deutsch? Dann muss das auch so sein."

„Ja, aber nicht gut. Ich versteh sie nicht immer. Aber ich geb mir Mühe."

„Hauptsache, dir geht es gut, Kind."

„Ja, schon. Ich freu mich auf zuhause. Dauert noch so lange hier."

„So, ich muss wieder in die Küche, dein Vater kommt bald nach Hause. Mach's gut, Kind, und ruf nächsten Samstag wieder an. Tschühüss."

Samstag? Hatte Gerhild Luschka allen Ernstes vergessen, wann ihre Tochter wieder nach Hause kommen würde? In einer Woche, am nächsten Samstag, um sechs Uhr morgens, würde der Bus abfahren, am späten Nachmittag wäre Claudia wieder zuhause. Sie nahm sich vor, am Freitag vorsichtshalber ihre Eltern anzurufen, obwohl es nicht ausgemacht war.

„Clooodya" weckt bei deutschen Muttersprachlern natürlich eindeutige Assoziationen. Claudia war das höchst unangenehm. Nach ihrer Rückkehr nach Hause erzählte sie die Begebenheit mit der Aussprache ihres Vornamens exakt genauso, wie sie sich zugetragen hatte – mit einem kleinen, aber feinen Unterschied: aus „Clooodya" wurde, viel authentischer Französisch, nicht wahr, „Clööödia".

Die Entstehung von „Clödia" war also nur ein Zufall, ein Strohhalm. Im verzweifelten Versuch, zu retten, was nicht mehr zu retten war.

In der zehnten Klasse wurde Claudia am Schuljahresanfang der Platz neben Marianne zugewiesen, in der vorletzten Reihe. Von der ersten Sekunde an waren sie Busenfreundinnen. Marianne war insgesamt nicht schlecht in der Schule, und sie kam mit allen gut aus, war resolut genug und zeigte ihre Grenzen. Davon konnte auch Claudia profitieren. Mit einer Verbündeten an der Seite war der Spuk schlagartig vorbei, die Hänseleien nahmen ein Ende.

Claudia und Marianne hatten Spaß an Mathematik und mauserten sich zu Nachhilfeköniginnen, die verzweifelten Klassenkameraden in der großen Pause Stochastik oder Exponential- und Logarithmusfunktionen näherbrachten. Doch der ungeliebte Spitzname „Claudia-3" blieb.

In der Oberstufe hatten Claudia und Marianne Latein und Mathematik als Leistungskurse gewählt. Diese seltene Kombination hatte zur Folge, dass sie an vielen Kursen der Kollegstufe gemeinsam teilnahmen, weil sie auch die restlichen Fächer in mehr oder weniger identischer Weise belegen mussten, mit Deutsch und Biologie als Nebenfächern.

Sie hatten eine gute Zeit, kicherten zusammen und redeten über alles Mögliche, ihre Eltern, ihre Zukunftswünsche und Träume, oder wie cool sie den Martin aus der Parallelklasse fanden. Nicht, dass sie ihm das auch nur mit einem winzigen Wort angedeutet hätten, und es blieb ein für immer ungelöstes Rätsel, ob das Interesse vielleicht gegenseitig war.

Auf das Abitur bereiteten Marianne und Claudia sich im Tandem vor; sie lernten gemeinsam (zumindest taten sie so), und sie gaben gemeinsam Mathe-Nachhilfe. So waren die restlichen Schuljahre relativ schnell und ohne größere Vorkommnisse vergangen. Am Ende hatten beide ein halbwegs brauchbares Abitur in der Tasche und schlugen drei Kreuze, als endlich alles ausgestanden war. Schnell verloren sich die meisten Klassenkameraden aus den Augen.

Marianne war die einzige Freundin, die Claudia-3 aus der Schule in ihr Erwachsenenleben mitnahm. Ebenso wie Marianne verspürte sie keine Motivation, weitere Jahre mit Theorie und auf Schulbänken zu verbringen. Beide entschieden sich gegen ein Studium. Und weshalb überhaupt Mathematik? Beide liebten sie Zahlen und Mathematik, aber Pädagogik verursachte zumindest Claudia Magengrimmen. Unmöglich. Als Lehrerinnen wollten Marianne und Claudia jedenfalls nicht enden, das hatten Uwe und Thorsten ihnen gründlich klargemacht. Kein Weg würde sie wieder zurück in die Schule führen. Marianne begann in ihrer Heimatstadt eine Ausbildung an einer Bank.

Claudia war der festen Überzeugung, dass ihr Abiturdurchschnitt von 2,2 ein klares Indiz dafür war, besser nicht zu studieren. Und Claudias Eltern waren nicht reich genug, mal eben so ein ganzes Studium zu finanzieren. Sie lagen einkommensmäßig knapp über der Obergrenze, die Claudia alle Chancen auf BAföG nahm. Und niemand außer Marianne bekam mit, dass Claudia Luschka sehr gerne lachte und einen ausgefeilten Sinn für Humor hatte.

Ihren Eltern war sowieso alles gleichgültig. All die Jahre war das Familienleben von Schweigen geprägt gewesen. Diskussionen wurden von den Eltern im Keim erstickt, eine der wenigen Sachen, wo sich beide Elternteile stets einig waren. Sie hatten wenig bis gar nichts zusammen unternommen, noch nicht mal in den Sommerferien, in denen sie entweder Mutters oder Vaters Geschwister besuchten und sich in deren engen Reihenhäusern einquartierten, wo die Erwachsenen früher oder später in

Streit ausbrachen, der nach ein paar Schnäpsen wieder beigelegt wurde, während Claudia die meiste Zeit mit ihren Cousinen und Cousins im Freien verbrachte.

Ab und zu trafen sich alle gemeinsam bei den Großeltern. Ohne die anderen Onkels und Tanten war es langweilig, die Großeltern redeten nicht viel. Sie steckten dem Claudikind zwar gerne Süßes zu, aber bekamen nicht mit, dass ihr eine Bifi oder Kartoffelchips lieber gewesen wären. Auch dass das Claudikind inzwischen elf, fünfzehn, siebzehn Jahre alt wurde, sogar einundzwanzig, drang nicht in ihr Bewusstsein vor.

Zahlen mochte Claudia gerne. Anders als Menschen waren sie stets eindeutig, klar und niemals hinterhältig. Auch wenn eine Aufgabe unlösbar aussah: Am Ende war sie immer lösbar, sobald der richtige Rechenweg gefunden worden war. Das konnte eine Herausforderung sein, und das hatte sie schon immer fasziniert. Nicht die Aufgabe war unlösbar, sondern so mancher Rechenheld war ihr schlicht nicht gewachsen. Claudias Gehirn dagegen kannte dieses Problem nicht.

Und auf einmal, nur wenige unspektakuläre Jahre später, hatte Claudia ihre Ausbildung zur Buchhalterin abgeschlossen. Eine bessere Idee hatte sie nicht gehabt. Was konnte sie denn schon gut? Nichts wirklich. Besondere Talente fielen nicht auf, auch die Schulerfolge lieferten keinen Hinweis. Der Abiturschnitt wies ebenfalls nicht auf schlummernde Genialität hin. Da sie das Gefühl hatte, mit Zahlen gut umgehen zu können, aber auch, weil sie möglichst schnell einen Beruf haben wollte, der ihr Sicherheit gab, hatte sie sich gegen ein Studium und für eine zahlenlastige Ausbildung zur Buchhalterin entschieden.

Claudia schlug drei Kreuze. Nichts hielt sie in ihrem Herkunftsort. Erleichtert kehrte sie dem immer muffiger werdenden Elternhaus mit seinen schweigenden Geistern den Rücken. Für Buchhalter gab es in der gesamten Nation genug Auswahl an Ausbildungsplätzen und Arbeitsstellen. Claudia blieb in ihrem Ausbildungsort hängen: sie wurde von einer Steuerkanzlei angeworben, bevor sie ihren Abschluss in der Tasche hatte. Über viele Jahre hinweg verrichtete sie zuverlässig, pünktlich und in Ruhe ihre gleichförmige Arbeit in stets gleichbleibender Qualität.

Auch wenn sie es sich anders gewünscht hätte, so war Claudia leider Single. Der Versuch mit dem Kollegen aus der Berufsschule ging nach dreizehn Monaten fürchterlich schief. Claudia hatte keine Ahnung, wie die unzähligen perfekten Paare um sie herum es angestellt hatten, sich zu finden. Musste man unbedingt ausgehen, um jemanden kennenzulernen? Sie hasste das und blieb nach der Arbeit gerne für sich.

Mit Grausen dachte sie an vergangene Flirts und Beziehungsgefährten. Sich mit auch nur einem von denen eine langjährige Partnerschaft vorzustellen, verursachte ihr Magenkrämpfe. Wie sie an ihrem Liebesleben etwas ändern sollte, dazu fiel ihr beim besten Willen nichts ein. Und daher machte sie das, was sie am besten konnte: nichts.

Claudia ging tagtäglich morgens zur Arbeit und abends wieder nach Hause. Ab und zu besuchte sie ihre Eltern in ihrem Heimatort. Davon abgesehen, gab es keine größeren Abwechslungen. Sie machte weder Sport noch Musik oder sonst etwas, wo sie auf Gleichgesinnte träfe. Das gelegentliche Joggen zählte nicht, sie lief allein.

Doch selbst wenn sie Leute kennenlernen würde: wer würde von ihr etwas wollen? Was war an ihr interessant? Claudia konnte sich nicht im Geringsten vorstellen, dass so etwas wie ein Traumprinz überhaupt existierte. Innerlich hatte sie sich längst damit abgefunden, dass er niemals auf seinem weißen Pferd vorbeireiten würde.

Mit ihren wenigen Kollegen in der Steuerkanzlei kam Claudia auf eine nichtssagende Art und Weise gut aus. Ihre Arbeitsleistungen waren nicht besser als die der männlichen Kollegen, sie war weder hübscher noch schlauer als ihre Kolleginnen – sie kam niemandem in die Quere.

Zuhause wartete niemand auf sie. Ihr Privatleben beschränkte sich auf die Stadtbibliothek mit ihrer weitläufigen Auswahl an allen möglichen Büchern oder das kleine, alte Programmkino mit Filmen in Originalfassung.

Täglich hatten Claudia und ihre Kollegen mit ungeduldigen Privatkunden zu tun, die von Finanzen keine Ahnung hatten, aber ihre Steuererklärung bitte innerhalb weniger Stunden erledigt haben wollten:

„Bei mir ist alles ganz unkompliziert, das kostet Sie praktisch keine Zeit, und ich zahle schließlich für den Service!"

Die Kanzlei rühmte sich, auch auf die letzte Minute komplexe Anfragen anzunehmen, die andere Agenturen zu diesem Zeitpunkt ablehnen würden, auch wenn jemand erst in letzter Sekunde vor der Abgabefrist mit einem Schuhkarton voller Papierkopien und Quittungen unter dem Arm aufschlug. Es war also kein Wunder, dass sich zum Stichtag die Aufträge ballten. Claudia & Kollegen allein konnten diese Aufträge gar nicht stemmen.

Natürlich verrieten sie diesen hypereiligen Kunden nicht, dass die Kanzlei an solchen Tagen einen Großteil der Aufgabe an Studenten auslagerte, nur die Endkontrolle verblieb bei den erfahrenen Mitarbeitern. Anders war die zusätzliche Arbeitsbelastung nicht zu schaffen, obwohl es für die sieben Kalendertage rund um den Abgabetermin eine allgemeine Urlaubssperre für alle gab, Wochenende inklusive. Entsprechend war die Qualität der Steuererklärungen. Diese jungen Hüpfer kannten noch nicht alle Tricks und holten unter Zeitdruck selten das Optimale raus. Aber daran waren die Kunden schließlich selbst schuld.

Viele ereignislose Jahre gingen ins Land. und Claudia war auf genügsame Weise zufrieden.

Das Klassentreffen

Und jetzt, nach 25 Jahren, gab es ein Klassentreffen, wo Claudia all die altbekannten Fremden wiedersehen würde. Gut, auf Marianne freute sie sich. Wer weiß, vielleicht würde das Zusammentreffen ja nett werden. Immerhin war seit dem Schulabschluss so viel Zeit vergangen, dass es bestimmt einiges zu erzählen gäbe. Zumindest würden sich gegenseitig auf den jeweiligen Stand bringen und allgemeine Neugierde auf allen Seiten befriedigen: Vermögensverhältnisse, Familienstand, Klatsch und Katastrophen. Und die herausragenden Leistungen der hochbegabten Sprösslinge.

All das hatte Johanna am Telefon angedeutet. Was sie wohl den anderen Eingeladenen über Claudia gesagt hatte? Und was würde Claudia selbst erzählen? Würde jemand sie erkennen? Wenn sie sonst ihre Eltern besuchte, hatte sie tunlichst einen Bogen um all die Orte gemacht, wo ihr alte Klassenkameraden über den Weg laufen könnten. Vor ein paar Monaten war sie stolze Besitzerin eines auffälligen, roten Ford Ka geworden. Er war in etwa so elegant wie ein orthopädischer Turnschuh, aber Claudia scherte das wenig. Er rollte vorwärts, wenn sie das Gaspedal betätigte, und er ließ sich lenken. Bis nach Timbuktu, wenn es sein musste. Mehr brauchte sie nicht. Und so machte sie sich auf den Weg, in die Vergangenheit.

Die kleine Stadt hatte sich stark verändert. Neue Straßen waren gebaut worden, die Verkehrsführung war über die Jahre angepasst worden. Als Schülerin war Claudia immer mit dem Fahrrad unterwegs gewesen; sie hatte kein Gefühl dafür, wie sie sich in dieser Stadt mit dem Auto orientierte. Dazu war sie nicht die sicherste Fahrerin der Welt. Sie musste sich sehr anstrengen, gleichzeitig auf den Verkehr und den Weg zu achten.

Johanna hatte an alles gedacht. Ihre detailreiche Wegbeschreibung erwies sich als äußerst brauchbar. Selbst Claudia, deren Orientierungssinn in etwa dem einer Kellerassel in gleißendem Sonnenlicht glich, erreichte, ohne auch nur einmal falsch abzubiegen, nach einer sehr schönen Fahrt durch einen Mischwald und über zwei Hügel und Täler den Biergarten. Ein Fuchs und zwei Rehe kreuzten ihren Weg. Fasziniert blickte sie ihnen hinterher und lenkte ihren Wagen gerade noch rechtzeitig zurück auf die Spur.

Der Försterhof war viel gemütlicher, als sein Name vermuten ließ. Von weitem konnte man ihn nicht ausmachen, er war hinter einer kleinen, mit Bäumen bewachsenen Anhöhe versteckt. Nach der Anhöhe öffnete sich ein mit Schottersteinen belegter Parkplatz, der von Ligusterhecken gesäumt war.

Unmittelbar vor Claudia war eine kleine Gruppe von fünf Personen angekommen. Ein Kiesweg führte schräg eine weitere kleine Anhöhe hinauf. Die kleine Gruppe lief zielsicher darauf zu. Claudia machte es sich einfach und folgte ihnen. Nach wenigen Schritten erblickte sie den alten Bauernhof, der idyllisch in Mischwald eingebettet war. Das Fachwerk war offensichtlich erst vor kurzem fachmännisch restauriert und dunkelbraun angestrichen worden. Das Dach war mit rotbraun changierenden Dachpfannen gedeckt und verlieh dem Gebäude einen gemütlichen Charakter. Bestimmt gab es drinnen grüne Kachelöfen, die im Winter ein prasselndes Kaminfeuer beherbergten. Die Hauswände waren in einem freundlichen Farbton gestrichen. Claudia überlegte, wie diese Farbe wohl hieß. Es handelte sich um einen Farbton, der weder

gelb noch orange war, aber auch nicht rosa – maisgelb?
Koralle? Altrosa? Sie entschied sich für pastellkarotte.

Ein Bild war direkt auf die Hauswand gemalt: Ein
Bauer, mit Hut auf dem Kopf, der mit einer Art Hand-
pflug oder was für ein Gerät das auch immer sein sollte
sein Feld bestellt, während sein kleiner Dackel treu zu
ihm aufschaut. Das Bild war erstaunlich realistisch, Claudia meinte schier das Bellen des kleinen Hundes zu hören.
Obwohl es eindeutig unter Kitsch fiel und sie sich so ein
Bild zuhause nicht mal gegen Bezahlung aufhängen
würde, passte es an diese Hauswand und betonte den
freundlichen Charakter der Anlage.

Über der von uralten Holzbalken gesäumten großen Eingangstür stand in ochsenblutroter Schnörkelschrift:

Grüß dich Gott , Wanderer
Tritt eilig ein
Bring Glück herein

Pathetisch, aber einladend. Claudia bekam in der Tat Lust, den Försterhof zu betreten.

Die fünf Personen vor Claudia würdigten Bild und Schriftzug keines Blickes, Claudia sah sie nicht mehr, als sie das Haus betrat. Innen erblickte sie einen gemütlichen Gastraum mit einfachen Holztischen und -stühlen. Auf den Tischen lagen rot-weiß-karierte Tischdecken, grüne Servietten und ein rustikales Essbesteck mit Holzgriffen. Ja, hier konnte man mit Vergnügen eine deftige Bauernmahlzeit mit einem Weißbier genießen.

Die Wirtin, eine dralle Mittvierzigerin in einem schwarzgrünen Dirndl mit Schnörkelmuster, das eine Nummer zu klein war, stand hinter der Theke und polierte Gläser. Sie begrüßte Claudia herzlich.

„Das Klassentreffen? Ja, da sind schon einige da, hier entlang, bitte."

Sie geleitete Claudia durch den Gastraum zum Terrassenausgang. Die Terrasse war noch schöner als der Gastraum. An ihrem Ende fiel das Gelände steil ab und bot einen fantastischen Blick über das Tal, der auch nachts spektakulär war, wenn die Stadt beleuchtet war.

Draußen standen im kühlenden Schatten alter Kastanienbäume zahlreiche Biertische und Bierbänke, in langen Reihen zusammengefügt. Die meisten Plätze waren besetzt.

Viele Servicekräfte flitzten über den Platz, balancierten gefährlich dicht beladene Tabletts mit gefüllten Gläsern und stellten dennoch unfallfrei Getränke und Teller mit gigantischen Portionen vor den Gästen ab.

Am linken Rand der Terrasse, abseits von den Biertischen, teils unter den Bäumen des Waldes, befand sich eine größere Tischgruppe aus mindestens zehn runden Tischen für sechs bis acht Personen. Einige Personen saßen an den Tischen, andere standen daneben und unterhielten sich. Alles sah idyllisch aus, ganz die perfekte Vorlage für einen französischen Impressionisten, der diese liebliche Szene begeistert in Öl auf eine Leinwand tupfen würde.

Das war es also, das Klassentreffen. Als Claudia nähertrat, erkannte sie zunächst niemanden. Bei einigen fiel ihr nach ein wenig Nachdenken ein, um wen es sich handelte: Ingrid, Sabine, Hubert.

Niemand dagegen schien sie zu erkennen. Dabei fand sie, dass sie sich nicht wesentlich verändert hatte. Die Jahre hatten kaum Spuren hinterlassen. Keine Falten. Claudia sah mit ihrem Fledermausgesicht immer noch völlig durchschnittlich aus. Ihre aschblonden, immer leicht strähnigen Haare, die von einem langweiligen Mittelscheitel aus an beiden Seiten ihres Gesichts glatt herunterhingen, waren konturlos und hätten damals wie heute einen guten Frisör gebraucht. Aber sie waren deutlich länger als noch zu Schulzeiten. Damals reichten ihr die Haare nur bis zur Schulter. Jetzt fielen sie lang auf den Rücken, außerdem trug Claudia eine Brille. Zwar war diese modisch randlos, aber ob das reichte, sie ins Inkognito zu versetzen? Sah ganz so aus.

Wie immer trug Claudia kein Make-Up, das diesen Namen verdient hätte. Weder Lidschatten noch Rouge.

116

Ein blasser naturfarbener Lippenstift, der kaum auffiel. Keine Wimperntusche. Ein farbloser Gesichtspuder verhinderte lediglich das sommerliche Glänzen von Wangen und Stirn.

Aus Gewohnheit hatte sie zu ihrer Lieblingsjeans und einem himmelblauen Oberteil aus butterweicher Viskose gegriffen. Bequem und nicht zu salopp, das Himmelblau sehr apart, aber auch nichts Besonderes. Um den Hals hatte sie ein langes, dezent gemustertes Halstuch in passenden Blautönen geschlungen.

Es konnte sich wohl niemand an ihr Gesicht erinnern, niemand schien sie zu erkennen. Und so kam niemand auf sie zu, um sie zu begrüßen, denn Johanna war beschäftigt.

Die Gruppe vom Parkplatz war eben bei den Tischen angekommen. Die gehörten also auch dazu. Bei ihrem geräuschvollen Einzug benahmen sie sich, als zögen sie über einen roten Teppich in einen Palast ein. Sie winkten huldvoll nach links und rechts und zogen die gesamte Aufmerksamkeit auf sich. Es gab ein großes Hallo, einige andere kamen dazu, sie begrüßten sich, Küsschen links, Küsschen rechts.

Oh Mann – Claudia konnte sich noch an die Zeiten erinnern, bevor diese globalisierte Unsitte sich penetrant breitgemacht hatte. Sie schaute gezielt weg, als die Küsserei begann. Hauptsache, dass sie nicht auf die Idee kommen würden, dasselbe mit ihr zu machen. Sie blieb in der Nähe des Eingangs stehen, da, wo der imaginäre rote Teppich begann, und sah sich die Umgebung erst einmal in Ruhe an.

Mit ihrer etwas zu großen, grauen Strickjacke hob Claudia sich kaum von der naturbelassenen Granit-Natursteinmauer an der Rückseite des Restaurants ab. Sie war einerseits froh, dass ihr die Küsserei erspart blieb,

117

aber ein angenehmes Gefühl war es trotzdem nicht, so rumzustehen. Sie überlegte, ob sie einfach wieder gehen sollte. Es würde sowieso niemand merken.

Sie hörte, wie die Gruppe in ihrer Nähe sich darüber austauschte, wie schön es sei, sich wiederzusehen, nach all den Jahren! Was für eine tolle Initiative! Wer sonst noch alles komme? Ist Rudi auch da? Hallo, Johanna, wie schön, dich zu sehen! Und Ellen? Und Eva? Ach ja, sie sitzt da drüben. Wer ist der Typ neben ihr – ist das tatsächlich der Robert? Der in Sport immer so saugut war? Na, heute bestimmt nicht mehr, der Schwabbelbauch ist beim Marathonlaufen sicher etwas hinderlich. Und das neben ihm muss wohl Hubert sein ...

„Claudia kommt nicht, oder?", fragte jemand; Claudia konnte nicht erkennen, zu wem die Stimme gehörte.

„Claudia? Moment, gab es da nicht mehrere? Wir hatten doch mindestens vier..." Eine Frauenstimme, hoch und spitz, gab dies von sich. Monika?

„Nein, es waren drei. Da drüben ist Claudia-1, die ist da, und Claudia-2 hat abgesagt. Claudia-3 hat zugesagt, sie muss bald kommen."

Claudia erkannte die Stimme wieder, mit der sie vor kurzem erst telefoniert hatte. Es gab keinen Zweifel: dies musste Johanna sein. Halblanger, brauner Pferdeschwanz, langes, blumiges Sommerkleid mit schwingendem Rock, der geschickt von diversen Pölsterchen ablenkte. Sie wirkte frisch und gut gelaunt.

„Claudia-3 – wer war das gleich noch einmal? Ach, ja, diese unscheinbare Schnepfe, die immer hinten links saß? Die ist in der Versenkung verschwunden", hörte Claudia Christian sagen. „Ich würde die beim besten Willen nicht wiedererkennen."

Stimmt. Er stand quasi neben ihr. Drei Meter Abstand. Blind wie ein Nacktmull.

„Du meinst die, die in die Steuerhölle abgestiegen ist?", fragte Eva (das war sie doch, oder?). „Also die, die diese superlangweilige Ausbildung bei der Steuerkanzlei Höll angefangen hat. Ich habe mich immer gefragt, ob sie die durchgehalten hat. So etwas Langweiliges! Und so richtig helle war sie auch nicht."

„Aber vielleicht helle genug für die Hölle ..."

Christian überschlug sich fast vor Begeisterung über sein intelligentes Wortspiel. Die Umstehenden stimmten in sein Lachen ein. „Ach, macht nichts, die war eh immer so langweilig, und wir wollen uns heute lieber ein bisschen amüsieren, nicht wahr." Er lachte laut auf. Etwas zu laut. Einige der Umstehenden stimmten mit ein.

Claudias Wangen brannten. Sie wusste, dass sie jetzt kehrtmachen sollte, anstatt sich der Gegenwart dieser Profitrampel auszusetzen. Aber sie war wie gelähmt. Kämpfen, Flüchten, Erstarren – wie seinerzeit in der Schule die kleine Claudia war sie unfähig, sich zu rühren, wenn es richtig schlimm wurde. Von wegen kämpfen – allein gegen eine Übermacht? Und flüchten – wohin? Zum Kohlsuppengeruch ihres Elternhauses? Das hatte schon die kleine Claudia zu oft durchlitten. Die erwachsene Claudia hatte dies fast gänzlich verdrängt, aber auf einmal war sie gefühlt wieder dreizehn Jahre alt. Bewegungslos, so wie damals, stand sie an die Hausmauer gelehnt und wartete. Darauf, sich wieder bewegen zu können.

Es war ein Fehler gewesen, zu kommen! Claudia wusste, sie würde sich einfach umdrehen und unbemerkt entschwinden, sobald sie sich wieder rühren konnte. Ein

Gedanke allerdings schob sich störend in den Vordergrund: dann würde es nicht zum Wiedersehen mit Marianne kommen.

Claudia sah sich um und suchte nach Marianne. Zumindest wollte sie sie von weitem gesehen haben, bevor sie ging. Aber niemand sah der Marianne, die sie damals kannte, ähnlich. Konnte es sein, dass sie einander tatsächlich nicht wiedererkannten? Sollten sie sich beide dermaßen verändert haben? Doch selbst wenn sie Marianne nicht wiedererkennen würde, dann würde sicherlich Marianne sie erkennen, ganz bestimmt.

Immer noch stand Claudia an die Hauswand gelehnt. Gleich würde sie gehen, gleich. Da, jetzt hatte eine der Frauen sie entdeckt, aber es war nicht Marianne, sondern die Frau mit dem Pferdeschwanz. Mit wehenden Schritten und begeistertem Gesichtsausdruck lief sie auf Claudia zu.

„Claudia! Wie schön! Herzlich willkommen! Du bist es doch, oder?"

Johanna streckte die Arme zur Begrüßung aus. Nach einem ganz kurzen Zögern, ob sie sich auf Händeschütteln beschränken sollte, umarmte sie Claudia herzlich.

„Marianne hat uns auf deine Spur gebracht. Aber sie kann leider heute Abend nicht dabei sein, sie hat einen Bandscheibenvorfall und kann sich kaum bewegen. Sie sagte, sie fühle sich wie ein Käfer, der auf den Rücken gefallen ist und nicht mehr hochkommt... Aber sie lässt dich ganz ganz herzlich grüßen! Komm mal mit, hier rüber, da sind auch Eva und Malte, und Rainer."

Claudia war enttäuscht. Das Wiedersehen mit Marianne war die Hauptmotivation für ihr Kommen gewesen. Was Marianne wohl gesagt hätte, wenn sie gehört hätte, was aus der Buchhalterin geworden war? Wie sollte sie ohne Marianne dieses Zusammentreffen mit den alten Klassenkameraden durchstehen?

Zu spät, es ging los. Johanna klopfte an ein Glas, um sich Gehör zu verschaffen, begrüßte alle Anwesenden herzlich und richtete Grüße von den verhinderten Klassenkameraden aus und sie verlas einige Botschaften.

Johanna war so weitsichtig gewesen, die Sitzordnung nicht dem Zufall zu überlassen, weil viele der ungefähr sechzig Teilnehmer sich nicht mehr kannten, es war besser, sie durchzumischen. Es würde sowieso spannend werden, wer sich überhaupt wiedererkannte. Oder auch nicht. Damit gar nicht erst die Verlegenheit entstünde, sich peinlich bemüht einen Platz auszusuchen, hatte Johanna einen Kommunikationstrick aus dem Internet namens *Talking Table* organisiert.

Nein, es ging nicht um spiritistische Sitzungen. Nicht die Tische sprachen, sondern die, die daran saßen. Das Prinzip war ganz einfach: die Tische waren durchnummeriert. Zunächst musste jeder Ankömmling ein Kärtchen mit einer Tischnummer ziehen. An diesem Tisch würden sie für eine Stunde bleiben, das erste Bier und etwas zum Essen bestellen. Danach würde gewechselt: jeder würde ein zweites Kärtchen ziehen und an den Tisch mit der entsprechenden Nummer wechseln. Nach der zweiten Stunde gab es ein drittes Kärtchen. Die dritte Runde fiel laut den Angaben der Erfinder normalerweise ins Wasser, dann wäre der Kommunikationsanschub nicht mehr notwendig: die Teller seien leer, die Gäste säßen nicht mehr, sondern wechselten bunt zwischen den Tischen herum.

Johanna hielt einen Kartenfächer in der linken Hand und ging von einem Grüppchen zum anderen. Sie forderte alle Anwesenden auf, ein Kärtchen zu ziehen. Auf jedem Kärtchen stand eine Nummer von eins bis acht, und zehn Tische waren ebenfalls mit je einer Nummer gekennzeichnet.

Claudia zog die Vier. Vier weitere Personen liefen in Richtung von Tisch Vier: Eva, Robert, Ellen, Ingo. Die Begrüßung war leicht steif, weil sie alle sich erst einmal klarmachen mussten, wer da mit wem an Tisch Vier saß, doch während des ersten Glases Wein fanden sie langsam ins Gespräch. Claudia ließ die vielen Eindrücke erst einmal auf sich wirken. Wie immer, wenn viele Leute um sie herum durcheinanderredeten, war Claudia zunächst still und hörte zu. Sie hatte weder Talent noch Übung darin, sich mit Unterbrechungen in eine Konversation einzuschalten, strahlte dies durch ihre Körperhaltung auch aus, und konsequenterweise passierte es nicht sehr oft, dass jemand sie explizit ins Gespräch einband. Die Welt braucht offenbar Statisten, die einfach nur zuhören.

Claudia hatte große Mühe, sich auf das seichte Geplapper an Tisch vier konzentrieren. Andererseits hatte Johanna sie überaus herzlich begrüßt. Ihr zuliebe und, ehrlich gesagt, weil sie nichts Besseres zu tun hatte, entschied sich Claudia fürs Bleiben. Die Alternative wäre gewesen, mit ihren Eltern Rosamunde Pilcher zu schauen. Nein, danke, der Schmerz hat Grenzen.

Nach einer schier endlosen Stunde mit unbeholfenem Smalltalk zog Claudia die Nummer Fünf. Zwei Minuten später wusste sie nicht mehr, mit wem sie eben noch an Tisch Vier gesessen hatte. Niemand hatte den Drang verspürt, die Adressen „für später" auszutauschen oder sich „irgendwann mal" auf einen Kaffee zu verabreden.

Tisch Fünf hingegen entpuppte sich als sehr nette Runde. Zum ersten Mal an diesem Abend entspannte Claudia sich etwas. Da waren Johanna, Sandra, auch Claudia-1, Malte, Manfred und Ralf. Johanna hatte großen

Anteil daran, dass an Tisch Fünf das Gespräch wie von selbst floss und sich fast spielerisch entwickelte. Die Stimmung war ausgelassen, sie schwätzten über alles Mögliche und freuten sich, dass das Treffen zustande gekommen war. Es wäre nett, wenn es nicht bei diesem einmaligen Wiedersehen bliebe, nicht wahr? Wirklich eine tolle Idee, großen Dank an Johanna und Hubert! Hubert hörte seinen Namen und winkte fröhlich von Tisch Drei herüber, wo es ebenfalls ziemlich unterhaltsam zu sein schien. Doch an anderen Tischen war es steif geblieben, so dass Johanna nach vierzig Minuten eine dritte Runde einläutete.

Tisch Sieben. Oh nein. Bitte nicht! Tisch Sieben war ausnahmsweise nicht rund, sondern rechteckig. Und an der einen Schmalseite hatte er sich bereits breitgemacht, wie ein König, der auf seinen Hofstaat wartet: Christian. Christian Richter. Claudia hatte schon den ganzen Abend einen großen Bogen um Christian gemacht, aber nun ließ sich ein Aufeinandertreffen nicht vermeiden. Wäre es nur nicht zum dritten Tischwechsel gekommen! Sie hatte fast vergessen (vielleicht auch verdrängt), wie sehr sie ihn während der Schulzeit verabscheut hatte. Es handelte sich um deutlich mehr als nur Erinnerungen an gelegentliche Hänseleien, in denen er ganz groß war. Nein, die Gefühle der damaligen Demütigungen saßen immer noch tief.

Die anderen Tische waren vollbesetzt, es gab keinen freien Stuhl, zu dem sie flüchten konnte, Claudia musste wohl oder übel an Tisch Sieben Platz nehmen. Sie suchte sich einen Stuhl so weit wie möglich von Christian entfernt: am gegenüberliegenden Tischende. Auf den beiden Stühlen an der Längsseite nahmen Robert und Stefan Platz, auf der Bank, mit dem Rücken zum Wald, Sabine und Monika.

Christian war unverändert. Nur älter. Genau dieselben scharfkantigen eckigen Gesichtszüge und dieselbe hellblonde Meckifrisur.

Der Fosbory Flop. Claudia hatte die Episode völlig vergessen. Mit einem Schlag war alles wieder da. Das Gefühl der Demütigung. Der Klang des beißenden Spotts, als Christian und einige andere (definitiv Uwe, auch Robert, oder?) sich vor Lachen auf dem Boden krümmten. Christian hatte damals Claudias Pausenbrot auf das viel zu hohe Fensterbrett befördert, so dass sie nicht mehr drankam, und sich gemeinsam mit den anderen Umstehenden bei Claudias Anstrengungen, es zu angeln, schlappgelacht. Vergeblich hatte sie sich gestreckt und war in die Höhe gehüpft, aber das Fensterbrett war viel zu hoch für die kleine Dreizehnjährige.

„Wir wollten dir nur helfen, ein bisschen Hochsprung zu trainieren."

Das war es also. Claudia verstand. Die Jungs gehörten zu der Gruppe, die ihren unrühmlichen Tauchversuch bei 1,38 Meter Höhe mitangesehen hatte. Irgendwann, kurz vor Ende der großen Pause, als die Zeit längst nicht mehr reichte, das Pausenbrot aufzuessen, hatten sie es ihr gnädig vom Fensterbrett heruntergeholt.

Laut lachend hatte Christian diese Episode heute Abend bereits mehr als einmal zum Besten gegeben; sie hatte es mit einem Ohr gehört.

Auch wenn Claudia nicht jedes Wort verstanden hatte, und trotz aller Bemühungen, die Gespräche der Nebentische auszublenden. Die wenigen aufgeschnappten Gesprächsfetzen hatten ausgereicht, die Erinnerungen wieder anzufachen.

„Und dann hat sie versucht, an die Stulle ranzukommen! Vielleicht war es ein bisschen gemein von uns, aber vor allem war es urkomisch! Da hätte sie echt drüberstehen müssen."

Vor Lachen konnte Christian nicht mehr klar sprechen. Ein Lachschwall erstickte fast jedes zweite Wort, seine Stimme kletterte höher, überschlug sich fast und quetschte mühsam zwischen den Lachsalven einzelne Wörter nach draußen. Und nicht nur Christian lachte, seine Tischgenossen krümmten sich ebenfalls vor Lachen. Noch heute machte der Knabe also Witze auf Kosten anderer Leute! Christian hatte sich augenscheinlich charakterlich kein bisschen verändert. Sein Jurastudium hatte ihm nicht dazu verholfen, maßvoller zu werden und sich die Arroganz abzuschleifen. Im Gegenteil. Er strotzte nur so vor Selbstbewusstsein und fühlte sich sichtlich im Recht. Kein Wunder, dass er seinem Nachnamen Tribut zollte und Richter geworden war. Im Gerichtssaal waren ihm sein lautes Naturell und sein überbordendes Selbstvertrauen von großem Nutzen, er schaffte es stets problemlos, die anwesenden Streithähne zur Ordnung zu rufen, falls ihnen die Nerven durchgingen. Zu allem Überfluss lautete auch sein Nachname „Richter". Zufall oder Fügung? Es gibt diese Fragen, die niemals geklärt werden. Christian jedenfalls machte sich den Zufall zu Nutzen und nannte sich einfach „Der Richter".

Die Beziehungen der Eltern seiner damaligen Freundin hatten „etwas" dabei geholfen, als Richter an den Landesgerichtshof in seiner Heimatstadt berufen zu werden. Den Traum vom Staranwalt konnte er nach seinem mittelmäßigen Examen nämlich knicken, und die Mittel, sich als Partner in eine Kanzlei einzukaufen, hatte er damals schlicht nicht. Sich als Juniorjurist irgendwo unterbezahlt anstellen zu lassen, war selbstverständlich unter seiner Würde. Und so kehrte Christian nach seinem Studium in der Großstadt in die Provinz zurück, auch wenn das aus der damaligen Freundin die künftige Braut machte. Manchmal muss man eben Kröten schlucken. Trotzdem konnte er ein geruhsames Leben führen, das ihm ausreichend Zeit für seinen Porsche 911 Carrera S Cabrio 3.8 mit den vierhundert Pferden und dem klischeeblonden Pferdeschwanz seiner frisch Angetrauten auf dem Beifahrersitz ließ. Er betete nur, dass sie nicht wie ihre ganzen Vorgängerinnen den absonderlichen Wunsch nach Nachwuchs äußern würde – der zweisitzige Porsche Cabrio hatte keinen Platz für Kindersitze, sorry.

Claudia wurde wieder bewusst, warum sie mit keinem einzigen Mitschüler in Kontakt geblieben war. Christian war nur einer der Gründe gewesen. Die Geschehnisse hatte sie größtenteils verdrängt. Sie war so froh gewesen, dem Ganzen zu entkommen! Zog in eine andere Stadt, kam nur zurück, um ihre Eltern zu besuchen. Anfangs alle zwei Wochen, doch im Laufe der Zeit immer seltener. Jetzt kam sie eigentlich nur noch an Weihnachten und zum Geburtstag ihrer Mutter im Juli für ein kurzes Wochenende bzw. maximal zwei Tage zu ihren Eltern. Und sie schaute stets, sich so schnell wie möglich wieder vom Acker zu machen.

Samstags und sonntags verzog sie sich für ein paar Stunden in ihr altes Kinderzimmer und gab vor, arbeiten zu müssen. Zu der von ihrer Mutter sorgfältig bereiteten Vollmahlzeit, bestehend aus Fleisch, in der Regel verkochtes Rindfleisch, gebissfreundliches Gemüse samt der üblichen Sättigungsbeilage (die üblichen salzlosen Dampfkartoffeln), tauchte sie wieder auf. Das war ihr Kompromiss. Sie erfüllte ihre Pflicht als Tochter, saß mit am Tisch, beantwortete die stets wiederkehrende Frage „... und die Männer?" ausweichend, dass sich da vielleicht etwas anbahne (was so gut wie nie der Wahrheit entsprach). Beim nächsten Besuch bei ihren Eltern, die übrigens nie zu ihr kamen, hatten diese alles wieder vergessen, und Claudia konnte dieselbe Lüge erneut auspacken. Trotzdem verstand sie inzwischen nicht mehr, wie sie das Klassentreffen als willkommene Fluchtmöglichkeit hatte sehen können.

Bisher war der Abend mit viel seichtem Geschwätz dahingeplätschert. Vielleicht wäre dies anders gekommen, wenn Marianne da gewesen wäre. Sie hätten, wie in alten Zeiten, ihren Geheimcocktail bestellt: Blue Curaçao, Wodka, reichlich Limette, Tonic Water. Zum Schluss ein dickflüssiger Tropfen Granatapfelsirup, wie ein Blutstropfen, der langsam in blaues Wasser sinkt. Es schmeckte grässlich, aber Marianne und Claudia hatten stets einen abgegriffenen, handgeschriebenen Zettel mit dem Rezept in der Handtasche. Aus Prinzip tranken sie nichts anderes, und aus Prinzip kehrten sie nur in Lokalitäten ein, wo der Barkeeper ihnen auf der Grundlage ihres eigenen Rezepts den besten Drink der Welt zu kredenzen wusste.

Einen Bloody Pool, serviert auf richtig viel gestoßenem Eis.

Claudia-3 ärgerte sich über sich selbst. Warum hatte sie dumme Kuh nicht die Chuzpe besessen, einfach wieder zu gehen?

Rosamunde Pilcher wäre heute Abend eine deutlich intelligentere Lösung gewesen als Tisch Sieben.

Nur zu wahr. Alles hätte wunderbar sein können. Die Nacht war lau, ein halber Mond und unzählige Sterne standen am Nachthimmel, und sogar einige Glühwürm-chen waren auszumachen. Die Hausmannskost schmeckte gut, es gab leckeres hausgebrautes Bier – was wollte Claudia mehr. Hmm, vielleicht gute Gesellschaft.

Wie die Notwendigkeit für eine dritte Tischtausch-runde bewies, war es nicht nur für Claudia kaum zu tie-feren oder besseren Gesprächen gekommen. Rund sech-zig Personen waren insgesamt anwesend, und immer fünf bis acht Personen saßen um einen der zehn Tische, die im hinteren Bereich des Biergartens reserviert worden wa-ren. Alles bewegte sich auf dieser Mein-Haus-Mein-Auto-Meine-Frau-Ebene. Ein klein wenig interessanter wurde es nur, als Sandra die Meine-Frau-Nummer abzog und ein Foto von ihrer Kerstin aus der Tasche zog: „Das ist sie!" Unglaublich, aber wahr: auch in der heutigen Zeit gab es tatsächlich noch Spätentwickler, die hörbar nach Luft schnappten und Sandra für den Rest des Abends mieden.

An Tisch Sieben begann das übliche Geplänkel. Alle redeten durcheinander. Sich einen Überblick zu verschaf-fen, wer mit am Tisch saß, war ein hoffnungsloses Unter-fangen, es wurde sofort so laut, dass das eigene Wort nicht mehr zu verstehen war. Beim besten Willen war es unmöglich zu hören, was Claudia an ihrem Tischende ge-sagt haben mochte, wenn sie denn etwas gesagt hätte, aber Christians Präsenz hatte ihr sowieso die Sprache ver-schlagen.

Und Christian dominierte sofort das Geschehen und kommunizierte hauptsächlich mit seinen beiden direkten Sitznachbarn, dem alten Stefan, der schon zu Schulzeiten durch seine komischen Klamotten alt aussah, und Sabine, die ihnen begeistert Fotos ihrer drei Sprösslinge auf-drängte.

Prüfende Blicke checkten den Raum ab: wer war alles nicht da? Moritz, der so hammergut aussah, der mindestens sechs Freundinnen allein in der zwölften Klasse gehabt hatte, worüber sich alle das Maul zerrissen hatten, während etliche der Mädchen heimlich davon träumten, Nummer sieben zu werden und viele der Jungs ihn insgeheim beäugten, ob sie sich irgendwelche Tricks abschauen konnten. Hatte der einen Zaubertrank in der Hosentasche, oder wie machte er das?

Sophie war auch nicht da. Na, die hätte niemand übersehen, diese Dampfwalze... stellt euch vor, die arbeitet jetzt für Dr. Norbi, den Komiker! Fast alle kannten ihn, er war auf dem besten Weg, so berühmt zu werden wie Bülent Ceylan. Zumindest Monika glaubte dies, aber niemand sonst outete sich als BUNTE-Leser. Eine Umfrage auf der Straße mit ahnungslosen Passanten hatte ergeben, dass mindestens sechzig Prozent der Bevölkerung wussten, wer Dr. Norbi war, über alle Altersgruppen und Bildungsniveaus hinweg. Von diesen über sechzig Prozent gaben gute vierzig Prozent zu, dass sie Fan seien. Trotzdem hätte keiner der Anwesenden offen zugegeben, ein Fan von Dr. Norbi zu sein. Das wäre ähnlich blamabel, wie sich als Dauerkartenbesitzer für den Musikantenstadl oder als Fan von Helene Fischer zu outen. Rein statistisch müsste fast jeder im Raum Dr. Norbi kennen, rund fünfzehn bis zwanzig der Anwesenden müssten echte Fans sein. Im Schnitt hätten eigentlich sechs der Anwesenden bei einem Auftritt von Helene Fischer gewesen sein müssen, obwohl auch dies kein einziger zugegeben hätte. Gemeinsam ergingen sie sich darin, wie schrecklich sie alle Dr. Norbi fanden: seine Witze waren derb, seine Gags plump, und insgesamt war der Typ einfach nur daneben, immer unterwegs in eigener Sache, hässlich und hochgradig unsympathisch. Die zwei Fans am Tisch (da waren sie also!), Monika und Stefan, trauten sich nicht zu widersprechen. Wirklich gut, dass Sophie nicht da war.

Claudia hielt immer noch den Mund.

Christian und seine beiden Nebensitzer wendeten sich nun dem Tischgeschwätz zu. Die Vorstellungsrunde entlang des Tisches war längst gesprengt und nie bei Claudia angekommen. Wer fehlte heute Abend alles, außer Sophie und Moritz? Die kranke Marianne. Schade. Mirjam befindet sich auf einer Geschäftsreise. Holger? Warum der nicht da war, wusste niemand. Monika hätte sich durchaus gefreut, ihren alten Schwarm wiederzusehen.

„Ja, und die ganzen Claudias. 1. 2. 3."

Die waren wohl auch alle nicht da. Ach so, doch, ja, das da drüben war Claudia-1. Sie saß jetzt an Tisch Vier und hatte Tisch Sieben den Rücken zugekehrt. Ihre Haare waren immer noch so lang wie damals, auch ihre Frisur, ein auf dem Hinterkopf nachlässig zusammengesteckter Knoten, mit einem Bleistift fixiert. Sie plauderte intensiv mit Manfred, es sah fast so aus, als sei es kein Smalltalk, sondern ein echtes Gespräch. Aber die beiden anderen Claudias – das war nicht so schlimm.

Christian warf sich in die Brust und packte seine laute Sprechstimme aus. „Erinnert ihr euch an die langweilige Type, die immer hinten saß und nie den Mund aufbekam?"

Ja, genau, Claudia-3. Ha, sogar die hatte er aus der Reserve gelockt, was niemand sonst fertiggebracht hatte, nicht wahr? Christian brauchte nicht lange – schon war er wieder bei der Fosbory-Flop-Episode. Am Tisch bogen sie sich vor Lachen. Christian konnte wahrlich unterhaltsam erzählen. Die Stimmung stieg ins Unermessliche. Was aus

Claudia-3 wohl geworden war? Na, keiner war mit ihr dicke gewesen, außer der dicken Sophie, haha.

„Aber", sagte Christian im Brustton der Überzeugung, „den Weg zu dieser unserer noblen Zusammenkunft haben nur die gefunden, die auch etwas zu erzählen haben. Wir haben eben alle viel erlebt und können eine Lebensleistung vorweisen!"

Claudia-3 sei wie eine vertrocknete Pralinenschachtel gewesen – wenn man sie öffnete, wusste man ganz genau, was einen erwartete: nichts. Vielleicht traute sie sich nicht zum Klassentreffen, weil ihr Leben viel zu ereignislos war und sie sich vor den anderen genieren würde, die alle so viel interessanter seien?

Christian blickte großspurig um den Tisch herum, Zustimmung heischend. Da entdeckte er die Frau an der anderen Seite des Tisches. Sie hatte noch keinen Ton gesagt, seit sie sich zusammen an Tisch Sieben gesetzt hatten. Maulfaule Zicke!

„Kannst du dich an diese langweilige Claudia-3 erinnern?" sprach er sie an. „Mann, ich würde die im Leben nicht wiedererkennen! Du?"

Claudia genug von der Farce. Sie stand auf, griff nach Jacke und Handtasche und zischte gefährlich langsam, mit der festesten Stimme, derer sie fähig war:

„Ich bin Claudia-3. Und: man nennt mich Klödia."

Jammerschade, dass gerade kein Magnum-Fotograf da war, der das neue Titelbild für das *Life*-Magazin schießen wollte. Die aufgerissenen Augen der Männer und Frauen, die ungläubig alle in dieselbe Richtung starrten, die Münder, die sich synchron zu einem stillen Aufschrei geöffnet hatten und nicht mehr zugeklappt wurden, die graue Farbe, die einige der Gesichter annahmen ... Es erinnerte stark an das berühmte Foto der vielen erschrockenen Kinobesucher, die 1952 das erste Mal in ihrem Leben einen Kinofilm in 3D sahen. Nur die 3D-Brillen fehlten.

Selbst Christian hatte es zur Abwechslung die Sprache verschlagen. Die Stille an Tisch Sieben trat so abrupt ein, dass auch allen anderen auffiel, dass irgendetwas los sein musste, denn bis eben war dies einer der lautesten Tische gewesen. Doch jetzt hätte man eine Stecknadel auf Waldmoos fallen gehört. Die Tischrunde an Tisch Sieben hatte soeben begriffen, dass Claudia-3 diejenige gewesen wäre, die am meisten von ihnen allen zu erzählen gehabt hätte. Wenn es jemand hätte hören wollen.

Claudia war berühmt. Alle kannten ihr Alter Ego. Aber niemand kannte sie. Erkannte sie. Und niemand hatte sie nach sich selbst gefragt. Sie hatte gar nicht vorgehabt, ihre beiden Tätigkeiten zu verschweigen, aber es hatte sich tatsächlich keine einzige Gelegenheit geboten, davon zu erzählen. Unglaublich, aber wahr: niemand hatte sie den Klassiker gefragt: „Und was machst du so, heute?"

In diesem Moment begannen einige Personen, dies aufs Tiefste zu bedauern. Ohren und Augen helfen eben nur, wenn sie auch eingeschaltet werden. Verstand nur, wenn man welchen hat. Aber es schien, als hätten die Anwesenden ihr Gehirn auf Notstrom eingestellt.

Hubert war Christians Geseier den ganzen Abend auf die Nerven gegangen. Der hatte sich tatsächlich null verändert. Seine Stimme war nach wie vor durchdringend, und wenn er sie erhob, konnte er das Geräusch eines abfahrenden Zuges übertönen. Ein Biergarten war für sein Organ keine dezibelistische Herausforderung.

Auch Johanna war von Christian sichtlich genervt. Seine Gesprächsbeiträge waren nicht zu überhören, es schien ihm wichtig zu sein, dass auch die am weitesten von ihm entfernt sitzende Person jedes einzelne Wort mitbekam.

Johanna hatte mit Hubert den einen oder anderen Blick getauscht, wenn Christians Stimme mal wieder den Raum erfüllte. Hubert und Johanna hatten in ihrer Zusammenarbeit bei Hömmers Baumaschinen eine effiziente Form der Kommunikation entwickelt, die viele Worte überflüssig machte. Diese war auch den ganzen Abend über zum Einsatz gekommen. Wenn Christian gut hörbar einen seiner Erfolge als Anwalt aufzählte, trafen sich ihre Blicke und sie zogen spöttisch die Augenbrauen nach oben: ach, soll er doch, wenn er es nötig hat. Wenn Christians Lache alle anderen Geräusche erstickte, dann war klar, dass er sich wieder auf irgendjemandes Kosten lustig gemacht hatte.

Hubert und Johanna warfen sich einen kurzen, leicht genervten Blick zu, als ob sie ein ungezogenes Kind fixieren würden. Ihre Münder verzogen sich für einen Moment zu einem dünnen Strich, gleich darauf wandten sie sich aber wieder freundlich lächelnd ihren Gesprächspartnern zu.

Schon als Kind hatte Christian nicht mit Gemeinheiten gegeizt. Der Jurist Christian hatte diese „Fähigkeit" perfektioniert. Beruflich konnte er das sicher gezielt einsetzen. Aber heute Abend war es einfach nur deplatziert. Ab und zu konnten Johanna und Hubert ein paar Worte aufschnappen, die Johanna vor Ärger die Röte ins Gesicht schickten. Ja, Sophie Schnöde war vielleicht keine angenehme Zeitgenossin, aber Fäkalsprache zur Beschreibung ihrer Persönlichkeit war auch nicht angemessen. Mehr als einmal hatte Johanna überlegt, ob sie zu Christian rübergehen und ihn zur Mäßigung einladen solle. Immer wieder tauschten sie und Hubert einen eher ratlosen Blick, zuckten aber schließlich beide mit den Schultern und widmeten sie sich den anderen Anwesenden.

Als Organisatorin fühlte Johanna sich für das Gelingen des Abends verantwortlich. Daher behielt sie alle und alles den ganzen Abend über aus dem Augenwinkel im Blick. Als die Stimmung an Tisch Sieben kippte, fühlte sie geradezu, wie ein eisiger Hauch durch den Biergarten wehte. Auch Hubert entging dies nicht.

„Man nennt mich Klödia."

An Tisch Sieben war es mucksmäuschenstill geworden. Keiner wagte, ein Wort zu sagen, nicht einmal Christian.

Sie sahen zu, wie eine Frau aufstand, ihr Stuhl war umgefallen, sie riss ihre Handtasche an sich. Ihr Schal war auf den Boden geglitten, sie schien es nicht zu bemerken, ließ ihn einfach liegen und stürmte davon. Der Groschen fiel in Zeitlupe, niemand sagte etwas oder hielt sie auf. Hubert und Johanna hatten sich erhoben und waren auf dem Weg zu Tisch Sieben, wo Christian gerade mit offenem Mund, der Frau hinterher sah, die eben davonrauschte – das war doch Claudia, Claudia-3, der nicht einmal auffiel, dass sie bei ihrem fulminanten Abgang Hubert schmerzhaft in die Seite rempelte. Hubert überlegte kurz, ob er zuerst Claudia oder Johanna nachlaufen sollte und entschied sich für Johanna, die sich eben vor Tisch Sieben aufbaute. In der Hand hielt sie den himmelblauen Schal, den sie vom Boden aufgehoben hatte.

„Du bist anscheinend noch immer dasselbe arrogante Arschloch wie damals," zischte sie gerade einem überraschten Christian ins Gesicht. Dem schien ausnahmsweise keine Replik einzufallen, er sah Johanna mit einem unerklärlichen Gesichtsausdruck an. Aber vor seine blitzeblauen Augen schien sich eine Wolke geschoben zu haben, sie leuchteten nicht mehr, sondern hatten eine gefährliche graublaue Gewitterfärbung angenommen. Wie redete die denn mit ihm! Die traute sich was!

„Ich weiß nicht, was du eben gesagt hast, aber es war TOO MUCH, hörst, du, TOO MUCH! Hättest du nicht wenigstens heute Abend mal ein wenig Höflichkeit auspacken können? Nicht, dass du das Konzept überhaupt kennst? Aber nein, der Herr denkt ja, er darf alle anderen fertigmachen! Genau wie damals! Mann, du bist immer genauso fies und gemein wie damals! Du hast den Bogen echt sowas von überspannt!"

Hubert war beeindruckt – Johanna konnte richtig rangehen! Vielleicht sollte er sie mal zu Verhandlungen mit säumigen Zahlungsschuldnern mitnehmen?

Christian hielt für zwei Sekundenbruchteile die Klappe und zeigte einen Gesichtsausdruck, der mit etwas Fantasie als Erstaunen durchgegangen wäre. Sein Gehirn bemühte sich fieberhaft, die drei Puzzlestücke zusammenzusetzen. Erstens: Claudia-3 war also anwesend gewesen, aber er hatte sie nicht wiedererkannt. Zweitens: aus der war ja doch was geworden? Er musste sich unbedingt bei seiner Angetrauten informieren. Lätitia hatte in den letzten Wochen ständig glasig leuchtende Augen bekommen und irgendeinen Mist von so einem Typen erzählt, Herbie, Moment, nein: Norbi, der so unglaublich cool und witzig sei, und das Beste an ihm sei diese Klödia – die sei ABSOLUT genial und ganz bestimmt das Komischste, was sie in ihrem zweiundzwanzigjährigen Leben gesehen hatte, RTL2 mit seinem Qualitätsprogramm musste es doch wissen... Und drittens: Mist, er hatte die Chance verstreichen lassen, sich mit einem Promi zu verbünden. Aber egal, sein Netzwerk konnte es schließlich auch ohne eine Klödia mit Schwerindustriellen aufnehmen. Das vierte Puzzlestück schaffte es nicht, sich in sein Bewusstsein zu drängen: dass er sich wie ein ausgemachtes Arschloch verhalten hatte.

„So redest du nicht mir, damit das mal klar ist," polterte er los. „Ich bin dann mal weg, amüsiert euch ohne mich, wenn ihr das auch alleine hinkriegt!"

Christian war wieder bei sich. Noch ein paar Sprüche in Richtung von Tisch Sieben. Robert nickte anerkennend und schlug Christian allen Ernstes ein High Five in dessen erhobene Hand. Christian stand auf, griff sich sein Sakko samt Handy und dem demonstrativ auf dem Tisch abgelegten Autoschlüssel mit dem gut sichtbaren springenden Pferdchen, winkte royal in die Runde und ging betont lässig in Richtung Parkplatz. Dort erblickte er Johanna und Hubert, die gerade dorthin gerannt waren – wie würdelos! Die wussten echt nicht, wie man Prioritäten setzt! Christian bestieg seinen Schlitten und ließ den Motor aufheulen, er wartete noch kurz ab, ob die beiden auch zuschauten, aber Fehlanzeige. Sie hatten sich bereits auf den Rückweg zum Klassentreffen gemacht. Egal, was hatte er bei so Hanseln zu suchen! Elegant glitt er in seinem Cabrio vom Parkplatz. Ab nach Hause und mal nachschauen, für welche Dessousvariante seine Gattin sich heute entschieden hatte. Apricot wäre nicht schlecht, oder Toffee, und hoffentlich mit Strapsen... das würde sich herausfinden lassen. Sollte sie keinen Bock haben, würde er einfach Rosi besuchen gehen, die hatte definitiv immer das Richtige an beziehungsweise nicht an.

Und Bock. Viel Bock.

Claudia hatte sich auf dem Absatz umgedreht und grußlos und ohne an ihre Rechnung zu denken das Klassentreffen verlassen. Ihre Hände waren, ohne dass sie es merkte, zu Fäusten verkrampft. Die Knöchel traten weiß hervor. Ihre Füße fühlten sich an wie Schwämme – waren sie fest genug, ihr Gewicht zu tragen?

Ihr letzter Satz hatte sie viel Kraft gekostet. Jetzt bloß nicht von dem Gefühl, das sie eben durchlitten hatte, einfangen lassen! Claudia schwebte quasi neben sich und sah sich selbst bei ihrem Kampf zu, mühsam die verlorene Fassung zurückzugewinnen. Dies versetzte sie in einen sonderbaren Zustand von Starre, während sich gleichzeitig ihre Beine wie ferngesteuert nach vorne bewegten, obwohl Gehirn, Kopf und Oberkörper paralysiert waren. Nur mit Mühe setzte sie sich selbst wieder zusammen. Wie lange dieser Zustand dauerte, vermochte sie später nicht zu sagen. Der Augenblick fühlte sich endlos an.

Wie sie den Weg zurück zu ihrem Auto fand, wusste Claudia ebenfalls nicht. Auf einmal stand sie dort, schloss ihr Auto auf, ohne bewusst zu realisieren, dass sie es tat. Mechanisch startete sie und fuhr los, ohne sich überlegt zu haben wohin. Claudia bekam nicht mehr mit, dass Hubert und Johanna auf den Parkplatz gelaufen waren, um sie zurückzuholen, sie mussten der heftigen Rückwärtsbewegung des ausparkenden roten Ford Ka mit einem Sprung zur Seite ausweichen, der einem Weitsprungolympioniken alle Ehre gemacht hätte. Die saftige Standpauke, die Johanna an Tisch Sieben an Christian gerichtet abgelassen hatte, war zwar kurz gewesen, aber zu lang, um Claudia auf dem Parkplatz noch einzuholen.

Johanna war völlig außer Atem. Für den Sprint, den sie eben hingelegt hatte, waren ihre Schuhe auf dem Kiesweg nicht hilfreich gewesen. Sie hielt sich die Seiten und schnaufte, aber trotzdem war es ihr nicht gelungen, Claudia einzuholen, deren kleines Auto eben vom Parkplatz gebogen war. Die Rücklichter konnte sie noch sehen, aber Johanna wusste nicht, ob Claudia ihr Winken bemerkt hatte. Das Quietschen in der Kurve ließ darauf schließen, dass sie es äußerst eilig hatte, wegzukommen. Hubert hatte es trotz seiner drei Meter Vorsprung auch nicht rechtzeitig geschafft.

Claudia war weg.

In der Hand hielt Johanna immer noch Claudias Halstuch. Wie der Mast einer Friedensfahne erhob sich ihr Arm in die Luft, der blaue Schal flatterte in der leichten Abendbrise, doch auch das hielt Claudia nicht auf. Sie fuhr einfach davon.

Claudia bemerkte nicht einmal, dass sie am ganzen Leib zitterte. Sie fühlte sich hohl und dumpf, unfähig, etwas zu fühlen. Ärger? Frust? Wut? Ironisches Lachen?

Fehlanzeige. Sie konnte nicht einmal weinen. Jetzt bloß nicht wieder in diese passive Starre verfallen!

Hauptsache, irgendetwas tun.

Flüchten!

Fahren.

Gas geben.

Geradeaus.

Mit beiden Händen hatte sie das Lenkrad umklammert und saß leicht nach vorne gelehnt, komplett angespannt. Sie wollte nur noch weg. So ungern sie sonst ihr Elternhaus aufsuchte, bot es im Moment die einzige Anlaufstelle. Aber glücklicherweise gingen ihre Eltern immer früh schlafen; wozu auch wach bleiben, wenn Frau Pilcher das Wohnzimmer verlassen hatte, sie waren unter Garantie bereits im Bett.

Claudia wollte nichts mehr sehen. Nichts mehr hören. Und schon gar nicht mit jemandem sprechen. In die Bettdecke einwickeln und wegtauchen. Fort. Weg.

Akute Verkrampfung, gepaart mit heftiger Erregung, bildet nicht gerade die beste Voraussetzung für adäquate Reaktionen in Straßenverkehr. Zu schnell fuhr Claudia nicht. An den zahlreichen, am Straßenrand aufgestellten Schildern zur Geschwindigkeitsbegrenzung lag dies jedoch nicht, die nahm sie gar nicht wahr. Vielmehr fühlte sie sich generell, vor allem bei Dunkelheit, unsicher am Steuer und fuhr auch sonst, meist zum Ärger der nachfolgenden Fahrzeuge, entsprechend zögerlich. Bei jedem entgegenkommenden Fahrzeug, dessen Scheinwerfer sie unangenehm blendeten, bremste sie scharf ab. An diesem Abend war es noch schlimmer als sonst, aber zum Glück war sie allein auf der Fahrbahn, kein anderes Auto weit und breit. Ja, auch früher wurden in ihrem Heimatort spätestens gegen 18:30 Uhr die Bürgersteige hochgeklappt.

In Claudia brannte alles, als hätte sie rohe Chilischoten geschluckt. Und so nahm sie die Rechtskurve kurz vor der Brücke am Fluss viel zu scharf; sie hatte die Biegung im Licht der schummerig leuchtenden Straßenlaternen erst im letzten Moment gesehen. Ungeübt, wie sie war, riss Claudia das Lenkrad zur Kurskorrektur zu heftig in die gewünschte Richtung und geriet ins Schleudern. Sie hatte vor lauter Schreck das Lenkrad erst losgelassen und dann abrupt nach links verzogen. Das arme Auto bockte. Nur mit großem Glück gelang es Claudia, den Wagen wieder unter Kontrolle zu bringen.

Egal, es war sonst niemand sonst da, keine Fußgänger, keine fahrenden Autos. Nur einige parallel zum Bürgersteig geparkte Autos und Motorräder, die weit genug entfernt waren. Die alte Frau in ihrem grauen Übergangsmantel, die den Zebrastreifen an der Brücke überqueren wollte, bemerkte Claudia erst, als sie den Zebrastreifen größtenteils durchfahren hatte. Der graue Mantel hatte die Farbe im fahlen Licht der Straßenlaterne dieselbe Farbe wie der Nachthimmel angenommen. Die Dame war schwer zu sehen.

In Gedanken entschuldigte Claudia sich bei der Dame, nicht angehalten zu haben, sie respektierte Zebrastreifen normalerweise immer, aber dazu war es nun zu spät. War aber auch nicht weiter schlimm. Die Dame hatte ja jetzt freie Bahn, um die Straße überqueren.

Der Schreck ließ Claudia halbwegs zur Besinnung kommen. Sie zitterte nicht mehr und realisierte, dass sie in ihrem Auto saß und auf den Weg aufpassen sollte. Genauso wie die alte Dame auf der anderen Straßenseite, die ohne nach links und rechts zu schauen einfach auf den Zebrastreifen gelaufen war, aber schnell genug den Rückwärtsgang eingelegt hatte.

Claudia war wieder bei sich und fuhr ab jetzt ohne weitere Zwischenfälle zu ihrem Elternhaus. Sie zitterte immer noch am ganzen Körper, als sie aus ihrem Auto stieg, und sie war so aufgewühlt, dass sie drei Anläufe brauchte, bis es ihr gelang, die elterliche Haustüre aufzuschließen. Sie schlich sich in ihr altes Kinderzimmer, ohne auf die achte Treppenstufe zu treten, die knarzte immer und würde unweigerlich ihre Eltern aufwecken.

„Kind, wo warst du so lange? Es ist mitten in der Nacht, du solltest längst im Bett liegen!"

Wenn ihre Eltern wüssten, wie viele Nächte sie mit anderem als Schlafen verbracht hatte, weil ein Buch sie gefesselt hatte, weil sie den Schal unbedingt noch vor dem Schlafengehen fertigstricken wollte, weil das Kleine Fernsehspiel nun einmal erst deutlich nach Mitternacht gesendet wurde... Dieses Déjà-Vu brauchte sie jetzt echt nicht. Geräuschlos gelangte Claudia in ihr Zimmer, und ebenso geräuschlos schlüpfte sie unter die Decke. Ihr Kopf hämmerte. Sie versuchte, die Augen zuzumachen, aber sie wollten nicht gehorchen. In einer Dauerschleife spielte sich die Szene im Försterhof vor ihren inneren Augen ab. Christian, wie er lauthals einen ganzen Biergarten mit seinem Gelächter zu füllen vermochte. Der Fosbory Flop. Das Pausenbrot. Und dann die gemeinen Worte an Tisch Sieben.

„Tisch Siiiiieeeeeben" ertönte es hohl in ihrem Kopf. Sie zog die Decke hoch und drückte sie mit beiden Händen fest über ihre Ohren, doch es half nichts.
„Tisch Siiiiieeeeeben", hörte sie wieder diese hohle Stimme. Wem gehörte die? Egal, aber sie sollte aufhören!
„Tisch Siiiiieeeeeben! Tisch Siiiiiiiieeeeeeeeben!"

Es wollte kein Ende nehmen. Claudia konnte sich nicht erinnern, schon einmal eine dermaßen laute Nacht verbracht zu haben. Völlig gerädert öffneten sich ihre Augen einen kleinen Spalt weit, als ihre Mutter morgens um 8:30 Uhr an ihre Tür klopfte und, wie immer ohne auf die Erlaubnis zu warten, hereinkam und ans Bett ihrer Tochter trat.

„Claudileinchen, wir frühstücken gleich! Zeit zum Aufwachen!" Ohne auf eine Antwort zu warten, auch das wie üblich, drehte Gerhild Luschka sich direkt wieder um und stapfte in die Küche, um den Kaffee zuzubereiten, der pünktlich um zehn vor neun auf dem Frühstückstisch stehen würde.

Claudileinchen! Wie sie das hasste! Ächzend schob Claudia sich ins Bad. Wenn sie nicht pünktlich bei Tisch erschiene, wäre für ihre Mutter der ganze Tag in Unordnung gebracht, sie würde mit dem Kochen des Mittagessens zehn Minuten in Verzug geraten, was die Gefahr eines stressbedingten Herzinfarktes drastisch steigerte. Claudia schaffte es gerade noch rechtzeitig nach unten. Zwischen ihren Augenlidern befanden sich dicke Streichhölzer; sie war wortkarg, aber der Kaffee tat gut.

„Wie war es gestern, Kind? Bestimmt war es sehr nett, deine lieben, alten Klassenkameraden wiederzusehen, es war doch endlich Zeit?" Claudia hörte klar den latenten Vorwurf hinter den Worten ihrer Mutter, den diese niemals direkt ausgesprochen hätte: „Du warst so lange nicht mehr hier! Wieso musstest du so weit weggehen, dich kümmert all das hier überhaupt nicht mehr, wir kümmern dich nicht mehr, dir ist hier bei uns alles egal ...".

„Schöm", nuschelte Claudia hinter ihrer Kaffeetasse.

„Marianne hat sich bestimmt TOTAL gefreut, dich zu sehen, nicht wahr? Und äh, äh, die äh Sabine, deren Mutter habe ich neulich im Supermarkt beim Einkaufen getroffen, stell dir vor, ihr Mann hat sich mit einer Fünfunddreißigjährigen auf und davon gemacht, nach Mallorca, der kommt nur noch einmal im Jahr hierher, wenn er zum Arzt muss, ihr geht es natürlich nicht gut, und es ist auch wirklich schlimm, gell, Hans, so etwas würdest du NIEMALS machen, du bist eine treue Seele, und ich auch, wir bleiben hier in unserem Häuschen, und zwar zusammen, Mallorca, stell dir das vor, was sind das denn für Sperenzchen, der hatte hier alles, der lebt doch nur irgendeine Laune aus, aber die arme Frau, die weiß gar nicht, wie sie zurechtkommen soll, jetzt muss sie selber den Rasen mähen, und das Schlimmste, er zahlt ihr nur ganz wenig Haushaltsgeld, will aber, dass sie das Haus weiter in Schuss hält, er will vielleicht wiederkommen, mit der Tussi, und dann soll sie ausziehen, das hat er so angedeutet, sie ist total verzweifelt..."

Claudia klingelten die Ohren. Wenigstens wurde von ihr keine Antwort erwartet. Ein gelegentliches „Tatsächlich?" genügte vollends. So wie früher. Mechanisch biss sie in ihr Honigbrötchen. Selbst das war exakt wie früher. Eine Weißmehlschrippe aus Sägemehl, die ohne Butter und Honig gänzlich ungenießbar wäre. An ihrem Platz hatte wie früher das alte Kindermesser mit dem eingravierten Eichhörnchen gelegen. Ihre Mutter deckte ihr das immer noch auf. Ihre Tochter bekam das Tochtermesser, und damit Punkt.

Gelähmt saß Claudia am Frühstückstisch und ließ die Kakophonie der inneren und äußeren Geräusche und Wortfetzen über sich ergehen. Konnte nicht jemand die Geräusche und das Geschnatter, aber auch das Schweigen ihres Vaters abstellen? Warum sagte er denn nichts? Warum bremste er seine Frau nicht ein? „Tisch Siiiiieeeeeben" mischte sich mit „Was soll die Arme jetzt nur machen, nein, wie verantwortungslos, aber ich habe es schon immer gesagt, nicht wahr, Hans, der Herr Böller ist ein Hallodri. Ein HALLODRI!"

„Tisch Siiiiieeeeeben!", echote es hohl in Claudias Ohren. Und wieder „Tisch Siiiiieeeeeben!". Da erst erkannte sie, dass es das Klingeln ihres Handys war, welches wie „Tisch Siiiiieeeeeben" klang:

„Dödööödö!"

Auf dem Handybildschirm stand „Johanna". Der Monolog ihrer Mutter war schlimm genug, aber mit Johanna wollte Claudia absolut nicht sprechen. Es war ja klar, weshalb die anrief. Schnell schaltete sie ihr Handy in den Flugmodus.

Claudia würgte den Rest des Honigbrötchens runter, stand auf, was zum Glück in der Routine ihrer Mutter so vorgesehen war: es war Zeit, den Tisch abzuräumen und schnell zur Vorbereitung des Mittagessens überzugehen, aber vor dem Kochen mussten alle Anzeichen des Frühstücks beseitigt worden sein. Glücklicherweise duldete sie dabei keine Hilfe, denn Claudia brachte ja immer alles in der Küche in Unordnung, das solle sie aber mal schön lassen!

„Vergiss nicht, dir die Zähne zu putzen, Kind!"

In weniger als fünfzehn Minuten hatte Claudia ihren Kram zusammengepackt, das Handy tief in ihre Wäsche vergraben und sich von den Eltern verabschiedet.

„Pass auf den Verkehr auf, Kind! Heutzutage nimmt niemand mehr Rücksicht, alle rasen wie verrückt, halte dich immer schön an die Geschwindigkeitsbegrenzungen..."

Claudia hatte ein kaum vernehmbares „Tschö" gemurmelt, was ihre Eltern nicht einmal ignorierten.

„Das mit dem Böller wusste ich schon immer! Der ist nicht ganz sauber, und du warst sogar mal mit dem kegeln!"

Claudia hatte hier nichts mehr verloren. Ihr rotes Auto fuhr sie ohne ihr Zutun nach Hause. Dort kippte sie als erstes den gesamten Inhalt ihrer Tasche direkt in die Waschmaschine, inklusive der Kleider, die sie am Leib hatte, und stellte das Kochprogramm an. Mit Schleudergang.

Der weinrote Angorapullover wurde zu einer Filzmütze mit zwei gestrickten Antennen.

An den Tischen des Försterhofs hatte sich in den wenigen Minuten, nachdem zuerst Claudia, danach Johanna und Hubert und schließlich Christian den Ort des Geschehens verlassen hatten, eine Mischung aus Neugierde und Unbehaglichkeit breitgemacht. Johanna und Hubert kamen zwar rasch wieder zurück, aber eine gelöste und entspannte Stimmung wollte nicht mehr so recht aufkommen. Nun, es war sowieso schon spät; man konnte ohne peinliche Entschuldigung davonzwitschern.

Hubert und Johanna tranken am Folgetag einen sehr langen Kaffee miteinander und ließen den Abend Revue passieren. Es hatte so gut angefangen, erstaunlich viele ihrer alten Klassenkameraden hatten sich interessiert gezeigt, es hatte nur wenige Absagen gegeben, und auch die *Talking Tables* hatten sehr gut funktioniert. Insbesondere Hubert hatte sich trotz seines introvertierten Naturells blendend unterhalten, viel besser als erwartet. Aber der von Christian ausgelöste Eklat hinterließ einen bitteren Nachgeschmack. Johanna konnte sich gar nicht richtig über das gelungene Event freuen. Ständig sah sie Claudia vor sich, wie sie davonstürmte und die Reifen ihres kleinen Autos quietschen ließ, als sie mit überhöhter Geschwindigkeit vom Parkplatz auf die Straße raste.

Was sollte sie jetzt tun? Anrufen und sich stellvertretend für Christian entschuldigen?

Das schlechte Gewissen ließ Johanna keine Ruhe. Nach einer kurzen Nacht nahm sie frühmorgens ihren ganzen Mut zusammen und griff zum Telefon. Sie wählte Claudias Handynummer. Eine blecherne Stimme erklang: „Der Teilnehmer ist vorübergehend nicht zu erreichen".

Nach dem Mittagessen, gegen 14:00 Uhr, versuchte Johanna es erneut, wieder ohne Erfolg. Nun, das Wetter war schön, bestimmt war Claudia irgendwo draußen unterwegs und hatte keinen Handyempfang. Um 17:30 schien Claudia immer noch unterwegs zu sein. Eine Dreiviertelstunde später brachte Henning wie vereinbart Greta zurück, mit der Johanna einen entspannten Restabend verbrachte.

Claudia war für den Moment vergessen.

Wie der Rest des Sonntags vergangen war, vermochte Claudia später nicht mehr zu rekonstruieren. Sie war immer noch wie betäubt. Am Montag meldete sie sich krank. Nur an die Wäsche hatte sie sich nach dem Aufstehen erinnert. Schnell war der gesamte Inhalt der Trommel im Wäschetrockner verschwunden. Ein rhythmisches Klopfgeräusch war zu vernehmen, wahrscheinlich übte der Nachbar wieder Schlagzeug, aber es war ihr egal. Am Ende des Trockenvorgangs füllte sie den Berg Wäsche mit beiden Armen in einen

Wäschekorb. Bügeln würde sie heute nicht mehr, das konnte warten.

Mit einem hässlichen Geräusch schabte Metall über den gefliesten Boden. Wie in Trance hob Claudia den heruntergefallenen Gegenstand auf. Es war ihr Handy. Es blinkte noch sauberer als die frisch geputzten Fenster, aber es hatte Waschmaschine und Trockner natürlich nicht überlebt.

Gegen Nachmittag fühlte Claudia sich besser. Ganz langsam stieg Wut in ihr hoch und schob die Lähmung beiseite. Nein, sie hatte bereits so viel geschafft! Das war kein Zufall, auch wenn sie sich oft fragte, ob es ein Zufall gewesen war, der sie dahin gebracht hatte, wo sie jetzt war – nein, Klödia war eine Leistung, ihre Leistung, ihre ganz eigene Leistung! Sie würde radikal ihre Erinnerungen abschneiden und nur noch nach vorne denken! Den eingeschlagenen Weg weitergehen! Sie würde sich vorher abputzen, aber ihre alten Weggefährten konnten sie alle mal!

Das Festnetztelefon klingelte. Widerstrebend hob Claudia den Hörer ab.

„Ja, bitte?"

„Claudia? Hallo, bist du es? Hier ist Johann........."

Noch nie hatte Claudia Luschka einen Hörer so schnell wieder aufgelegt.

Am Montagmorgen begann eine neue Arbeitswoche. Johanna und Hubert stürzten sich direkt in die Arbeit; die Großbaustelle am Riemer Platz erforderte Huberts Eingreifen und Johannas Organisationstalent. Es lag ein Anfangsverdacht vor, dass ein Unterbauleiter einen illegalen Arbeiter eingeschmuggelt hatte. Bis sich geklärt hatte, dass da jemand mit einer anonymen Verleumdung einen üblen Streich gespielt hatte und alles wieder seine Ordnung hatte, war es 15:45 Uhr geworden. Johannas Ohrmuscheln glühten, normalerweise klebte sie nicht geschlagene vier Stunden am Stück am Telefon. Apropos Telefon – ihre vergeblichen Telefonate vom Wochenende drängten sich wieder ins Bewusstsein. Erneut wählte Johanna Claudias Nummer, diesmal vom Bürotelefon aus. Es klingelte schier endlos. Da erst erinnerte Johanna sich daran, dass sie auch Claudias Festnetznummer hatte und versuchte erneut ihr Glück. Es klingelte viermal.

„Ja, bitte?" Die Stimme am anderen Ende gehörte unverkennbar Claudia.

„Claudia? Hallo, bist du es? Hier ist Johann...". Die Verbindung wurde unterbrochen, das letzte A blieb in der Leitung stecken und kam nicht bei Claudia an. In der Leitung erklang das Besetztzeichen. Verwirrt betätigte Johanna die Wahlwiederholung. Es klingelte und klingelte, doch niemand hob ab. Langsam legte sie den Hörer wieder auf die Gabel und atmete tief durch. Ein Schluck Wasser, dann nochmal anrufen...

„Wo ist eigentlich Maria Römer?" Tzitzi, die Blonde aus der Finanzabteilung, deren Name Johanna sich nicht merken konnte, weil er so kompliziert war, Papatzatziki oder so ähnlich, stand in der Bürotür. Johanna wurde aus ihren Gedanken gerissen.

„Maria? Ist sie nicht im Flur ...?"

In diesem Moment wurde Johanna bewusst, dass sie heute noch kein einziges Mal Marias typisches Räuspern, gefolgt von einem trockenen Huster, vernommen hatte. Das sah ihr gar nicht ähnlich; zuverlässig wie ein graues Haar, das man sich beständig ausriss, nahm Maria Römer jeden Morgen spätestens gegen 9:30 Uhr ihren Platz im Flur neben dem Drucker, bei den Postfächern ein. Nun, sie war im Ruhestand, keiner konnte sie zur Anwesenheit zwingen, aber trotzdem war sie sozusagen in das Tapetenmuster eingewachsen.

Etwas stimmte nicht.

Aber Johanna hatte gerade andere Aufgaben zu erledigen. Der anonyme Anrufer war identifiziert und fristlos an die Luft gesetzt worden, jetzt galt es, umgehend einen anderen Sanitärfachmann für die Großbaustelle zu finden. Spätestens am Donnerstag musste Ersatz da sein. Um 17:00 Uhr hatte sie endlich geschafft, über eine Zeitarbeitsfirma jemand für den Rest des Monats organisiert. Danach würden sie weitersehen.

Und Johanna notierte sich die erste Aufgabe für den nächsten Morgen in ihren Wochenplaner: ein Kaffee für Maria.

Wenige Tag zuvor hatten ihre alten Kolleginnen Maria Römer überredet, am Samstagabend gemeinsam mit ihnen auf Wilmas Geburtstag anzustoßen. Selbstverständlich beim Esso-Griechen, wo denn sonst. Maria hatte freudig zugesagt. Nichts ging über Kostas' Studententeller, sie hatte ihn im Laufe der Jahre mindestens fünfzigmal bestellt.

Doch die Ernüchterung kam schnell. Nach dem ersten Glas Prosecco drehte sich das Gespräch wieder nur um die Arbeit. Und schon wieder hatten Rosi, Sandra und Wilma lauthals von der Neuen geschwärmt.

Hätte sie doch nur abgesagt! Marias Laune war verdorben. Standhaft versuchte sie, sich nicht an Johannas

Gesicht zu erinnern, aber der rosa Elefant, an den man nicht denken soll, findet unweigerlich seinen Weg in jedes Gehirn. Als Maria nicht einmal der Ouzo aufs Haus schmeckte, war das Maß voll.

Übermorgen war Montag. Den Sonntag über würde sie sich noch nostalgisches Nachtrauern gönnen, aber am Montag sollte es soweit sein!

Der Beschluss war gefasst. Am Montag würde Maria Römer Hubert Hömmer ihre endgültige Kündigung auf den Tisch knallen! Und selbst wenn Hubert sie zurückhalten wollte: seine Chance war vertan, sie würde selbstredend ablehnen und, ohne nach rechts oder links zu schauen, mit energischen Schritten, hoch erhobenen Hauptes, die Firma verlassen! Endgültig! Zwar hatte ihr Renteneintritt unumkehrbare Fakten geschaffen, aber auf derlei Nebensächlichkeiten brauchte sie wirklich keine Rücksicht nehmen.

Maria beglich ihre Rechnung beim Esso-Griechen und schlüpfte in ihren weichen Mantel. Sie liebte das Gemisch aus Wolle und Kaschmir, in das sie sich tief einkuscheln konnte. Seine graue Farbe wurde eins mit der nächtlichen Dunkelheit des sternerleuchteten Himmels, Maria war von weitem kaum zu sehen. Ihr Weg war nicht lang; in weniger als siebzehn Minuten würde sie zuhause sein. Neunzehn, wenn die Bahnschranke geschlossen war. Sie hatte auf dem Heimweg von der Arbeit stets den 17:36er Zug aus der Stadt vermieden, weil sie es hasste, insbesondere bei schlechtem Wetter, an der Schranke zu warten; aber es war Abend geworden, um diese Zeit kam normalerweise kein Zug mehr. Sie näherte sich dem Zebrastreifen.

An der Querstraße zur Hauptstraße, nahe der Kurve, wo es zur Brücke über den kleinen Fluss ging, schoss ein

Wagen um die Ecke. Mindestens achtzig Stundenkilometer. Maria erschrak fürchterlich, als das viel zu schnell fahrende Auto auf den Zebrastreifen zuschlingerte. Sie hüpfte ungelenk zurück, so schnell ihre alten, unsportlichen Glieder es ihr erlaubten. Dabei stolperte sie über ihren steifen Fuß, der seit der Fraktur im letzten Winter Zicken machte und ihre Beweglichkeit spürbar einschränkte. Sie hatte keine Chance.

Auf dem Boden lag, ganz der Klassiker, eine frische Bananenschale. Marias steifer Fuß rutschte mit Vollgas über die Bananenschale und katapultierte seine Besitzerin in die falsche Richtung. Sie prallte rücklings in ein Motorrad, das gerade langsam von dem kleinen Zweiradparkplatz neben dem Zebrastreifen ausparkte, und knallte auf den Boden. Das Motorrad fiel auf sie und zerquetschte Marias rechtes Bein, das gute, welches noch nie gebrochen gewesen war.

Mit dem Kopf schlug Maria Römer hart auf dem Boden auf. Sie hatte sich im toten Winkel des Motorradfahrers befunden, der den Schreck seines Lebens erlitt und nach dem Unfall nie wieder eine Maschine besteigen würde. Maria wurde mit Blaulicht und Martinshorn in die Notaufnahme eingeliefert.

Das Auto mit dem fremden Kennzeichen, das der Auslöser der ganzen Geschichte gewesen war, fuhr unbeeindruckt weiter. Der Motorradfahrer, der übrigens nicht unter dem Einfluss von Alkohol oder anderen Drogen stand, wie es ein übermotivierter Möchtegern-Investigativjournalist begeistert kolportierte, hatte nicht auf die Straße geschaut, während er seine Maschine aus seiner Parklücke schob. Er hatte das Motorengeräusch des vorbeirasenden Autos gut gehört und war sich sehr sicher, dass es ein alter Benziner, ein Kleinwagen, gewesen sein müsste, aber das war auch schon alles. Kein Kennzeichen, keine Farbe, kein Fahrzeugtyp. Und er hatte weder das Fahrmanöver noch die alte Dame am Zebrastreifen beobachtet und konnte beim besten Willen nicht sagen, wer seiner Meinung nach Schuld hatte. Und weitere Augenzeugen gab es nicht.

Die Polizei veröffentlichte einen Zeugenaufruf, an den sie selbst nicht glaubte: „Sollte jemand etwas Sachdienliches bemerkt haben, dann wende er sich bitte an die nächstgelegene Polizeidienststelle." Der Aufruf blieb wie erwartet erfolglos. Kein einziger brauchbarer Hinweis ging ein.

Wie immer rief Opa Feingold an, der zufällig nicht weit von der Unfallstelle wohnte. Er gab an, einen viel zu schnellen, roten Ford Ka in der betreffenden Nacht seine Straße herunterpreschen gesehen zu haben, viel zu schnell! Und das nachts! Was der Zwerg für einen Lärm machte! Wie ein Großer! Er sei ans Fenster geeilt, um dieses zu schließen, er sei noch sehr fit und liefe regelmäßig einen Halbmarathon, solle bloß keiner glauben, der Opa habe es gar nicht schnell genug ans Fenster schaffen können, schließlich habe er ein Anrecht auf eine ungestörte Nachtruhe. Jedenfalls müsse jemand etwas gegen diese dauernden Ruhestörungen unternehmen und den verantwortungslosen Fahrer zur Rechenschaft ziehen. Bestimmt sei es dasselbe Fahrzeug, dass die arme alte Dame so übel erwischt hatte, gell?

Der diensthabende Beamte ging routiniert und ruhig auf Opa Feingold, aber nicht auf die Richtig-übel-erwischt-Hypothese ein, äußerte Verständnis für die Verrohung der Sitten auf den städtischen Straßen, obwohl er selbst noch gar nicht geboren war, als früher alles besser war, und versprach, sich persönlich darum zu kümmern, dass dieser Verkehrsrowdy einen Denkzettel bekäme, der sich gewaschen habe. Pflichtgemäß notierte er Opa Feingolds Anruf im Tagesprotokoll der Dienststelle und versah den Eintrag mit einem grünen Textmarker mit dem Kürzel „KN4": Keine Nachverfolgung nötig, Seriösitätsgrad: vier, gleichbedeutend mit „zu ignorieren".

Das Protokoll lag mehrere Wochen in der Ablage. Sobald der Stapel fünf Zentimeter hoch war, nahm sich die Sekretariatsgehilfin des Stapels an, brachte einen Stempelabdruck „Ablage" auf allen Blättern an, und gemeinsam mit dem restlichen Stapel wurde Opa Feingolds Anruf ordentlich in einem Ordner abgeheftet.

Der Aufruf der Polizei schaffte es bis in die überregionale Presse, aber er blieb erfolglos. Es war, als habe es den roten Ford Ka nie gegeben.

Johannas Augen hatten die Farbe eines dunklen Sumpfsees angenommen. Benommen saß sie an ihrem Schreibtisch und war unfähig, sich zu bewegen. Mitleid, Trauer und Schreck durchfuhren sie in wechselnden Schüben. Gleich würden sie zu Maria Römers Beerdigung aufbrechen.

Am Dienstagmorgen hatten sich an den Fenstern von Hömmers Baumaschinen die Angestellten gedrängt. Was wollte das Polizeiauto auf dem Firmenparklatz? In Windeseile hatte sich der Besuch der beiden Polizisten herumgesprochen, die sich mit ernster Miene durchfragten. Johanna geleitete die unangekündigten Gäste zu Huberts Büro.

Erstaunt sah dieser die beiden Polizisten an. Mit einem kurzen Blick gab er Johanna zu verstehen, dass sie ebenfalls eintreten solle.

„Wir müssen Ihnen leider eine schlechte Nachricht überbringen", eröffnete der ältere der beiden Männer das Gespräch. Er war freundlich, aber kam schonungslos direkt zur Sache.

„Es geht um Frau Maria Römer."

Hubert durchfuhr es kalt.

„Maria? Was ist mit ihr?", fragte er.

„Es gab am Samstagabend einen tragischen Verkehrsunfall. Beim Überqueren eines Fußgängerstreifens wurde eine Passantin von einem Fahrzeug erfasst. Sie ist sehr schwer verletzt."

Die Stimme des Polizisten war nicht ohne Empathie, aber ernst und entschlossen.

Entsetzt hielt sich Johanna die Hand vor den Mund. Ach, deswegen war Maria diese Woche nicht an ihrem Platz neben dem Drucker erschienen. Die Arme!

„Mein Gott, wie geht es ihr?", brachte sie kaum hörbar heraus. Der Polizist sah auf einmal sehr müde aus. Er hatte seine Kappe abgenommen und drehte sie zwischen den Händen.

„Wir dürfen Details eigentlich nur den nächsten Angehörigen mitteilen. Aber wir haben hier ein Problem: wir können den Sohn nicht auffinden. Können Sie uns weiterhelfen?"

Hubert blickte in die Runde wie eine Kuh, die das Einmaleins aufsagen soll. Wie bitte, Maria sollte einen Sohn haben? Wie konnte es sein, dass er davon nichts wusste?

„Sie wissen also nicht, wo der Sohn wohnhaft ist? Sie haben auch keine Telefonnummer oder eine Adresse?"

Bedauernd schüttelte Hubert den Kopf.

„Nein, ehrlich gesagt, bin ich gerade sehr überrascht, Maria Römer ist seit zig Jahren bei uns, wir kennen uns sehr gut, aber einen Sohn hat sie nie erwähnt. Ich verstehe das nicht... Es tut mir sehr leid, dass ich da nicht weiterhelfen kann."

Er verstummte, die Realität holte ihn wieder ein. „Bitte sagen Sie mir, wie geht es Maria? Wo ist sie? Warum sind Sie hier?"

Die beiden Polizisten wechselten einen Blick. Der Ältere übernahm wieder das Wort.

„Wir dürfen Ihnen eigentlich nichts sagen. Aber es wäre sehr dringend, den Sohn aufzufinden und zu informieren. Es sieht leider nicht gut aus." Johannas Augen füllten sich mit Tränen. „Maria Römer hat schwerste innere Verletzungen erlitten. Sie lebt, aber es ist unwahrscheinlich, dass sie es schafft."

Die Wahrheit war raus. Auch jahrzehntelange Routine machte Augenblicke wie diesen nicht leichter. Die beiden Polizisten schienen wie von einem schweren Gewicht niedergedrückt.

„Es tut uns wirklich sehr leid. Kennen Sie vielleicht andere Angehörige, oder Freunde, nahestehende Personen?"

Hubert fühlte sich unbehaglich. Ihm wurde auf einmal bewusst, dass, abgesehen von diesem ominösen Sohn, wahrscheinlich er die Person war, die Maria am nächsten stand. Hömmers Baumaschinen war ihr Lebenshalt gewesen. Wie hätte Marias Leben nach dem endgültigen Rückzug in den Ruhestand denn ausgesehen? Wen hätte sie um sich gehabt? Niemand!

„Ich würde Ihnen da gerne weiterhelfen, aber mir fällt niemand ein. Von der Existenz des Sohnes wussten wir nichts, und das bestürzt mich sehr. Wir haben nämlich ein sehr enges Verhältnis mit Maria Römer, warum hat sie ihn denn verschwiegen? Ich verstehe das nicht."

Huberts Gesicht war aschfahl vor Fassungslosigkeit..

Johanna hatte sich ein wenig gesammelt, auch wenn immer noch Tränen in ihren Augen glänzten. Ihre Stimme klang belegt, als sie fragte, ob sie Maria im Krankenhaus besuchen dürften.

„Wahrscheinlich nicht; wie gesagt, jetzt sind die nächsten Angehörigen nötig. Aber niemand kann Ihnen verbieten, auf gut Glück ins Krankenhaus zu fahren."

Dem Gesicht des Polizisten war zu entnehmen, dass er es auch gar nicht verbieten wollte. Das Gespräch war beendet, die beiden Polizisten hatten sich verabschiedet, aber ihre Worte hingen wie Bleigewichte in der Luft. Der Schreck saß Hubert und Johanna in den Gliedern. Nach ewig langen zwanzig Sekunden sagte Johanna:

„Ich sage jetzt erstmal alle deine Termine für heute ab. Und dann fahren wir ins Krankenhaus."

Es war genauso, wie der Polizist vorausgesagt hatte. Nein, man würde nur die nächsten Angehörigen zu Maria lassen, ob sie denen bitte Bescheid sagen könnten? Es sei wirklich eilig.

Unverrichteter Dinge fuhren Johanna und Hubert zurück ins Firmengebäude. Hubert dachte laut:

„Ich muss die Belegschaft informieren. Ich möchte nicht, dass sie aus der Presse erfahren, was Maria widerfahren ist. Das machen wir jetzt gleich, hilfst du mir?"

Johanna nickte stumm.

„Und keiner wusste von dem Sohn. Wir haben keinen Namen, keine Adresse, nichts. Obwohl, vielleicht weiß jemand bei uns etwas, was ich nicht weiß. Vielleicht hat Maria jemanden ins Vertrauen gezogen? Zumindest können wir es versuchen."

Gesagt, getan. Johanna rief alle Mitarbeiter zu einem außerordentlichen Treffen zusammen. Die Stimmung war betreten und sank noch tiefer, als Hubert mit ernstem Gesicht das Wort ergriff.

„Liebe Mitarbeiter, wie Sie vermutlich mitbekommen haben, hatten wir heute zwei Polizisten zu Besuch. Sie haben uns eine schlimme Nachricht überbracht. Unsere liebe Kollegin Maria ...“

Im Raum erhob sich ein Raunen, das seine Stimme übertönte.

„Also, Maria... sie hat leider einen schweren Unfall erlitten. Ein Auto hat sie überfahren. Sie ist im Krankenhaus, und ...“

Hubert konnte nicht weitersprechen. Das Schweigen im Raum war kaum zu ertragen, die Belegschaft wartete darauf, dass er weitersprach. Er griff zu einem Glas Wasser, das Johanna ihm geistesgegenwärtig reichte, nahm einen Schluck, aber die Worte blieben im Hals stecken. Mühsam würgte er sie heraus.

„Es tut mir so leid, ich weiß nicht, wie ich es Ihnen sagen soll. Maria ist sehr schwer verletzt, es sieht nicht gut aus. Aber wir brauchen jetzt Ihre Hilfe. Die Polizei kam zu uns, weil sie die Angehörigen nicht finden kann. Ich sage ehrlich, ich dachte, Maria hätte niemanden mehr. Sie hat, soweit ich weiß, keine Geschwister, ihre Eltern sind natürlich längst gestorben. Aber die Polizei sagte uns, dass Maria einen Sohn hat. Wir kennen weder seinen Namen noch seine Adresse, sein Alter, nichts. Ist unter Ihnen jemand, der hier etwas weiß? Falls ja, bitten die Polizei und das Krankenhaus uns dringend um Hilfe. Bitte kommen Sie zu mir, wenn Sie etwas wissen, was helfen könnte!“

Hubert musste schlucken. Er räusperte sich, aber er hatte sich wieder im Griff.

„Glauben Sie mir, es tut mir so leid. Maria war immer ein Teil dieser Firma, sie war gefühlt schon immer hier. Als ich noch ein kleiner Junge war, hat sie hier auf mich aufgepasst. Sie hat mir den kleinen Holzbagger geschenkt, den Sie ja alle von meinem Schreibtisch kennen. Nie hat sie Dienst nach Vorschrift gemacht, sondern immer ihr Herzblut gegeben. Ich kann Ihnen gar nicht sagen, wie bestürzt und traurig ich jetzt bin. Sie natürlich auch, das weiß ich. Bitte kommen Sie zu mir, wenn Sie reden möchten oder wenn es etwas gibt, was die Firma jetzt für Sie tun kann!"

Wieder ein Griff zum Wasserglas. Die schwerste Mitarbeiterversammlung, die Hubert je erlebt hatte, war vorüber. Die Menge zerstreute sich langsam, der Raum leerte sich. Tzitzi weinte, sie hatte sich bei Wilma untergehakt. Astrid Krösus löste sich von den anderen und kam in Zeitlupe zu Hubert und Johanna rüber.

„Frau Krösus...", begann Hubert.

„Ja, also, ich wollte Ihnen etwas sagen, Herr Hömmer."

Astrids Stimme stockte. Aber es war zu wichtig, sie riss sich zusammen.

„Maria hat mich beschworen, es für mich zu behalten, und ich habe es ihr versprochen."

Hubert legte ihr die Hand auf den Arm.

„Ich verspreche Ihnen, dass auch ich alles vertraulich behandeln werde, was Sie mir sagen. Johanna hat mein volles Vertrauen, aber wenn Sie möchten, kann sie jetzt weggehen."

Astrid schüttelte den Kopf.

„Nein, ist schon gut. Ich glaube, jetzt muss ich den Mund aufmachen. Also, ja, wir ... wir waren ja ein paarmal zusammen beim Esso-Griechen. Und da war dieses eine Mal, da sah Maria irgendwie so grau aus, und ich hab sie gefragt, ob es ihr gut geht. Und sie wie immer: ja, klar, alles bestens. Aber dann saßen wir nebeneinander, und ich hab gesehen, wie sie heimlich vor dem Bestellen ihr Bargeld gezählt hat. Dann hat sie einen Milchkaffee bestellt. Und ich so: hast du keinen Hunger? Nein, nein, ich brauch nur so einen Wachmacher. Irgendwas war komisch. Deswegen hab ich mir die gemischte Riesenplatte bestellt und irgendwann behauptet, dass ich es nicht schaffe. Ich soll's mir einpacken lassen, haben die anderen gesagt, aber ich hab so getan, als ob ich am nächsten Tag verreisen würde. Das hat gar nicht gestimmt. Und ich konnte sehen, dass Maria die ganze Zeit auf meinen vollen Teller geschielt hat."

Mit zwei Fingern malte Astrid Krösus Anführungszeichen in die Luft.

„Ich habe sie um ‚Hilfe' gebeten, dass ich nicht alles zurückgeben muss, und echt, ich hab noch nie jemand so schnell essen sehen, sie hat den Teller leergeputzt, da blieb kein Krümelchen übrig."

Johannas Herz krampfte sich bei Astrids Schilderung zusammen. Ja, Marias abgetragene Kleidung war ihr aufgefallen, aber sie hatte sich nichts dabei gedacht. Auch nicht dabei, dass die Wochenration Kekse neben der Kaffeemaschine nur noch maximal anderthalb Tage hielt. Jetzt wurde ihr alles klar.

„Ich hab dann gesagt, Mensch, Maria, ich seh doch, dass mit dir was nicht stimmt", fuhr Astrid fort. „Und dann hat sie auf einmal zu weinen begonnen. Ganz schnell wieder aufgehört, damit es keiner merkt, aber ich hab's genau gesehen. Sie hat mir dann im Geheimen anvertraut, dass ihr Sohn jetzt weg ist. Ich wusste gar nix von dem Sohn. Der war wohl in Schwierigkeiten. Schule,

Lehre, alles abgebrochen, krebste so rum, hat mit Aktien rumspekuliert, ist auf die Bretter gegangen, braucht immer wieder Geld von Mama, die ihm das auch noch gegeben hat."

Astrid nahm einen tiefen Atemzug. Ihr Stimme war wieder ein wenig fester geworden.

„Und dann ist es wohl eskaliert, der Knabe hätte eigentlich ne Privatinsolvenz anmelden müssen, irgendwelche Vorladungen vor Gericht gab es auch, mit drohender Gefängnisstrafe und so, da ist er einfach abgehauen, nach Brasilien. Die haben angeblich kein Auslieferungsabkommen mit Deutschland. Und Maria saß da und wusste nicht, wann sie den Typ wiedersehen wird. Sie muss ihm ihr ganzes Geld gegeben haben. Jedenfalls hatte sie an dem Abend nur noch genug Geld für einen Milchkaffee. Aber sie hat mich bekniet, bloß niemandem was zu sagen, schon gar nicht Ihnen. Ich war echt sauer, der Scheißkerl reitet seine Mutter in die Not und verdrückt sich dann einfach."

Entsetzt hatte Hubert zugehört.

Oh Gott! Ihm war übel. Hätte er doch mehr mit Maria über Privates gesprochen, so wie früher, als er noch Kind war!

Warum nur hatte sie sich ihm nicht anvertraut?

„Haben Sie eine Idee, wie man diesen Sohn finden könnte?", fragte er Astrid.

Diese schüttelte bedauernd den Kopf.

„Nein, ich weiß nicht mal, wie er heißt. Sie hat immer nur vom ‚Bub' gesprochen. Aber Maria hat mir damals erzählt, dass sie ihm ständig was überweist und ihr Dispo heillos überzogen ist. Vielleicht kann ja die Bank weiterhelfen?"

Hubert drückte Astrids Hand.

„Bitte glauben Sie mir, Frau Krösus, ich danke Ihnen sehr, dass Sie sich geöffnet haben. Niemand hier wird davon erfahren, das sind wir Maria schuldig. Uns sagt die Bank bestimmt auch nichts. Aber vielleicht kann die Polizei den Sohn finden."

Genau das geschah. An der Copacabana schrieb ein braungebrannter Sonnenbrillenverkäufer eine knappe E-Mail an eine deutsche Polizeidienststelle, bevor er einen knappen zitronengelben Bikini samt Inhalt an sich zog:

„Leider bin ich geschäftlich verhindert, ich kann zurzeit nicht hier weg. Bitte grüßen Sie meine Mutter herzlich."

In Marias Wohnung fand die Polizei ein Schreiben, das Maria in weiser Voraussicht aufgesetzt hatte.

„Mein Sohn ist weit weg und bestimmt nicht vor Ort, wenn dieser Brief gefunden wird. Ich möchte gerne Herrn Hubert Hömmer als Nachlassverwalter einsetzen. Auch, wenn ich noch leben sollte, aber nicht mehr für mich sprechen kann, soll er hinzugezogen werden. In diesem Fall darf er für mich gesundheitliche Entscheidungen treffen."

Mit diesem Brief wurde Hubert im Krankenhaus zu Maria vorgelassen. Johanna hatte er einfach mitgenommen.

„Ihre Frau?", fragte der Unfallchirurg, wartete aber keine Antwort ab, die im Übrigen auch gar nicht kam, und führte die beiden zu Marias Bett auf der Intensivstation. Hubert nahm neben dem Bett Platz, Johanna saß auf einem Stuhl am Fußende. Sie fühlte sich etwas fehl am Platz, aber Gehen wäre auch nicht richtig gewesen. Sie wollte Hubert jetzt nicht allein lassen.

Hubert sprach leise auf Maria ein, Johanna verstand kein Wort. Er hielt ihre Hand und streichelte sie sanft.

De Tür öffnete sich, eine Krankenschwester betrat den Raum. Behutsam trat sie auf die drei zu. Der Monitor zeigte keine Herztöne mehr.

„Sie hat es geschafft", sagte sie sanft.

Über Huberts Wangen rannen Tränen. Er merkte es erst, als Johanna auf einmal neben ihm stand, ihm den Arm um die Schultern legte und ihm ein Taschentuch reichte. Auch ihre Augen waren feucht.

Wenigstens war Maria nicht allein gestorben. Ihr Brief enthielt auch die Anweisung, in einem nahegelegenen Friedwald bestattet zu werden. Ihre eigene Bestattung hatte sie im Voraus bereits bezahlt.

Hubert kümmerte sich um all das Bürokratische, was jetzt anfiel. Er löste Marias Wohnung auf, glich das Bankkonto aus und kündigte es. Wenigstens gab es nichts zu vererben.

Mit Johannas Hilfe organisierte er die Beisetzung. Die gesamte Belegschaft von Hömmers Baumaschinen fand sich zur Beerdigung ein. Gedrückt gingen alle nach Hause, Hubert hatte ihnen heute kollektiv freigegeben.

Ob an der Copacabana jemand wenigstens Gedanken schickte, wusste nur der Jesus auf dem Zuckerhut.

Das Licht in der Kapelle erlosch. Pfarrer Mackenzieh schaltete die Musikanlage aus. *Eleanor Rigby* war verklungen.

Unter einer Eiche parkt jetzt ein kleiner Holzbagger.

DER ZUFALL

Alles war ein Zufall. Oder nicht? Hatte sie so viel Glück verdient? Darüber dachte Claudia noch Jahre später nach. Jedenfalls war nichts geplant gewesen, es hatte sich alles ganz natürlich entwickelt. Liebend gerne hätte sie sich darüber mit Marianne ausgetauscht, eine der ganz wenigen, die verstanden hätte, was dies für die schüchterne, stille Claudia bedeutete.

Die eigentliche Geschichte begann auf einer Geburtstagsfeier. Ein Buchhalterkollege, der erst vor vier Monaten aus beruflichen Gründen in die Stadt gezogen war und der vor Ort weder genug Freunde noch Familie für eine Party hatte, wollte seinen vierzigsten Geburtstag trotzdem nicht allein feiern und lud spontan die gesamte Kanzlei zu sich nach Hause ein, fünfundzwanzig Personen, inklusive Chef. Gute Idee seiner Patentante!

Claudia nahm solche Einladungen ausgesprochen selten an, weil sie nie wusste, über was und mit wem sie dort sprechen sollte. Sie hatte zu keinem ihrer Kollegen eine nähere Beziehung. Wenn eine sehr kleine Gruppe abends noch gemeinsam zum Italiener ging, ging sie manchmal mit, aber nur, wenn auch Rita Ölberg mitkam, die ähnlich introvertiert war und mit der Claudia Smalltalkgeblubber vermeiden konnte. Ebenso wie Claudia las Rita sehr gerne Sachbücher über ausgefallene Themen. Sie hatten inzwischen mehrere Bücher ausgetauscht, nachdem sie entdeckt hatten, dass sie beide Richard Cytowics *Farben hören, Töne schmecken* spannend und – ganz anders als die Allgemeinheit, die das Buch stapelweise kaufte – Miranisa Shinjans *Sekretärinnen* entsetzlich gefunden hatten.

Doch dieses Mal wusste Claudia nicht, wie sie sich ausklinken konnte. Ihr fiel auf die Schnelle keine Ausrede ein, und alle anderen folgten der Einladung auch. Das Vortäuschen einer Krankheit fiel flach, im Büro war sie putzmunter gewesen, wie leider zu viele Kollegen bezeugen konnten. Sie wollte gerade in ihr Auto steigen, da fing der Chef sie zusammen mit ein paar anderen auf dem Parkplatz ab.

„Nein, Frau Luschka, lassen Sie ihr Auto einfach hier stehen, wir kommen auf dem Heimweg wieder hier vorbei, da wäre es doch Benzinverschwendung, wenn jeder mit seinem eigenen Wagen fährt."

Fluchtversuch missglückt. Und schon befand Claudia sich zusammen mit vier anderen Kollegen im Auto des Chefs auf dem Weg zu der Geburtstagsfeier. Ach, sie würde sich einfach trotzdem als Erste auf den Heimweg machen. Das nötige Kopfweh als Vorwand würde sich schon einstellen

Die Stimmung war steif und gezwungen, wie es eben so ist, wenn sich nicht Freunde, sondern ein paar zufällig zusammengewürfelte Fremde im selben Raum befinden. Oder noch schlimmer: Kollegen.

Ein paar der Partygäste verbreiteten gekünstelte gute Laune, aber ihrem Lachen war anzumerken, dass sie nur das peinliche Schweigen übertönen wollten. Noch dazu hatte das Geburtstagskind, sichtlich ungeübt darin, Gäste zu empfangen, nicht daran gedacht, Hintergrundmusik aufzulegen. Immer wieder wurde es im Wohnzimmer unangenehm still.

Beate von Bösendorfer und Gaby Höhenflogel verabschiedeten sich relativ schnell, Gaby schützte Kopfschmerzen vor, und Beate, die Gaby in ihrem Auto mitgenommen hatte, wollte sie nicht allein nach Hause gehen lassen, sondern sich um ihre Freundin und deren Kopfschmerzen kümmern. Sobald sie im Treppenhaus waren, atmeten sie auf und bestiegen zügig Beates Auto. An der nächsten Kreuzung ging es links in den Vorort, in dem Gaby wohnte, doch Beate fuhr geradeaus, geradewegs ins Stadtzentrum.

Sie mussten sich nicht absprechen, ihre Füße fanden von alleine den Weg in ihren Lieblingsclub. Erleichtert stürzten sie sich auf die Tanzfläche, ließen sich einen Negrito spendieren und fuhren zu viert nach Hause. Zwei Stunden Energieschlaf würden mehr als genug sein, um am nächsten Tag die Kunden freundlich und kompetent, aber zackig abzufertigen und um an der Kaffeemaschine vorzutäuschen, topfit zu sein.

Alles kein Problem.

Und so waren es zwei Partygäste weniger, die zur Stimmung beitrugen. Wiebke Röhrling musste dringend nach Hause, weil ihr Zug für die Dienstreise bereits um 5:20 Uhr abfahren sollte.

Roland Peters brach ein Gespräch mitten im Satz ab und erklärte, dass er nie nach Mitternacht ins Bett ginge, weil er seine siebeneinhalb Stunden Schlaf und keine Minute weniger benötige und deswegen jetzt sofort aufbrechen müsse, um rechtzeitig ins Bett und morgen früh pünktlich ins Büro zu gelangen.

Und weg war er.

Die Runde war inzwischen ziemlich überschaubar, alle noch Anwesenden saßen rund um den niedrigen, nierenförmigen Couchtisch. Das Geburtstagskind konnte richtig gute Cocktails mixen, alle Achtung.

Jeder hatte ein fantasievoll gefülltes Glas vor sich, Himbeeren, Gurkenstücke oder Limettenscheiben schwammen in diversen Sorten von Gin, angereichert mit weiteren leckeren Stöffchen. Auf der angestrengten Suche nach Gesprächsthemen kam der Typ, der, mit einem Ohrring im linken Ohrläppchen und dem Hemd aus kariertem Flanell seltsam deplatziert inmitten all der hippen New-Economy-Vertreter wirkte, auf die glorreiche Idee, dass jeder der Anwesenden spontan einen kleinen Toast auf das Geburtstagskind halten sollte: was wünscht ihr ihm für das kommende Lebensjahr, und was schätzt ihr an ihm besonders?

Die Runde war zu klein, um sich davor drücken zu können. Solche Situationen hasste Claudia über alles! Sie vermied es sowieso, vor mehr als zwei Menschen zu sprechen. Wenn es ausnahmsweise einmal sein musste, dann bitte nur mit ausreichend Vorbereitungszeit. So viel Zeit blieb ihr jetzt weiß Gott nicht. Was um Himmels Willen schätzte sie an einer Person, die sie praktisch nicht kannte? Genau, das war die Lösung: jemand, der fremde Leute zu seiner Geburtstagsfeier einlud, dürfte prinzipiell ziemlich cool sein. Ja, das war eine schlaue Lösung.

Es ging rund um den Tisch, einer nach dem anderen kam dran. Das Geburtstagskind wurde mit Lob überschüttet: ein „toller Kollege, der mir immer die Kohlen aus dem Feuer holt", der „beste Cocktailmixer der Stadt", hatte immer „das pfiffigste Hemd von allen" an, wusste immer, „wo es die besten IT-Schnäppchen gibt, er hat mir mein iPhone zu einem Suuuuuperpreis besorgt!".

Als die Reihe an sie kam, nahm Claudia all ihren Mut zusammen und betete, dass ihre schwarze Bluse die Schweißflecke unter ihren Armen kaschierte. Ihre Stimme versagte ihr den Dienst. Sie musste neu ansetzen, aber sie schaffte es nicht, ihrer Stimme den gewohnten Klang zu geben.

In ihrer Kehle saß ein Frosch. Leider hatte er weder mit dem Wetter zu tun, noch verbarg sich dahinter ein Prinz. Er hatte die Größe einer Handgranate. Als Claudia den Mund öffnete, explodierte der Frosch und überzog ihre Stimme mit einem tiefen Kratzen, während sie sich gleichzeitig überschlug. Unter Aufbietung aller Kräfte stotterte Claudia:

„Ha... hallo lo, äh, ähm, ich soll hier mal kurz einen Toooooooost sagen...".

Claudia hatte eine leicht erhöhte, wenig entspannte Sprechstimme, die immer ein bisschen nach Micky Maus klang. Lautes Sprechen war sie ebenfalls nicht gewohnt. All dies führte zu einem unbeschreiblichen Tonfall. Ihre Stimme kippte. Dies war zwar nicht komisch, aber es brach flächendeckendes Gelächter aus.

Vielleicht auch nur deswegen, weil die Anwesenden verzweifelt eine Erheiterung benötigten, die die Anspannung brach.

Claudia nahm all ihren Mut zusammen und setzte erneut zum Sprechen an: „Hallo, ...", doch auch dieses Mal gelang es ihr nicht, ihre Stimme zu kontrollieren. Dieses Mal erlösten die Anwesenden sie sofort und eröffneten tosenden Applaus. Endlich konnten sie die Spannung in Albernheit ablassen! Sie trommelten vor Begeisterung mit den Füßen auf den Boden und brachen in lautes Klatschen aus. Sie riefen in Sprechchören:

„Clau – di – a! Clau – di – a!"

Claudia hätte im Boden versinken mögen. Der Typ mit dem Karohemd hatte auch den dritten Cocktail nicht abgelehnt. Er sagte, wobei ihm die Konsonanten kleinere Probleme bereiteten: „Claudia, du hast eine umwerfende Stimme! This made my day!"

Die anderen Partygäste klatschten in die Hände und pflichteten ihm bei.

Jemand zog eine Tageszeitung aus der Tasche und bat sie, den Wetterbericht vorzulesen. Ausgerechnet den Wetterbericht. Claudia konnte es nicht glauben, und sie konnte sich nicht vorstellen, an dem Abend noch einmal ihre Stimme erklingen zu lassen. Noch weniger konnte sie glauben, was dann weiter geschah: die Anwesenden beknieten sie, doch bitte zu lesen, und für den Rest des Abends stand sie im Mittelpunkt der Feier. So etwas hatte sie noch nie erlebt. Man bat sie um das Vorlesen aller möglichen Texte aus der Zeitung, jemand reichte ihr eine SMS und ein Gedicht von Rainer Maria Rilke; sogar ein Einkaufszettel wurde aus einer Hosentasche zutage gefördert. Auf einmal war da ein Reiseführer für die Kanaren. Und zum Vergnügen aller las sie die Texte vor.

Zum Vergnügen!

Aller!

Sie hatten tatsächlich Spaß daran, ihr zuzuhören!

Was am verblüffendsten war: eine ausgelassene Stimmung entstand, in der jeder Spaß hatte. Das verkrampfte Schweigen hatte sich aufgelöst. Alle lachten und quatschten durcheinander, man verstand sein eigenes Wort nicht mehr.

Was sie am meisten überraschte: Claudia genoss die Situation. Sie genoss die gemeinsame gute Laune, und sie genoss es, selbst aus vollem Herzen zu lachen. Das letzte Mal, dass sie so schallend gelacht hatte, war Ewigkeiten her, sie wusste nicht mehr, aus welchem Grund. Verblüfft sah sie sich selbst dabei zu, wie sie die anderen Feiergäste erheiterte.

Nach einem äußerst vergnügten Abend, gegen drei Uhr morgens, verabschiedeten sich das Geburtstagskind und die Gäste mit herzlichen Umarmungen voneinander und versprachen, sich bald wieder zu treffen.

Die nächste Einladung erfolgte bereits zwei Wochen später, wieder zu einer Geburtstagsfeier. Es handelte sich um den fünfunddreißigsten Geburtstag eines jungen Unternehmers, der sich stets langweilte und keine nennenswerten Hobbys hatte. Seine Freunde konnte er an einer Hand abzählen.

Sein bester Freund war Claudias Arbeitskollege Werner Drögermann. Da Werner das soziale Talent seines Freundes gut kannte, befürchtete er das Schlimmste. So kam er auf die Idee, diese witzige Kollegin mitzubringen, damit sie ein bisschen Stimmung in den Laden brachte. Claudias erster Impuls war: bloß nicht! Aber dann bohrte sich die noch frische Erinnerung an die Geburtstagsparty in ihr Gedächtnis, und Claudia beschloss, der neuen Einladung eine Chance zu geben. Werner war außerdem ganz nett.

Und das Unglaubliche geschah: Werners Plan ging auf. Die nichtsahnende Claudia stand gerade vor dem Gabentisch, um ihr Geschenk, eine CD mit Jazzballaden, abzulegen. Der perfekte Ort, um Smalltalk aus dem Weg zu gehen.

Ein dickes Buch lag ausgepackt auf dem Tisch. *Unterleuten* von Juli Zeh. Wie bitte, tausendfünfhundert Gramm und sechshundertsechsundfünfzig Seiten! So etwas verschenkt man heutzutage doch nicht mehr. Claudia blätterte es durch und las zuerst den Klappentext, dann schlug sie das Buch aufs Geratewohl in der Mitte auf und begann zu lesen. Und siehe da, es zog sie sofort in seinen Bann. Krönchen, die fiese Socke. Claudia beschloss, sich das Buch am nächsten Tag zu besorgen. Werner riss sie aus ihren Gedanken, er wollte sie dem Geburtstagskind vorstellen. Claudia kam nicht dazu, das Buch aus der Hand zu legen. Der Gastgeber begrüßte sie freundlich und begann den üblichen Smalltalk.

„Und Sie sind also eine Arbeitskollegin von Werner?"

„Ja, genau." Zeit für den Geheimtrick, um den ersten Platz im Rennen um die Krone der Miss Antisexy zu belegen.

„Ich bin Buchhalterin."

Einen Moment lang verstummten alle Geräusche, als habe Claudia etwas Unanständiges gesagt. Verunsichert sah sie von einem zum anderen. Ja, natürlich. Ihr Beruf war ein klassischer Gute-Laune-Killer. Doch dann lachten die Umstehenden los und brachen in tosenden Applaus aus. Große Erheiterung machte sich breit, Claudia verstand die Welt nicht mehr.

„Hihi, eine Buch-Halterin!"

„Ja, das sieht man, hahaha!"

Selbst der steife Werner hielt sich den Bauch vor Lachen. Der Groschen fiel bei Claudia erst nach einer ganzen Weile, sie musste selbst grinsen. Eilig legte sie das dicke Buch zurück auf den Gabentisch. Aber sie bekam keine Zeit, sich unbehaglich zu fühlen. Der erste Gag war geboren, und das ohne ihr Zutun, obwohl sie sich normalerweise keine Witze merken oder aus dem Stand welche machen konnte. Claudia war selbst verblüfft – ein spontaner Witz? Wie konnte ihr, der Spaßbremse, das gelingen?

Ab sofort ergab ein Wort das andere, jemand stellte eine Scherzfrage, und Claudia überlegte laut und lange, wie wohl die Antwort lauten würde, und nach langen, komplizierten, urkomischen, aber folgerichtigen Denkvorgängen fand sie die Antwort. So ging es den ganzen Abend, und alle amüsierten sich prächtig.

Nach einer Weile rief einer aus der Runde:

„Wie heißt du eigentlich?"

Claudia verschluckte sich. Sie hatte eben einen Schluck Mojito genommen, der in der Kehle höllisch gebrannt hatte. War da etwa Chili drin? Sie setzte an, doch es gelang ihr nicht, fließend zu sprechen. Stotternd setzte sie zu einer Antwort an, Clau, Clau Clau Clau Clau Clo Clo Clo – Nein!! Nicht Klorane!! – Clö Clö Clö .... Clödia!

Und ein Pseudonym war geboren. Claudia nannte sich fortan „Clödia", wenn sie ihre Selbstgespräche führte. War der unsägliche Schüleraustausch am Ende zu etwas gut gewesen? Sie mochte das Ö wirklich gerne. Alles war perfekt – bis auf das „C". Claudia beschloss mit sofortiger Wirkung, das „C" durch ein „K" auszutauschen. Zum ersten Mal in ihrem Leben verspürte Klödia Macht. Über ihren Namen.

Die beiden Geburtstagsfeiern waren für Claudia denkbar merkwürdig verlaufen, im wahrsten Sinne des Wortes. Zum ersten Mal in ihrem Leben fand sie sich im Zentrum der Aufmerksamkeit wieder, als Teil einer lustigen Partygruppe, anstatt wie sonst immer außen vor zu bleiben. Doch was noch viel erstaunlicher war: sie hatte es genossen. Sie fühlte, dass sich eine neue Tür geöffnet hatte. Komik? Witze? Dieses neudeutsche Comedy-Gehabe? Das war doch gar nicht ihre Welt. Sie hatte ihr ganzes Leben lang nur einen einzigen Witz behalten, den sie als Fünfjährige von ihrer Tante Ingeborg gehört hatte.

„Gehen zwei Tomaten über die Straße. Eine wird von einem Bus überrollt, da sagt die andere: Hallo, Ketchup!"

Auch mochte Claudia es überhaupt nicht, wenn schlagfertige Witzbolde in geistreichen Gesprächsrunden einen Witz nach dem anderen abfeuerten, wobei der nächste natürlich noch witziger war als der Vorhergehende und die Lautstärke sich in Richtung Raketenabschuss auf Cape Canaveral hochschraubte. In so einer Gesellschaft fühlte sie sich normalerweise unbehaglich. Wie konnte es sein, dass sie so viel Spaß gehabt hatte? Und wie konnte es sein, dass eine Buchhalterin, die ein Buch in der Hand hielt, schreiend komisch war?

Claudia betrachtete ihre Umwelt nun mit geschärften Sinnen. Wenn sie nur aufmerksam genug hinschaute, merkte sie, wie komisch die Normalität eigentlich war. Man musste gar keine künstlich komische Situationen herbeiführen. Es lag alles vor einem, säuberlich angerichtet, auf einem Silbertablett namens Alltag. Das Leben eben. Es war erstaunlich, wie Claudia allein durch erhöhte Aufmerksamkeit zunehmenden Spaßgewinn hatte. Selbst in der Kanzlei funktionierte es.

Wenn Claudia morgens, auf dem Weg zur Arbeit, in ihrem gewohnten Stammcafé einkehrte, bestellte sie sich immer einen Kaffee, ohne Zucker, tiefschwarz. Am liebsten setzte sie sich an die Theke am Fenster und sah hinaus auf die Straße. Straßenbahnen fuhren vorbei, Autos schleppten sich im Schleichtempo voran, so dass sie selbst auf High Heels das Wettrennen mit dem dunkelgrünen Sportwagen da draußen gewonnen hätte.

Passanten hasteten vorbei und versuchten, sich mit ihren Regenschirmen gegenseitig nicht zu erstechen. Aus eigener Erfahrung wusste Claudia, dass man durch die verspiegelten Scheiben nur hineinschauen konnte, wenn man seine Nase gegen die Scheibe presste. So hatten die Kaffeetrinker im Innenraum des Cafés die angenehme Illusion, unbeobachtet zu sein, während alles, was sich draußen abspielte, gut zu sehen war.

Auch heute bestellte sie sich ihren üblichen Kaffee, aber Tommy hinter dem Tresen füllte ihre Tasse nur halbvoll, weil er von einer Stammkundin abgelenkt wurde, die, durch den starken Regen nass bis auf die Haut, hereinplatzte und ihn herzlich begrüßte. Sie schüttelte ihren Regenschirm aus. Im Nu waren die beiden in ein Gespräch vertieft, als wäre niemand sonst anwesend.

„Oh, schön, dich zu sehen, Tommy!"

„Aber immer gerne, meine Liebe. Wenn du kommst, geht die Sonne auf. Was darf ich dir anbieten?"

„Ach, das Übliche, schwarzer Bitumen mit Stehcharakter."

„Du weißt, dass meine letzte Azubine nach einem Koffeinschock gekündigt hat, nachdem sie versehentlich deinen Kaffee erwischt hat statt ihren eigenen?"

Beide lachten herzlich. Tommy hatte noch niemals einen Azubi beschäftigt.

Claudia hatte keine Lust, sich zu beschweren, außerdem hatte Tommy sie längst vergessen, deswegen nahm sie ihre halb gefüllte Tasse und setzte sich an ihren gewohnten Platz an der Theke am Fenster. Der Kaffee schmeckte sehr gut. Es hätte ein bisschen mehr sein dürfen. Ach, egal.

Sie schlug die Tageszeitung auf. Ein Schauspieler war leblos aufgefunden worden, vermutlich unter Einfluss von Alkohol oder Drogen, sie hatte keine Ahnung, um wen es sich handelte.

Erst las sie gelangweilt ihr Horoskop, aber nicht etwa, weil es sie interessierte, sie glaubte sowieso nicht daran, genauso wenig wie all die anderen, die es jeden Tag aufs Neue lasen und behaupteten, daran zu zweifeln, nur um es am nächsten Tag wieder zu lesen, sondern weil man das so machte.

Bei dem, was auf Löwen zutraf, hatte sie zustimmend genickt, kein Wort geglaubt, sich bestätigt gefühlt und das Gelesene direkt danach wieder vergessen.

Danach – das war neu, das hatte sie bislang noch nie getan – suchte sie nach der Humorrubrik.

Humorrubrik.

Was für ein Wort! Sein Erfinder, es konnte nur ein Deutscher sein, war offensichtlich humorfrei und gehörte allein wegen übertriebener Ernsthaftigkeit auf eine Insel verbannt, aber keine einsame, sondern eine, wo einen Tag und Nacht Spottdrosseln und Spaßvögel heimsuchten.

Claudia schlug die Seite mit den Witzen auf und begann zu lesen. Unsäglich. Wer las so etwas freiwillig? Noch schlimmer: wer dachte sich so einen Blödsinn aus, publizierte es tagtäglich in den Zeitungen und wurde dafür auch noch bezahlt? Und drittens, wer war eigentlich dafür verantwortlich, dass sie ihre Augen trotzdem nicht losreißen konnte und immer weiterlas? Einen blöden Spruch nach dem anderen?

Zwei Mücken vor dem Finanzamt.
Eine kommt gerade heraus, die andere will hinein.
„Zwecklos!", sagt die erste. „Die saugen selbst."

„Was macht eine Biene im Finanzamt?"
„Sie beschäftigt sich mit Summen."

Zwei Schiffbrüchige erreichen mühsam eine
einsame Insel: „Mein Gott, wir sind verloren!",
heult der erste. Entgegnet der andere,
„Keine Sorge, die finden uns.
Ich schulde dem Finanzamt zehntausend Euro!"

Claudia saß wie zur Salzsäule erstarrt. Irgendetwas hatte soeben in ihr den Groschen zu einem überdimensionalen Fünfmarkstück aufgeblasen und purzeln lassen. Sie griff sich ins Haar und reckte den anderen Arm erstaunt in die Höhe. Das war es!

Ja, natürlich! Sie stieß einen erstaunten Laut hervor, der glücklicherweise vom Lärm des Milchschaum ausspuckenden Kaffeevollautomaten übertönt wurde. Hier war ihre Lösung, schwarz auf weiß.

Bevor sie ihren Gedanken zu Ende denken konnte, hatte Claudia auf einmal das Gefühl, dass sie beobachtet wurde und hob ihren Kopf. Vor dem Schaufenster stand eine Frau und sah hinein, aber durch die verspiegelten Scheiben konnte sie wohl nichts erkennen. Schnell ließ Claudia ihre Arme wieder auf den Tisch sinken. Hatte die Frau etwas bemerkt? Sie schien sie direkt anzusehen. Aber Claudia wusste ja, dass die Scheiben undurchsichtig waren.

Nein, die Frau betrachtete nur ihr eigenes Spiegelbild. Unter den Arm geklemmt hielt sie ein schmales Buch. Vermutlich handelte es sich um *Das Porträt* von Miranisa Shinjan. Mit etwas Mühe konnte Claudia das von Kinderhand gezeichnete Ä auf dem Umschlag erkennen.

Auf einmal bückte die Frau sich, ohne dabei das Buch loszulassen, und richtete ihre verrutschten Strümpfe, wobei sie tatsächlich ihren Rock hochzog, und der Regen durchnässte ihre Haare, so dass sie strähnig zu beiden Seiten ihres Gesichts herunterhingen. Trotzdem versuchte sie, sie in Ordnung zu bringen, während sie gleichzeitig ihr Spiegelbild in der Fensterscheibe studierte. Wie in Zeitlupe nahm Claudia jedes Detail wahr. Ihre Augen sahen der Frau zu, während gleichzeitig ihr Gehirn in Windeseile ein ganzes Konzept entwickelte.

Buchhalter-Witze. Buch-Halterwitze.

Claudia trank ihren halben Kaffee aus und machte sich auf den Weg zur Straßenbahn. Dabei summte sie eine einfache Melodie mit nur wenigen Tönen vor sich hin, die sie nicht mehr aus dem Gehirn bekam. Dadadaada Dadadaada. Der Witz mit der Biene im Finanzamt, den sie eben gelesen hatte, ging ihr nicht mehr aus dem Sinn, den ganzen Tag über musste sie kichern. Immer, wenn niemand in der Nähe war, summte sie die kleine Melodie belustigt vor sich hin.

War nicht das Alltägliche am allerkomischsten? Warum künstlich etwas erschaffen, was es längst gab? Und wenn sie sich einfach das Gegenteil dessen vornahm, was normalerweise als Komik galt und diese einfach dort suchte, wo es normalerweise garantiert keine gab? Wie wäre es mit einer stinklangweiligen Buchhalterin, ließ sich deren stinknormaler Buchhalteralltag nicht ausschlachten? Mit dem allmorgendlichen Weg zur Arbeit, Kaffee Tommys Frühstücksbistro, den Kollegen, ihren Tätigkeiten, Exceltabellen, den Bilanzen und Rechnungen? Und den Steuererklärungen? Das, was jeder kennt, niemand mag und bestenfalls für sterbenslangweilig, wenn nicht gar ätzend hält?

Das war es. Sie würde sich ein paar Sketche ausdenken, wobei sie sich darauf verlassen konnte, dass sowieso niemand zuhören würde, denn sie würden das langweiligste Thema der Welt zum Inhalt haben: Finanzbuchhaltung, vorgetragen von der uninteressantesten Person der Welt: Klödia. Vielleicht könnte sie diese Sketche sogar bei der nächsten Geburtstagsfeier ausprobieren.

Claudia hätte niemals im Leben gedacht, dass ausgerechnet ihr Beruf sich als perfekte Steilvorlage für Belustigung erweisen könnte.

DIE KÖNIGE

Auf der zweiten Geburtstagsfeier, die, die dieser langweilige Banker ausgerichtet hatte, hatte man Claudia einen anderen Gast vorgestellt, der angeblich „so gut wie total berühmt" war, vielleicht kannte sie ihn, sagte ihr „Dr. Norbi und die Königsspötter" etwas? Sie solle sich jedenfalls den Namen „Dr. Norbi" merken, „du wirst noch viel von ihm hören".

Dr. Norbi war ein sonderbarer, kleiner Mann, spitteldürr und zappelig, eigentlich sogar hässlich, mit teils schiefen Zähnen und einer schweren Hornbrille, fast einen Kopf kleiner als sie selbst, aber mit einer sehr freundlichen Ausstrahlung. Er hatte Claudias linke Hand ergriffen, die unter dem rechten Arm immer noch *Unterleuten* geklemmt hatte, einen Handkuss angetäuscht und die Worte „Welche Zierde, mein Vergnügen, werte Dame!" gesäuselt, worauf sie keine schnelle Antwort parat hatte und einfach nur „Hallo!" sagte.

Das mit der regionalen Berühmtheit entsprach der Wahrheit. Die Stadthalle mit ihren achthundert Plätzen konnte Dr. Norbi füllen. Nicht schlecht. Er war kein besonders ausgefeilter Komiker, aber ein begnadeter Schauspieler. Im Prinzip bestand seine Masche darin, dass er einen Komiker spielte, der von Witzen lebte, die er auf Kosten anderer machte, was deswegen funktionierte, weil er selbst so mitleiderregend hässlich aussah, dass er gefährlich nahe an der Fremdschämgrenze navigierte. Doch eines konnte er, da machte ihm niemand etwas vor: Potential erkennen. Er verfügte sowohl über einen messerscharfen Verstand als auch über ausgeprägtes Bauchgefühl. Und Empathie.

Auf der Geburtstagsfeier war Dr. Norbi nach spätestens zwei Minuten klar, dass „Klödia" funktionieren würde. Kurzentschlossen fragte er sie, ob sie nicht als Gast in eine seiner nächsten Vorstellungen kommen wolle, als „Späschel Gästin". Er fiel sogar theatralisch vor ihr auf die Knie, als ob er einen Antrag machen wolle. Die Partygäste klatschten alle laut Beifall, als sie laut „Ja, ich will" sagte (und der nächste Gag war geboren).

Claudia hatte keinen Grund, „Nein" zu sagen und selbst wenn sie es gewollt hätte, hätte sie sich im Kreis der Partygäste gar nicht getraut, diesen Dr. Norbi abblitzen zu lassen. Andererseits: Was hatte sie schon zu verlieren? Das Ganze würde am nächsten Morgen ohnehin vergessen sein, und sie würde diesen Typ nie wiedersehen. Wer war überhaupt dieser Dr. Norbi?

Ehrlich gesagt, hatte Claudia keine Ahnung, mit wem sie es zu tun hatte. Sie hatte seinen Namen gerade eben auf der Geburtstagsfeier zum allerersten Mal gehört. Was sie nicht wusste, war, dass es mindestens siebzig Prozent der anderen Gäste genauso ging. Silke, eine Arbeitskollegin des Geburtstagskindes, hatte ihn mitgebracht. Sie hatte ungeplanten Besuch von ihrem Boyfriend erhalten und war im Begriff gewesen abzusagen, aber das Geburtstagskind ließ Dr. Norbi ausrichten, er sei herzlich willkommen.

Dr. Norbi hatte wahres Charisma, wie es nur noch selten zu finden ist. Sein ausdrucksstarkes Gesicht konnte er in unzählige Grimassen verziehen und damit alle möglichen Emotionen ausdrücken.

Nach seiner Ankunft war die Atmosphäre auf der Geburtstagsfeier fühlbar entspannter geworden. Kaum jemand konnte sich seinem Charme widersetzen. Mit ein paar lockeren Sprüchen und gekonntem Smalltalk hatte

er es schnell geschafft, die anfangs noch recht unent-
spannte Stimmung aufzulockern. Es wurde überraschend
viel auf dieser Geburtstagsfeier gelacht.

Dr. Norbi war der Älteste von fünf Geschwistern. Sein
Pech – oder Glück, ganz wie man es nimmt – war, dass er
vor 1968 geboren wurde. Seine Eltern Karl und Heidi
König, oder „Heidikarl", wie sie sich selbst gerne
nannten, waren eine seelenverwandte Einheit und traten,
nachdem sie zusammengekommen waren, nur noch im
Doppelpack auf. Die Erzieherin und der Waldorflehrer
waren überglücklich, als ihre Einheit zu einer Trinität
wurde. Ihren Erstgeborenen nannten Heidikarl einfach
Norbert, noch nicht einmal einen zweiten Vornamen
spendierten sie. Ein Name war mehr als nur ein Attribut,
er diente als Hülle für die gesamte Persönlichkeit. Das
ganze Gewicht einer einzigen Person. Deswegen musste
es ein Name sein, der dieser Verantwortung gerecht
werden konnte. Heidi, Karl und Norbert. Ein Traum.

„Norbert", skandierte Heidi zärtlich und betrachtete
glücklich und verwundert ihren kleinen Jungen. „Ein
starker Name. Ein guter Name. Möge er dich zu einem
guten, starken Menschen machen."

Unverzüglich befand Heidi, dass sie nur in diesen einen Sohn ihre ganze Erfahrung investieren wollte. Sie bekam Zustände beim Gedanken, außer für ihn auch für andere Kinder zuständig sein zu müssen. Karl fand dies
konsequent und ganzheitlich und pflichtete ihr bei. Dies
war einer der Momente, der zur Feier des Tages einen zusätzlichen Joint rechtfertigte. Im Laufe ihres langen Lebens würden Heidikarl, die beide fast neunzig Jahre alt

179

werden sollten, es jeweils auf geschätzte fünfunddreißig Kilogramm gerauchtes Marihuana bringen.

Es hatte sich angedeutet. Spätestens ab 1968, mit der Ermordung von Martin Luther King Jr., wurden Heidikarl ganz von der Hippiebewegung eingesogen. Karls vermögender Vater reduzierte vorsichtshalber die monatliche Apanage auf Null, so dass Heidikarl allein von Karls Waldorfgehalt lebten. Sie waren genügsam. Joints waren zum Grundnahrungsmittel aufgestiegen, viel mehr benötigten sie nicht. Ab und zu eine Matratze. Peace and Love and Understanding wurden zu ihrem täglichen Mantra.

Die Bücher von Jack Kerouac und Allen Ginsberg wurden zu Heidikarls Bibeln. Noch waren sie am aktuellen Zeitgeschehen interessiert und hatten eine dezidierte Meinung zu Vietnam, Gewaltlosigkeit, Kapitalismus, zur Berliner Mauer und der westlichen Verrohung der Sitten. Sie entwickelten eine tiefe Liebe zu Mutter Erde und setzten sich mit der Umweltverschmutzung auseinander und suchten nach Strategien, den blauen Planeten intakt zu halten.

Auf der Suche, wie sie ihrer Verzweiflung über den aktuellen Zustand der Welt Herr werden konnten, fanden sie Zuflucht in der Metaphysik. Sie beschlossen, jeden Augenblick ganz bewusst im Hier und Jetzt zu erleben und dankbar zu sein für jeden Moment, jede Minute, jeden Sonnenstrahl, jeden Käfer, den Frieden, die Demokratie.

Lange vor der Bio-Welle suchten sie nach Lebensmitteln, die ohne Pestizide hergestellt worden waren, nach Kleidung aus Naturfasern, die sie ohne die Umwelt zu belasten recyceln konnten. Mit einer Handvoll Gleichgesinnten stellten sie ein ausgeklügeltes Tauschsystem auf die Beine, welches es ihnen eine geraume Zeit ermöglichte, den Umgang mit Geld zu vermeiden.

Über mehrere Jahre hinweg erhielt Heidi vom Schäfer aus dem Nachbardorf Rohwolle, die sie auf ihrem Spinnrad in meditativer Hingabe zu dicker, naturfarbener Wolle verspann, aus der sie im Laufe der Zeit die ganze Familie mit handgestrickten Pullovern und Socken versorgte.

Jeder Morgen begann mit einem sorgsam inszenierten Räucherritual. Heidikarl zündeten pyramidenförmiges Räucherwerk aus Rotsandelholz an, um die Atmosphäre von allen schlechten Gedanken, Geistern und Strömungen zu säubern. Um den reinigenden Effekt auch innerlich zur vollen Wirkung zu bringen, halfen sie mit einem Joint nach, den sie bewusst gemeinsam ansteckten und aus dem sie in einer Geisteshaltung, die man heute Achtsamkeit nennen würde, abwechselnd tiefe Züge inhalierten.

Im selben Maße, wie die Anzahl der Joints zunahm, nahm auch Heidikarls Politik- und Gesellschaftsverdrossenheit zu. Irgendwann klinkten sie sich aus und bekamen nichts mehr mit. Sie hatten einen kläglichen Versuch unternommen, den kleinen Norbert von der Schulpflicht zu befreien und ihn zuhause selbst zu unterrichten, doch die Schulbehörde schmetterte ihren Antrag mit Pauken und Trompeten ab, mit Hinweis auf das Reichsschulpflichtgesetz von 1938 und unter Androhung eines empfindlichen Bußgeldes. Das Land werde in jedem Falle seinem Bildungsauftrag nachkommen und notfalls das Familiengericht involvieren und das Sorgerecht infrage stellen.

Kleinlaut meldeten Heidikarl Norbert in der nächstgelegenen Grundschule an.

Bei Norberts Geschwistern stellte sich die Frage nicht mehr. Heidikarl waren inzwischen nicht nur langhaarige

Vollhippies geworden, sondern auch große Anhänger der Flower-Power-Musik, ihr Plattenspieler nudelte entsprechende Schallplatten rauf und runter. Karl hatte sich auf dem Flohmarkt sogar eine Gitarre besorgt, eine alte Höfner-Wandergitarre aus den Fünfzigern, mit Sperrholzdecke und Stahlsaiten, und Heidi „sang" dazu. Tönetreffen und Rhythmushalten war spießig, kleinlich und reaktionär. Heidikarl traktierten zusammen das gesamte existierende Lagerfeuerliederrepertoire.

Amerika! Die USA wurden zu ihrem Traumland. Sie hatten nicht einmal genug Geld, um nach Gelsenkirchen zu fahren, aber die USA waren allgegenwärtig in ihren Tagträumen. Die vier Jahre nach Norbert geborene Tochter war bestens dafür geeignet, einen Teil des Traums nach Hause zu holen. Sie erhielt den schönen Namen Florida. In Floridas Geburtsjahr hatte Melanie Safka mit *Ruby Tuesday* einen Hit gelandet, und die beiden weiteren Vornamen waren gefunden. Florida Melanie Ruby.

Bereits ein Jahr später kam der kleine Bruder Ohio auf die Welt. In Floridas Geburtsjahr hatte Neil Young seine Verzweiflung über das Kent-State-Massaker in einem Lied namens *Ohio* verarbeitet. Die Namenswahl war damit gefallen. Für das Meldeamt wurde ein Robert hinzugefügt, aber der Rufname blieb Ohio. Der dritte Vorname, auf den Norbert immer ein bisschen eifersüchtig war, lautete Washington. Robert Ohio Washington. Norbert hätte auch gerne mehrere Vornamen gehabt, und insbesondere Washington gefiel ihm ausnehmend gut.

Neunzehn Monate später und fast genau sieben Jahre nach Norbert folgte das vierte Kind, ein Mädchen namens Gertrud Alabama Sequoiah, Sequoiah mit „H" hinten, Heidikarl fanden das schicker. H wie Harley-Davidson. Oder Hollywood. Jimi Hendrix. Hippie. Gertrud, nach

Karls Großmutter und aus demselben Grund wie Robert: um die Meldebehörde gnädig zu stimmen. Alabama wurde zum Rufnamen, weil das ein Jahr vorher veröffentlichte *Sweet Home Alabama* zum absoluten Lieblingslied von Heidikarl geworden war, es hielt ihre Träume an Amerika mit seiner grenzenlosen Freiheit, den Blumen im Haar und Woodstock lebendig. Zu dieser Zeit hatten sie sich eingehend mit indianischen Weisheiten befasst und umarmten Bäume. Damit sie das auch zuhause tun konnten, erhielt die kleine Gertrud auch Sequoiah als zusätzlichen Vornamen.

Im März 1975 kam Helmut Leroy Oregon auf die Welt. Zwei Jahre zuvor hatte Jim Croce mit Bad Bad Leroy Brown einen großen Hit gelandet, Oregon war, wie zuvor, Heidikarls Amerika-Begeisterung und Helmut den Behörden geschuldet.

Der kleine Oregon verstarb im Alter von nur vier Monaten, dreiundzwanzig Tagen, sieben Stunden und 17 Minuten am plötzlichen Kindstod.

Nach diesem Schicksalsschlag waren Heidikarl praktisch nicht mehr präsent, die anderen Kinder bekamen sie kaum noch zu sehen, und wenn, dann gespensterte eine bleiche, stumme Gestalt über den Flur, in die Küche, zum Kühlschrank, den Norbert gefüllt hatte, oder ins Bad, oder zurück ins Schlafzimmer, wo der Räucheraltar aufgebaut war. Heidi zog sich in tägliche mehrstündige Meditations- und Rauchrituale zurück. Karl unterstützte sie dabei nach Leibeskräften.

Der Altersabstand zwischen Norbert und Florida war nur deswegen so groß, weil seine Eltern zwischenzeitlich voll bekehrte Hippies geworden waren und die freie Liebe in ihre Ehe integrierten und im Uhrzeigersinn mit allen möglichen Männern und Frauen schliefen, weshalb seine Mutter eine Zeitlang die Antibabypille nahm. Dies wurde zu einem Ritual, das sie allmorgendlich gemeinsam mit ihrem Mann feierte. Einem kreisenden Joint kam dabei ebenfalls eine zentrale Rolle zu. Doch sie fanden Einzelkinder, wie sie selbst es beide waren, spießig und bürgerlich, deswegen setzte Heidi die Pille und auch die anderen Bettgenossen ab, vorübergehend, nur vorübergehend, dessen waren Heidikarl sich einig. Doch es dürfe keinen Zweifel geben, wer der Vater des noch zu zeugenden Kindes wäre, obwohl umweltschädigende Kondome indiskutabel waren.

Auch das Absetzen feierten sie gemeinsam mit einem meditativen Räucherritual, dessen Herkunft reichlich unklar war. Vielleicht druidisch. Oder schamanisch. Irgendwann demnächst würden sie ihre Beziehung wieder für die freie Liebe öffnen, bald. Bei diesem Vorsatz blieb es, tatsächlich ließen sie nie wieder andere Liebhaber in ihre Betten.

Hätte ein zufälliger vorbeikommender Passant die vier Kinder zusammen gesehen, wäre er niemals auf die Idee gekommen, dass sie Geschwister wären. Es wirkte vielmehr so, als hätten drei entzückende rothaarige Geschwister einen entfernten Cousin zu Besuch, der mit ihnen maximal über drei Ecken verwandt sein konnte und einen hässlichen Vorfahren haben musste, wenn dieser zu seinem Äußeren passen sollte.

Alles, was die Natur an unvorteilhaften Attributen zu bieten hat, hatte sie auf Norbert abgeladen und seine Geschwister verschont. Er war mausblond, klein, stark kurzsichtig. Noch dazu bewegte er sich ungelenk und hatte nichts von der Anmut seiner Schwestern. Sein Bruder zwar auch nicht, aber der sah mit seinen Locken zumindest goldig aus.

Und er hatte sehr unregelmäßige Zähne. Diese hatten den kleinen Norbert von früh an geplagt. Heidikarl benötigten so viel Zeit für das tägliche Kiffen, dass ihnen keine Zeit für einen Besuch beim Kieferorthopäden blieb. Zudem lehnten sie dieses ganze Teufelszeug ab, sie würden doch nicht jede Mode mitmachen, nur, weil es Brauch war, dass jedes Kind sich schon früh gesunde Backenzähne entfernen ließ und dann jahrelang mit einer entstellenden Zahnspange herumlaufen musste. Nein, das würden sie ihrem Jungen nicht antun.

„Du bist wenigstens ehrlich hässlich, das ist authentisch, unverstellt und natürlich, und dafür lieben wir dich", pflegten sie ihm einzuschärfen, wenn er unter Tränen aus der Schule kam, weil wieder einmal ein Mitschüler dem „Häschen" eine Karotte angeboten hatte.

Als konsequente Verfechter von rigoroser Natürlichkeit verzichteten Norberts Eltern einige Jahre lang auf alle nicht körpereigenen Attribute: wenn sie unter sich waren, zuhause, trug kein Familienmitglied Kleidungsstücke oder Schmuck (außer natürlichen Blumenketten), also auch keine Brillen. Zum Waschen genügte Wasser, Teufelslaugenzeug wie gekauftes Shampoo oder Waschmittel kam ihnen nicht ins Haus.

Heidi sott ihre eigene Seife, die als einziges Reinigungsmittel im Hause König erlaubt war. In einem meditativen Akt hobelte sie einmal pro Monat einen Block Glycerinseife oder Kernseife, schmolz ihn im Wasserbad, mischte ein paar Tropfen selbstgemachtes Lavendelöl dazu, goss die fertige Mischung in eine kleine Auflaufform und ließ sie achtundvierzig Stunden aushärten. Danach schnitt sie die Scheibe in sechs kleine Würfel, verpackte jeden Teil behutsam in Blätter aus dem Garten, verschnürte sie mit langen Grashalmen, um die Natur zu ehren, und verteilte während eines Räucherrituals einen Würfel an jedes Familienmitglied.

Karl schnitt den Kindern die Haare, alle sechs Monate, mit glatter Playmobilkante. Norbert und den Mädchen ließ er sie lang und schnitt nur die Spitzen. Es wäre auch zu schade gewesen, Floridas und Alabamas wunderschöne lange, leicht gewellte rote Haare zu kürzen. Ohio hatte dicke Locken, da gab es nicht viel zu schneiden. Er sah süß aus mit seiner rötlichen Lockenmähne, die er von Karl geerbt hatte und um die ihn die anderen beneideten.

Norbert kam als einziger nach Heidi. Er hatte ihre dünnen Strähnen geerbt, bei denen jede Mühe vergebens war. Die langen, fettigen Haarsträhnen wurden hinter die Ohren geklemmt, und fertig.

Dass der kleine Norbert stark kurzsichtig war, fiel seinen Eltern zwar auf, aber wie alles andere auch, was sie an ihrem Jungen beobachten konnten, akzeptierten sie es als naturgegeben. So durfte er Linkshänder bleiben und mittags so viel oder wenig essen, wie er wollte, er durfte ins Bett gehen, wann er wollte. Ein Kind merkt schließlich selbst am besten, wann es müde ist, wenn das Einschlafen nicht mit Ver- oder Geboten verbunden ist.

In seinem Zimmer hatte Norbert nur eine Leselampe und Bücher, aber in diesen prähistorischen Zeiten weder Radio noch Fernsehen oder anderes neumodisches Zeug. Seine Haare wuchsen ihm lang auf den Rücken, bis er sie auf eigene Faust abschnitt, woraufhin seine Eltern sich einen gehörigen Joint genehmigten und feststellten, dass dieser Akt im Einklang mit der Energie des Universums stünde und ihm versicherten, dass sie stolz auf ihn seien, weil er Verantwortung für seine eigenen Entscheidungen übernehmen würde.

Aber dass Norbert eine Sehhilfe gebraucht hätte, darauf kamen sie nicht, seine Geschwister brauchten ja auch keine Brille. Und den Weg vom Kindergarten nach Hause fand der kleine Norbert allein, wenn Heidikarl mal wieder vergessen hatten, ihn abzuholen.

Der Grundschullehrerin der vierten Klasse fiel schließlich auf, das Norbert gar nicht so schlecht im Rechnen war, sondern nur wegen seiner Kurzsichtigkeit beim Abschreiben der Rechenaufgaben von der Tafel unnötige Fehler einbaute. Der Rest der Rechnung war dann zumeist richtig, aber Fehler beim Abschreiben führten natürlich zu falschen Endergebnissen. Diese Lehrerin hatte genug Fantasie, Norberts Aufgaben durchzurechnen, anstatt nur sein Endergebnis mit ihrer Korrekturtabelle abzugleichen. Sie entdeckte, dass der Rechenweg stets stimmte, Norbert machte alles richtig. Sie bestellte Heidikarl mal wieder zu einem Gespräch ein.

Diesmal kamen sie.

Die Lehrerin sah in selig verzogene Münder und gerötete Augen, die etwas von der Natur der Dinge faselten.

„Ja, aber Ihr Sohn benötigt wahrscheinlich eine Brille."

„Er sieht alles. Er ist weise. Die Natur weiß, was sie tut."

„Bitte gehen Sie mit ihm zum Augenarzt und lassen Sie ihn untersuchen. Er ist vermutlich stark kurzsichtig."

„Sind wir das nicht alle, in der heutigen Welt? Etwas mehr Weitsicht täte uns allen gut. Deswegen nutzen wir unsere inneren Augen, jede Woche ein anderes. Nach sieben Wochen beginnt der neue Zyklus. Momentan sind wir beim vierten Auge. Möchten Sie auch teilnehmen?"

Karl hatte sich vorgebeugt. Er streckte seinen Arm über den Schreibtisch und legte seine Hand einfühlsam auf den Unterarm der Lehrerin, die diesen vorsichtig, aber bestimmt außer Reichweite brachte.

„Es wäre uns eine Ehre, Sie auf diesem Weg zu begleiten", pflichtete Heidi sanft bei. Der genervte Augenaufschlag der Lehrerin ließ sie unbeeindruckt.

„Könnten Sie bitte zuerst Ihren Sohn zum Augenarzt begleiten?" Auf die erneute Antwort, dass die Natur es schon richten werde, ging die Lehrerin nicht mehr ein, sondern beendete das Gespräch. Sie überlegte, das Jugendamt einzuschalten, aber der kleine Norbert wirkte ansonsten ganz munter. Anstatt ihre Zeit mit einem Behördengang zu verschwenden, behielt sie Norbert nach der Schule da und ging mit ihm zum Optiker. Während des Sehtests wurde dieser zusehends ärgerlicher. Wütend fauchte er die Lehrerin an:

„Wieso kommen Sie erst JETZT? Der Junge muss schon LANGE Probleme haben!"

Es dauerte einen Moment, bis sich das Missverständnis aufklärte, dass er nicht die Mutter anschrie. Die Lehrerin nützte dazu die erste Atempause in der Tirade des Optikers. Dieser entschuldigte sich tausendmal, verwandelte sich in den zuvorkommendsten Brillenverkäufer der Welt und suchte gemeinsam mit der Lehrerin ein Kassengestell aus. Sie bezahlte die Rechnung, ohne zu wissen, ob sie das Geld jemals von Heidikarl zurückbekommen würde: sie bekam es, fünfzehn Jahre später, von Norbert persönlich.

Norbert sah staunend in die Welt, mit seinen neuen Augen. Seine Schulleistungen stabilisierten sich zusehends. Und was er auf einmal alles erkennen konnte! Zum ersten Mal in seiner Erinnerung sah er scharfe Konturen. Und woher hatte Karl diese Narbe auf der Stirn? Die war ihm noch nie aufgefallen.

Heidikarl wollten bewusst mit Traditionen brechen. Beide vereinte die Erfahrung, dass sie die Geschichte ihrer eigenen Eltern in der Zeit zwischen 1930 und 1945 sehr kritisch sahen und am liebsten nichts mehr mit ihnen zu tun haben wollten. Sie hielten sich äußerlich und innerlich von ihnen fern. Die stattliche Erbschaft seiner Eltern nahm Karl jedoch kritisch an; immerhin kann man mit viel Geld viel Gutes tun. Für die Natur. Für die Bäume. Für die Reduzierung des weltweiten Hanfaufkommens.

Diese Haltung führten sie in der Beziehung zu ihren Kindern konsequent weiter. Gar nicht erst auf andere Menschen einlassen. Selbst, wenn es sich dabei um den eigenen Nachwuchs handelte. Zwar hatten sie durchaus Gefühle für sie, so etwas Diffuses wie Zuneigung, aber sie ließen sie einfach frei und wild laufen, Kinder wie Gefühle, und kümmerten sich nicht weiter um beide. Den einzigen Anlass für sichtbare Emotionen bot die falsche Anrede: Heidikarl verbaten es sich, als Mama und Papa angeredet zu werden, Das trieben sie ihren Sprösslingen eilig aus.

So etwas wie Erziehung fiel ersatzlos aus. Zumindest für Norbert. Mochte sie ansatzweise auch noch vorhanden gewesen, so war spätestens nach Oregons Tod endgültig Schluss damit. Norbert übernahm mehr und mehr die Rolle des Ersatzvaters für seine drei jüngeren Geschwister. Und der Mutter.

Stets lobten ihn seine Eltern für seinen Familiensinn, zum Beispiel, wenn Norbert statt ihrer zum Elternabend ging. Aus Dankbarkeit veranstalteten Heidikarl ein Familien-Räucherritual, mit schamanischem Chanting, als

Norbert dafür sorgte, dass Alabama Nachhilfe in Englisch erhielt.

Die vier Geschwister hielten zusammen wie Pech und Schwefel, sie nannten sich *Die Könige*. Norbert fühlte sich verantwortlich, aber er liebte seine Kleinen auch abgöttisch, insbesondere Alabama, die jüngste.

Und er liebte das Zusammensein mit seinen Geschwistern. Immerhin nannten sie ihn nicht Papi, sondern sehr schnell wurde er zu Norbi und sollte es für den Rest seines Lebens bleiben. Nicht nur für seine Geschwister.

Es bleibt ein Rätsel, aber die vier Kinder schafften es, gut erzogene, reife junge Erwachsene zu werden. Sie zogen die Schule diszipliniert und ohne größere Probleme durch, auch wenn Norbert wegen Ohio und seiner großen Klappe ab und an zu dessen Klassenlehrer gerufen wurde, der ihm Botschaften „an die Eltern" auftrug.

Gemeinsam entdeckten sie ihre Begeisterung für Rollenspiele. Jeden Tag nach der Schule verkrochen sie sich auf dem Dachboden, wo sie ihr Theater eingerichtet hatten: zwei alte weinrote Wolldecken, als Vorhänge an einem Deckenbalken befestigt. Sie übernahmen verschiedenste Rollen und wechselten sich bei allen Pflichten ab, die eine Aufführung mit sich bringt: Drehbuchautor, Regisseur, Souffleur, Licht, Vorhang, Requisiten, Ton und natürlich Schauspielen.

Sie dachten sich kurze Stücke aus, lange Stücke, Dramen, Komödien, Musicals, wo vor allem Florida ihre schöne Singstimme einsetzen konnte.

Alabama hatte von klein auf leidenschaftlich gern gezeichnet und gebastelt. Für die Theaterproben der Könige übernahm sie mit großer Begeisterung die Kulissengestaltung. Mit unerschöpflicher Fantasie konnte sie aus allem, was sie in die Finger bekam, egal wie schäbig, eine passende Kulisse zaubern. Kaputte Vorhänge, der klapprige Holztisch aus dem Flur, alte Klamotten vom Dachboden, Schrott aus der Werkstatt– nichts war vor ihr sicher. Mit sicherem Stift und nur wenigen Strichen konnte sie in Windeseile witzige Porträts oder Stillleben zeichnen. Lange bevor sie erfuhr, was ein Storyboard ist, fertigte sie während der Proben schnelle Skizzen an, die die jeweilige Szene darstellten.

Der kleine Ohio hatte als einziger so etwas wie musikalisches Talent. Da sich so etwas aus der Natur ergibt, die genau weiß, wen sie mit welchen Gaben bedenkt, hielten Heidikarl keine Förderung für nötig. Das Universum leitet dich, und du wirst genau zu dem erwachsen, für das die Welt dich braucht. Musst du die Welt mit Musik beschenken, dann wirst du es können. Heidikarl sahen sich in die Augen, nahmen beide einen tiefen Zug von der Tüte und lächelten sich weise an.

Manchmal lieh Ohio sich Karls schäbige Gitarre und malträtierte sie. Er konnte nicht besonders gut spielen, aber das störte keinen großen Geist. Wenn das Theaterstück Musik erforderte, dann war er bereit und erfand passende Melodien und weniger passende Akkorde. Was zählte, war der Einsatz.

Das tägliche Training zahlte sich aus. In der Mittelstufe begann Norbert damit, seine Lehrer zu parodieren, zum Beispiel den stark näselnden Direktor, der immer so adelig sprach, wie die Kinder es nannten, oder die Mathematiklehrerin aus dem Schwarzwald, mit ihrem schtark dialektale Oischlag.

Seine Mitschüler waren begeistert. Bei immer mehr Klassenveranstaltungen baten sie ihn um Darbietungen, und sogar während der Zeremonie der Abiturzeugnisverleihung durfte er auftreten. Er mimte die Bundeskanzlerin, wie sie die Schüler seines Gymnasiums beglückwünscht und ihnen die Zeugnisse überreichen will, bevor sie merkt, dass das besser der Schuldirektor mit seinem Lehrerstab übernehmen sollte. Donnernder Applaus war die Folge. Norbert setzte sich mit roten Ohren wieder auf seinen Platz, in den Händen schwarz auf weiß seinen Abiturdurchschnitt von 1,6.

Seine Eltern hatten sich zur Feier des Tages besonders herausgeputzt. Heidi hatte bereits Wochen vorher begonnen, den selbstgewebten Hanfstoff, aus dem sie sich ein bodenlanges, weites Kleid genäht hatte, in Orangetönen zu batiken, und Karl trug seine Haare, die er normalerweise mit Hilfe eines dünnen Lederbandes zu einem ebenso dünnen Pferdeschwanz zusammenfasste, zu diesem Anlass ausnahmsweise offen. Lange, grauweiße, inzwischen ausgedünnte Locken, sorgsam gewaschen und gekämmt, fielen sanft bis auf seinen Hintern. Und zum Glück hatten beide die heilen Schuhe angezogen. Dass Norbert sie vorher noch schnell geputzt hatte, mit selbstgemachter Ringelblumencreme, war ihnen entweder nicht aufgefallen, oder sie wollten ihm keine Szene machen. Es war schließlich sein großer Tag.

Norbert hatte immer schon Medizin studieren wollen, sich aber keine großen Hoffnungen auf einen Studienplatz gemacht, weil er absehen konnte, dass sein Abiturdurchschnitt zwar nicht schlecht, aber eben auch nicht bei 1,0 landen würde.

Wider Erwarten bekam Norbert trotzdem schnell einen Studienplatz für sein Traumfach. Um ein paar Semester Wartezeit kam er zwar nicht herum, aber er konnte sich den Zivildienst bei den Rettungssanitätern anrechnen lassen, legte einen ausgezeichneten Medizinertest hin und überzeugte beim persönlichen Auswahlgespräch an der Universität.

Allerdings in einer anderen Stadt. Wer sollte sich jetzt um seine Geschwister und seine Eltern kümmern? Aber die inzwischen siebzehnjährige Florida bekräftigte ihn, den Studienplatz anzunehmen, sie würden das hinbekommen, mit vereinten Kräften.

Aber es klappte nicht. Bereits im ersten Semester, im Anatomiekurs, kam Norbert kräftig ins Schleudern. Alle Erstsemester müssen da durch und arbeiten ein dreiviertel Jahr lang daran, alle Strukturen im Körper eines Körperspenders freizulegen. So interessant das auch sein konnte, für manche war es zu viel. Sie hatten sich Medizin als diese Geschichte mit Halbgott im weißen Kittel vorgestellt (doch, solche Naivlinge fanden sich tatsächlich) und lernten jetzt, dass man selbst Hand anlegen muss und sich nicht in Theorien und mit Büchern hinter einem Schreibtisch ausruhen kann. Oder sie kamen nicht damit zurecht, an einer echten Leiche rumzuschnippeln. Oder sie waren schlicht mit dem Lernstoff überfordert. Einige segelten durch die abschließende Prüfung. Eine ganze Reihe brach das Studium ab und wandte sich anderen Disziplinen zu: unter anderem Theaterwissenschaften, Jura, Germanistik, Biologie, Ur- und Frühgeschichte oder sogar Theologie.

Norberts Hauptproblem war, dass er nicht die nötige Distanz entwickeln konnte. Wer war der Körperspender gewesen? Er bewunderte ihn für seine Bereitschaft, seinen toten Körper der Ausbildung von Medizinstudenten zur Verfügung zu stellen. Jeder Student hatte seine eigene Strategie, wie er mit dieser Situation zurechtkam. Da war die chinesischstämmige Studentin, die am Ende des Unterrichts immer die beiden Handflächen in Gebetshaltung aneinanderlegte, sich vor dem Seziertisch leicht verneigte und auf Chinesisch „Danke!" sagte. Unerträglich war dieser Typ, der es nicht lassen konnte, Witze zu reißen, wobei er die physiognomischen Auffälligkeiten der Toten aufs Korn nahm, zum Beispiel den Hammerzeh oder die irgendwann einmal gebrochene Nase. Als er sich allerdings über die eingefallenen Genitalien eines uralten Mannes lustig machte, wurde es auch den hartgesottenen unter seinen Kommilitonen zu viel, mit vereinten Kräften brachten sie ihn zum Schweigen.

Norbert dagegen konnte einfach nicht aufhören, sich Gedanken zu machen, wer der anonyme Tote auf seinem Seziertisch gewesen war. Man enthielt den Studenten aus Gründen des Datenschutzes alle Informationen zur Identität der Person vor, die da vor ihnen lag. Was hatte er beruflich gemacht? Und weshalb war er bereits mit Mitte sechzig gestorben? Was hatte er für ein Leben gehabt? Was für eine Familie? Hatte er Kinder gezeugt? Welchen Beruf hatte er ausgeübt? War er glücklich gewesen? Norberts „Patient" hatte auffällig zierliche Hände und scheinbar keine schweren körperlichen Tätigkeiten ausgeübt. In seiner Fantasie konnte Norbert sich in diesen Händen einen Taktstock vorstellen und nannte „seine" Leiche daher heimlich *Der Dirigent*.

Gleichzeitig war Norbert während des Studiums nie ganz bei der Sache. Wie lief es daheim? Hatten die Kleinen alles im Griff? Karls Riesenerbschaft hatte der Familie ein sorgenfreies Leben im schuldenfreien Haus ermöglicht und unzählige Räucherrituale gleichermaßen finanziert wie jetzt Norberts Studium. Das war also nicht das Problem. Aber wer hielt die Familie zusammen? Florida war mit dem Abitur und den beiden Kleinen beschäftigt, sie brauchte seine Unterstützung und seinen Rat. Er war dies gewohnt, für ihn wäre es kein Ding, sich um die anderen zu kümmern, aber sie hatte immer ihren großen Bruder an ihrer Seite gehabt. Wie konnte sie entspannt zum Abitur antreten, wenn sie für Ohio und Alabama sorgen und sich gleichzeitig kümmern musste, dass Heidikarl bei Laune blieben, indem sie den Haushalt schmiss?

Norbert und Florida telefonierten, so oft es ging, und besprachen alle Familienangelegenheiten. Außerdem etablierten sie ein festes Ritual: Jeden Donnerstagabend versammelte sich die gesamte Familie König, inklusive Heidikarl, vor dem Telefon, stellte den Lautsprecher an und telefonierte mit Norbert. Alabama und Ohio dachten sich für diese Telefonate immer einen kleinen Sketch aus und freuten sich königlich über Norberts Freude am anderen Ende der Telefonleitung.

Heidikarl waren immer öfter verhindert und ließen die Geschwister allein beim Telefonieren. Nicht, dass es groß ins Gewicht gefallen wäre, sie hatten sowieso kaum etwas beigetragen, aber mit dieser Teufelsmaschine, dem Telefon, kamen sie nicht gut zurecht.

„Nur von Angesicht zu Angesicht ist es wahre Kommunikation! Diese Leitung hier führt nur zur Entfremdung, da ist es besser, gar nicht zu sprechen."

Karl wurde nicht müde, dies seinen Kindern zu predigen, und Heidi nickte bedächtig, aber überzeugt, während sie seinen Worten lauschte. Die Königskinder ließen sich davon nicht irritieren und schwätzten, was das Zeug hielt. Nicht selten dauerten die Telefonate länger als zwei Stunden, und es wurde sehr viel gelacht. Um nichts in der Welt hätte Norbert einen Donnerstagabendanruf ausfallen lassen.

Spätestens zum Physikum hielt Norbert den Spagat nicht mehr aus. Während des Zivildienstes hatte er noch regelmäßig mit seinen Geschwistern Theater gespielt, aber während der vier Semester Medizin war dies nicht mehr machbar. Seine Zeit war wegen des Lernpensums knapp, trotzdem fuhr Norbert jedes zweite Wochenende zu seiner Familie. Er wurde blass, schlief immer schlechter und war kreuzunglücklich. Die einzigen Momente, in denen er nicht gänzlich deprimiert war, waren die wenigen Wochenenden, an denen er zuhause bei seinen Geschwistern sein konnte. Doch er war viel zu angespannt, seine Inspiration versagte, immer wieder geschah es, dass es den Königsgeschwistern nicht gelang, wie früher eine hübsche, kleine Improvisation auf die Beine zu stellen.

Außerdem kam Norbert an den Heimfahrwochenenden beim besten Willen nicht zum Lernen. Zwar hatte er sein Physikum mit Bestnoten abgeschlossen, aber er sah trotzdem keine Perspektive. Das Medizinstudium würde in den folgenden Semestern deutlich mehr Lernaufwand erfordern. Norbert sah nicht mehr, wie er das schaffen sollte.

Dazu kam ein weiterer, im Endeffekt tödlicher Aspekt: Norbert wuchs das Fach einfach nicht ans Herz. Er merkte zunehmend, dass er sich gar nicht damit beschäftigen wollte, was Menschen krankmachte. Was würde es bringen, einem alten, lungenkranken Mann den Rat zu geben, mit dem Rauchen aufzuhören? Nein, vielmehr interessierte ihn, was die Menschen bewegte, wie sie ihr Leben in die Hand nahmen, warum sie unsinnige Entscheidungen trafen, oder was sie zum Lachen brachte. Konnte er sie nicht von Anfang an unterstützen, den richtigen Weg einzuschlagen? Bevor alles schiefging? Einfluss nehmen, wenn es noch Sinn hatte, Weichen zu stellen?

So beschloss Norbert, sich ein anderes Fach zu suchen, das ihn näher zu den Menschen brachte, die sich im beruflichen Aufbau befanden. Vor allem aber würde der Fachwechsel es ihm ermöglichen, in die Nähe seines Heimatortes, bei seinen Geschwistern, zu ziehen. Er schrieb sich an einer nur fünfundvierzig Kilometer entfernten Fachhochschule für ein Studium der Betriebswirtschaft ein. Das lief von Anfang an wie geschmiert. Der Stoff fiel ihm leicht. Es gab deutlich weniger Telefonbücher auswendig zu lernen, Norbert fand Spaß an Themen, mit denen andere sich nur unter Androhung von Folter beschäftigen würden. Zum Beispiel Konzernrechnungslegung, Körperschaftsrecht, Cash-Flow, Deckungsbeitragsrechnungen, Kapitalmarkttheorie ... all die Themen, vor denen viele schreiend davonlaufen, fielen ihm leicht.

Norbert sah wieder einen Sinn in seinem Studium, und die Könige waren wieder vereint. Und siehe da, nach einigen Wochen kamen die Ideen für kleine Theaterstücke oder Sketche wieder zurück. Auf einer Studentenparty gab Norbert spontan eine Darbietung, in der er den BWL-Unterricht aufs Korn nahm. Seine Kommilitonen lagen ihm zu Füßen.

Aus den donnerstäglichen Telefonaten wurden Treffen. Jede Woche, am Donnerstagabend, traf sich Norbert mit seinen Geschwistern. Sie kochten zusammen, versorgten Heidikarl mit ein paar Kalorien und quatschten den ganzen Abend durch. Am Wochenende ging es wieder auf den Dachboden, wo die Donnerstagabendideen in Szene gesetzt wurden.

Norbert trat der Theatergruppe an der Fachhochschule bei und merkte irgendwann, dass er längst mittendrin war, ein parodistisches Solo-Programm zu entwickeln. Ohne dass er es geplant hatte, konnte er bald gute fünfundvierzig Minuten Programm ganz allein füllen. Gelegenheiten für Auftritte gab es im Umfeld der Studenten zuhauf, von geplanten Performances bei Semesterfeten bis hin zu spontanen Auftritten in WG-Zimmern und auf Feiern aller Art in Studentenwohnheimen.

Das Einzige, was Norbert aus vier Semestern Medizin blieb, war, dass seine Geschwister ihn fortan Dr. Norbi nannten.

Inzwischen hatten die drei jüngeren Könige ein Studium aufgenommen, und Norbert hatte inzwischen sein Betriebswirtschaftsstudium erfolgreich abgeschlossen, genauso, wie Schwiegermütter es sich für den zukünftigen Gatten ihre Töchter wünschen.

Florida hatte mit Ach und Krach ihr Abitur bestanden und begann ein Studium in Eventmanagement in derselben Stadt, in der Norbert studiert hatte. Für Heidikarl war und blieb Florida dennoch die wichtigste Bezugsperson. Als Einzige hatte sie so etwas wie einen Zugang zu den beiden, die immer tiefer in ihre Welt aus Tüten und Bäumen abtauchten, sofern dies überhaupt noch möglich war. Solange Alabama noch bei den Eltern lebte, fuhr Florida jedes Wochenende und manchmal sogar unter der Woche zurück ins Elternhaus und sah nach dem Rechten. Sie schmiss den Haushalt und kümmerte sich darum, dass Alabama halbwegs behütet aufwuchs.

Für Alabama war lange vor dem Abitur klar, dass sie Grafikdesign studieren würde, und Heidikarl beteten voller Inbrunst an den Gott der globalen Ästhetik. In Alabamas Zimmer fanden sich hohe Stapel mit allerlei Zeichnungen und Entwürfen. Problemlos konnte sie eine schöne Auswahl an Arbeitsproben für ihre Bewerbungsmappe zusammenstellen. Nicht nur Alabama jubelte, als sie einen Studienplatz in derselben Stadt wie Norbert und Florida erhielt.

Die größte Überraschung lieferte Ohio, allerdings nicht erst zum Studium. Er fand die Welt um sich herum im besten Fall sonderbar, auf jeden Fall aber durcheinander und ohne Ordnung. Er konnte keinen Halt in ihr finden. Ihm fehlte die sanfte Führung von Vater und Mutter ebenso wie seinen Geschwistern, aber Ohio genügte es nicht, sich einfach auf die Großen zu verlassen. Geborgenheit konnten sie ihm geben, Halt nicht. Diesen fand er in der spirituellen Welt.

Auf der Suche nach Struktur hatte Ohio sich früh der Kirche zugewandt. Dort fand er sein geistiges Zuhause. Als einziger der vier Geschwister verdingte er sich in seiner Gemeinde als Messdiener. Schon als Zwölfjähriger war er fast jeden Sonntag in der Kirche anzutreffen. Regelmäßig verbrachte er einen Teil seiner Schulferien in einem nahegelegenen Kloster und nahm an Gebetswochen und Einkehrseminaren teil.

So war es für Ohio nur eine logische Konsequenz, sich für ein Studium der Katholischen Theologie zu entscheiden.

Ohio konnte sich sehr gut vorstellen, sein Leben als Priester in einer Dorfgemeinde zu verbringen. Himmel, was machte er die Frauenwelt unglücklich. Er sah umwerfend aus, mit hellgrauen Augen und wilden, dichten, rötlichbraunen Locken, aber er entschied sich allen Ernstes für die Heiligkeitslehre, mit allen Konsequenzen. Die Konsequenzen allerdings erst nach dem Studium, seine Studentenzeit genoss er genauso wie alle anderen Studenten auch, mit Wein, Weib, Gesang.

Heidikarl hoben tatsächlich kurz die Augenbrauen, als sie von Ohios Entschluss hörten, aber die Natur hatte es offenbar so gewollt, also musste selbst diese Entwicklung richtig sein, obwohl sie sie insgeheim pervers fanden. Aber es brachte sie schon zum Nachdenken, wie es so weit hatte kommen können, ihre Kinder waren noch nicht einmal getauft! Hatten sie etwa in ihrer Erziehung versagt?

Bis auf Ohio, dessen Universität mit angeschlossenem Priesterseminar dreihundert Kilometer entfernt lag, hatten die Könige es geschafft, in derselben Stadt zu bleiben, und sie verbrachten immer noch viel Zeit miteinander. Die Donnerstagabende als festes Ritual waren ihnen heilig, sie ließen so gut wie keinen ausfallen. Und wenn sie an einem Donnerstag einmal nicht alle zusammen sein konnten, dann veranstalteten sie wie seinerzeit mit Norbert eine königliche Telefonkonferenz.

Ohio konnte aufgrund der Distanz nicht jedes Mal kommen, aber wenn, dann sorgte er für den geistlichen Beistand und brachte eine erlesene Spirituose mit. Jedes Mal dachte er sich etwas Originelles aus, und er ließ sich den Genuss auch gerne etwas kosten. Die anderen Könige waren bei jedem Treffen darauf gespannt, was die nächste spirituöse Überraschung sein würde.

Einen banalen Supermarkt-Rotwein für fünf Euro hätte Ohio jedenfalls nicht einmal mit Asbesthandschuhen angefasst,. Es musste schon ein 1978er Margaux aus dem Château Brane Cantenac sein.

Nie hatte Norbert in schlecht geputzten, langhaarigen, studentischen Wohngemeinschaften gewohnt. Er war auch schlau genug gewesen, sich nie die Birne zuzukiffen geschweige denn Härteres zu nehmen, obschon es an Gelegenheiten nicht gemangelt hatte. Auch Alkohol konsumierte er normalerweise nur in homöopathischen Dosierungen, außer donnerstags, und er achtete peinlich genau darauf, dass seine Kommilitonen nicht mitbekamen, wie wenig er in Wahrheit trank. Ein Spritzer Grenadinesirup im Mineralwasser oder eine Cola, in der nur Cuba, aber kein Libre war, wirkten auf allen Partys Wunder. Nie war Norbert dort zu finden, wo es hip war und wo die eigentliche Party abging und wenn, dann mit einem Granatapfelcocktail in der Hand.

Aber Norbert wusste dafür schon früh, anders als seine Mitstudenten, wie man mit Erfolgen umging. Seine Intuition war unschlagbar. Sein Geld legte er schlau an. Er hätte auch Broker werden können, wenn er dafür auch nur einen Funken Interesse gehabt hätte. Aber er tat es nur für sich selbst. Und für seine Geschwister. Karls nicht unbeträchtliche Erbschaft wurde auf diesem Weg vor dem Schicksal bewahrt, trotz Heidikarl Joints und Seifenflocken in Rauch aufzugehen.

Weitere Teile seines Geldes investierte Norbert geschickt in vielversprechende Technologien und vermehrte es auf diese Weise immer weiter. Er überredete den reichsten Bauer im Nachbardorf, auf Bio umzusatteln. Gegen eine Beteiligung am zukünftigen Gewinn finanzierte Norbert den Umbau der Ställe und die Installation

großer Solarpaneele, außerdem den Neubau einer Biobä-
ckerei, in der er es allen Ernstes schaffte, Heidis letztes
verbliebenes Talent einzubringen, das sie noch nicht weg-
gekifft hatte: Sie konnte fantastisch backen. Ihr Brot war
unübertroffen.

Heidi ließ sich so lange aus dem Rauchnebel erwe-
cken, wie nötig war, den Ausbau der Bäckerei mitzuge-
stalten und ihr Wissen an vier arbeitslose junge Leute wei-
terzugeben, von denen zwei wegen einer Dummheit vor-
bestraft waren und keinen Ausbildungsplatz finden
konnten.

Der eine hatte zu viele kleinere Ladendiebstähle be-
gangen, so dass die Verfahren nicht mehr wegen Gering-
fügigkeit eingestellt wurden und der übliche Eintrag in
sein Führungszeugnis erfolgen musste.

Der zweite junge Mann hatte auf der Straße einen prall
gefüllten Geldbeutel gefunden und einfach behalten. Als
er dämlich genug war, mit dem auffälligen, grasgrünen
Geldbeutel in der Hand im Supermarkt bezahlen zu wollen, erkannte die Kassiererin den Geldbeutel wieder und
alarmierte den Ladendetektiv. Sie kannte die alte Dame
gut, die erst vor zwei Tagen an ihrer Kasse gestanden
hatte und nicht bezahlen konnte, weil ihr Geldbeutel nicht
aufzufinden war. Sie war völlig verzweifelt gewesen, sie
hatte gerade ihre Rente von der Bank abgehoben. Die
Fundunterschlagung brachte dem Finder eine Geldstrafe
in schmerzhafter Höhe ein.

Die beiden Übeltäter erwiesen sich als äußerst talentiert. Sie bereuten ihre Taten längst und nahmen dankbar
die Chance an, die ihnen in der Bäckerei geboten wurde.

Selbst Heidi war manchmal geistig anwesend.

Als Ikone wurde sie von ihren Jüngern verehrt, und
umgekehrt fand Heidi, dass sie die Welt schließlich auf

den richtigen Pfad bringen musste. Warum nicht mit Frieden und Demokratie in der Backstube anfangen und in die Resozialisierung dieser jungen Leute investieren, denen sie nur zeigen musste, welches Potential in ihnen steckte? Aus den Lautsprechern dröhnte Steppenwolf, und im Rhythmus wurde der Teig geknetet.

Die Bäckerei wurde der Renner, die ganze Gegend kaufte dort ein, und der äußerst zufriedene Bauer hatte einen garantierten Abnehmer für sein Korn, nämlich sich selbst.

Als besonderer Renner erwies sich der Hanflaib. Wer eines der dreißig pro Tag gebackenen Exemplare ergattern wollte, musste buchstäblich früh aufstehen, die Bäckerei öffnete ihre Türen um halb sechs Uhr morgens. Die vielen Pendler auf dem Weg in die Großstadt waren überglücklich. Ab 7:15 Uhr gab es in der Regel keinen Hanflaib mehr, und die restlichen hundert Brote wurden knapp.

Oma Margot setzte nach dem Aufstehen ihr bestes Grummelgesicht auf und pflaumte jeden an, der ihren Weg kreuzte, weshalb ihr Mann es vorzog, sich schlafend zu stellen, bis Oma Margot von ihrem morgendlichen Spaziergang zurückkam und das Frühstück bereitete. Sobald sie einen Bissen zwischen den Zähnen hatte, war sie nämlich schlagartig bester Laune, und der Tag konnte beginnen.

Nie hätte Oma Margot zugegeben, dass sie sich allein Farids wegen bereits um Viertel vor Sieben freiwillig zum Brötchenkaufen schleppte, einfach, weil sie den Sonnenschein im Gesicht des jungen Mannes hinter der Theke so genoss.

Farid war überglücklich, dass er die Zeit der Ladendiebstähle endlich hinter sich lassen konnte und einen anständigen Job gefunden hatte. Er entpuppte sich als wahrer Glücksfall für die Bäckerei, er liebte die Produkte, vor allem die Sauerteigbrote. Er konnte inzwischen trotz Heidis reichlich verworrener Anleitungen Brotlaibe zaubern, die den ihren in nichts nachstanden. Am meisten Spaß machte es ihm, sich um den Sauerteig zu kümmern. Farid fütterte ihn täglich, und angeblich las er ihm manchmal Gedichte vor. Auch im Kundenkontakt war er umwerfend und verbreitete bereits morgens um halb sechs gute Laune.

Der Hanflaib war Farids absoluter Favorit. Auch heute Morgen strahlte er Oma Margot an.

„Brauche Sie nischt mehr rauche, Hanneflaïb macht selber glücklisch!", und Oma Margot zog beglückt nach Hause.

Heidi bekam davon nichts mit. Sie befand sich in einem kreativen Nirwana und buk spirituell inspirierte Brote. *Achte auf Dich*, ein Weizenbrot in Form einer Unendlichkeitsschleife. *Dein Inneres Ohr*, ein nierenförmig ausgezogener Roggenlaib mit einer flachen Stelle, die das Ohrläppchen symbolisierte und einer Vertiefung in der Mitte des Hügels, der Ohrmuschel. *Hug Yourself*, eine Kreation aus zwei verschiedenen Teigsträngen, Vollkorn und Weißmehl, die so kunstvoll ineinander gedreht wurden, dass es wie eine Umarmung aussah. *Mother's Little Helpers* nannte sie ihre Brötchenkreation, die reichlich Hanfsamen enthielt.

Heidi hatte wahrlich ihre Berufung gefunden. Zuhause wandelte sie ihre Rezepte leicht ab und buk nicht nur Hanfsamen mit ein. Selig saßen Heidikarl bei einem rituellen Mahl unter einem der Kirschbäume im Garten, die sie nach der Geburt von Alabama und Florida auf Heidis Plazenta gepflanzt hatten.

Entrückt, mit Räucherritual und schamanischem Chanting, verspeisten Heidikarl Heidis Glücklichmacher.

Heidi kam selig lächelnd aus der Backstube. Auf ihren beiden Handflächen balancierte sie etwas Heiliges. Um ihren Kopf herum war ein Lichtkreis zu sehen. Sie schien heute besonders erleuchtet zu sein, auch wenn der Heiligenschein nur von der Glühbirne direkt hinter Heidi stammte.

Andächtig hielt sie eine Reliquie in ihren beiden Händen. Ehrfurchtsvoll starrten Farid und die anderen sie an. Karl lächelte wissend, fast schon triumphierend. Ein feierlicher Moment war angebrochen. Zwar verstand niemand, weshalb, aber alle hielten gespannt den Atem an.

Heidi hielt einen flachen Brotlaib in ihren Händen. Kreisrund. Das runde Gebilde duftete köstlich nach frischem Brot, erinnerte jedoch vom Aussehen her stark an eine frische Plazenta.

„Mein heiliges Brot! Von Mutter Natur! Aus dem Leib gekommen, zum Laib geworden. Zum Mutterlaib!"

Heidi hielt das Brot in die Höhe. Sie war in Trance versunken und gab langgedehnte, unmelodische Geräusche von sich, als ob sie ein altes, schamanisches Mantra rückwärts singen würde. Ihre geröteten Augen glänzten, sie war sichtlich mit sich allein, und sie schien durch und durch glücklich. Der Mutterlaib entpuppte sich als herzhaftes Roggenmischbrot. Er war ein gutes Pfund schwer und relativ flach, mit einem Durchmesser von fünfundzwanzig Zentimetern. Seine Form glich somit der eines Mutterkuchens. Und auf seiner Oberfläche befand sich ein kunstvoll geschnörkelter Baum aus Teigsträhnen, die vor dem Backen in Hanfsamen gewendet und mit etwas Rote-Beete-Saft rötlich eingefärbt worden waren. So hoben sie sich hübsch vom Untergrund ab, gleichsam wie die Arterien, die eine Plazenta durchbluten.

Alabama konnte förmlich dabei zusehen, wie die Erkenntnis den ahnungslosen Farid langsam durchdrang, als sie ihn aufklärte, was es mit einem Mutterkuchen auf sich hatte. Farids Gesichtsausdruck verwandelte sich von Ratlosigkeit in Erstaunen zu Abscheu (... Iiiih, so viel Blut! ...), doch dann gewannen Neugier (... so sieht das aus? Echt, Alter? ...) und Faszination und eine tiefe Ehrfurcht (... und das kann neun Monate lang ein ganzes Baby ernähren? NEUN Monate?? Boah, krass! ...) vor Mutter Natur die Oberhand.

Heidi bestimmte, dass Form und Größe des Mutterlaibs variieren sollten, so wie es auch Menschen nicht vom Fließband gibt und jede Plazenta anders aussieht. Schnell wurde der Mutterlaib zum Renner. Eine Weile hielt sich hartnäckig das Gerücht, Heidi habe ihre eigene Plazenta zu Pulver verarbeitet und in den Brotteig eingeknetet. Mit einer Mischung aus Neugier und Ekel strömten Kunden aus entfernten Gegenden in die sonderbare Bäckerei. Oma Margot schwor, dass ihre Haut sich wie die einer Fünfunddreißigjährigen anfühlen würde, seitdem sie täglich zwei Scheiben Mutterlaib zu sich nahm. Ihr Mann war schlau genug, ihr nicht zu widersprechen.

Bei ihrem Prototyp hatte Heidi den Baumteig noch rötlich eingefärbt. Auf das Färben der Teigstränge für den Baum hatte sie inzwischen verzichtet, so viel Muttersaft wie benötigt ließ sich nicht auftreiben. Es gab dafür alle möglichen Körner- und Getreidevarianten. Ein Baum, überzogen von Mohn, Sesam oder einer Mischung aus allem.

Kurze Zeit spät gebar Heidi den Mutterkuchen. Er sah aus wie der Mutterlaib, bestand aber aus einem mit Honig gesüßten Briocheteig. Der Baum des Mutterkuchens wurde mit Mandeln oder einer Cassonade aus braunem Zucker und Zimt überzogen oder in Zuckerguss mit Pistazien oder Mohn gewälzt. Heidis Baum des Lebens war auf die Welt gekommen.

Vor lauter Inspiration bekam Heidi nicht mit, dass Alabama sich inzwischen an die Gestaltung eines Backbuches gemacht hatte: *Heidis Laib.* Der Untertitel lautete *So wirst du ein Körnerkönner.* Es wurde wunderschön. Alabama hatte ihr ganzes Herzblut in dieses Projekt gesteckt. Es war das erste Buch, das sie jemals gestalten sollte, sie war noch Schülerin und brauchte ein gestalterisches Projekt für ihren Schulabschluss. Auch wollte sie Heidi eine Freude machen. So ging sie mit besonderer Sorgfalt zu Werke und packte ihr gesamtes Talent für Gestaltung aus.

Alabama verbrachte dreizehn ganze Tage in der Bäckerei, von morgens 4:30 Uhr bis zum Ladenschluss um sechs Uhr abends. Sie machte unzählige Fotos, von Heidi bei der Arbeit, von Farid und den anderen an der Verkaufstheke, vom Schichtwechsel, vom Sauerteig, von den Zutaten, von jedem einzelnen Arbeitsschritt. Vom Mutterbaum. Sorgfältig entwickelte Alabama das Grunddesign, entwickelte ein Farbkonzept, wählte die Fotos aus und gestaltete den Text. Das Titelbild zierte ein besonders schöner Lebensbaum vom Mutterlaib, mit Sesam und Rote-Beete-Saft.

Als das Buch aus dem Druck kam, gab es eine feierliche Enthüllungszeremonie in der Bäckerei. Mit Hinweis auf die Lebensmittelkontrolleure, die das Bundesamt für Verbraucherschutz und Lebensmittelsicherheit schicken würde, konnten die Könige Heidikarl glücklicherweise doch noch davon überzeugen, dass bei dieser Zeremonie Räuchern nicht angebracht war.

In einem Körnersack aus Jute befanden sich fünfzig frisch gedruckte Exemplare des Buches. Alabama zog eines heraus und begann ohne große Einleitung, das Vorwort vorzulesen. Es stammte von Heidi selbst. Sie hatte im Hanfnebel ein Gedicht verfasst, das Alabama zufällig im Elternhaus auf dem Esstisch gefunden hatte. Es war unwahrscheinlich, dass Heidi sich an das Gedicht erinnerte, vermutlich hatte sie das Verschwinden des Zettels nicht einmal bemerkt.

Das Gemurmel im Raum erstarb, alle hingen an Alabamas Lippen.

Dein Leben beginnt.
Liebevoll.
Muttermehl mit Mutterhefe vereint.
Geborgen in der Wärme.
Hörst du die Stille in dir.
Ohne Ahnung von dieser Welt bist du,
Von deinem Dasein.
Von deiner Bestimmung.
Dein größtes Abenteuer beginnt.
Du entdeckst die Wärme.
Du gehst auf.
Du wirst Du.
Der Baum des Lebens.
Aus dem Mutterleib gekommen,
wirst du zum Laib,
Zum Mutterlaib.

Alabamas dramatische Deklamation war beendet, sie verstummte. Mit einer feierlichen Geste reichte sie ihrer

Mutter das Buch. Heidi begann zu blättern. Auf Seite fünf fand sie ihr eigenes Gedicht und las. Lange und feierlich.

Stille.

Sie schwieg. In der Bäckerei war es totenstill. Langsam sah Heidi auf. In ihren Augen glänzten Tränen. Noch immer sagte sie kein Wort. Mit dem Buch in der linken Hand ging sie langsam auf Alabama zu und nahm sie in den Arm, zum ersten Mal seit siebzehn Jahren. Lange hielt sie sie so. Niemand traute sich, den Moment zu stören, niemand gab einen Laut von sich, niemand rührte sich. Heidi ließ ihre Tochter los und hob das Buch in die Höhe. Sie flüsterte etwas, nur ein einziges kaum hörbares Wort.

„Danke!"

Tosender Beifall brandete auf und hielt an, solange Heidi das Buch in die Höhe hielt.

Heidis Laib fand reißenden Absatz. Die erste Auflage von dreihundert Exemplaren war binnen zwei Monaten vergriffen, es wurde nachgedruckt. Es hätte ein nationaler Bestseller werden können, wenn Heidi der Einladung ins Frühstücksfernsehen gefolgt wäre, aber so etwas lehnte sie kategorisch ab – Teufelspropaganda, und nein, es solle erst mal jemand versuchen, ihr Make-Up ins Gesicht schmieren zu wollen!

An dieser Stelle zeigte sich der einzige Schwachpunkt: Norbert vertrat Heidi ein- oder zweimal bei derartigen Anfragen, aber ihm nahm das Fernsehpublikum die Botschaft nicht ab, er war ja nur der Sohn der Brotbäckerin. Wie wollte bitte er den Mutterlaib, den größten Verkaufserfolg der Bäckerei, glaubwürdig repräsentieren? Selbst

Heidis kinderlose Töchter hätten hier nicht gepunktet. Dass Norbert das Mastermind hinter der Bäckerei war, tat nichts zur Sache – man wollte den echten Mutterleib der geheimnisvollen Bäckerin sehen.

Vielleicht war Heidis Getue auch verkaufsfördernd, wer weiß. So mancher Kunde kam nur deswegen zurück in die Bäckerei, weil er hoffte, beim nächsten Mal einen Blick auf die Batikklamotten-Hippietante mit ihrem seligen Gesichtsausdruck zu erhaschen, nachdem die lokale Zeitung unter der Überschrift „Happy Hippie-Heidis Hanflaib" ein Porträt mitsamt Rezept (Roggenvollkornbrot mit Hanfsamen) gebracht hatte.

Doch Heidi versteckte sich hinten bei den Brotöfen, den Platz an der Theke ließ sie den jungen Leuten.

Norbert Königs Diplomnoten waren hervorragend. Die Big Four, deren Talentscouts direkt an den Universitäten die Abschlusssemester auf geeignete Kandidaten prüfen, hätten ihn vom Fleck weg noch vor Studienabschluss eingestellt. Norbert lehnte ab, zunächst. Doch sie waren hartnäckig und boten schließlich ein Gehalt in astronomischer Höhe, das man irgendwann nicht mehr ablehnen kann, wenn man auch nur einen Funken Verstand hat.

Schließlich willigte er ein, für ein international operierendes Beratungsunternehmen zu arbeiten und deren Kunden Businesslösungen anzubieten. Bald durchschaute er, wie es lief: plattmachen durch Geschwätz. Erst machte man dem Kunden, einem kleinen bis mittelgroßen Unternehmen, das über Generationen allen Papierkram, sei es Beschaffung, Personal oder Vertrieb, händisch erledigt hatte und sich im Laufe der Zeit zur Marktführerschaft in einem Spezialbereich der Ernte- oder Medizintechnik aufgeschwungen hatte, proaktiv auf diversen Messen über mehrere Jahre klar, dass sie leider hoffnungslos veraltete Prozesse einsetzten, weil sie die Frage, wie ihre Supply Chain aussähe oder ob ihre internen Systeme sich miteinander unterhielten oder wie sie in regionaler Wertschöpfung aufgestellt seien, leider nicht solide genug beantworten konnten und somit den Anschluss an die moderne Marktwirtschaft verloren hätten.

Ganz zu schweigen davon, dass die Benutzeroberflächen ihrer Programme hoffnungslos veraltet aussahen. So etwas gab es früher, im vorigen Jahrhundert, ja, man erinnerte sich dunkel, aber das war vor 1990. Wenn ihre Kunden so etwas zu Gesicht bekämen! Die würden ihnen scharenweise davonlaufen, weil sie sich in die digitale Steinzeit zurückversetzt fühlen würden. Natürlich würden sie dem Service und dem Kernprodukt nicht zutrauen, mit der modernen Entwicklung Schritt gehalten zu haben. Nein, das ging gar nicht.

Steter Tropfen höhlt den Stein, irgendwann war das Management weichgekocht und glaubte selbst, dass man zur Optimierung der geschäftsinternen Prozesse auf eine einzige integrative Softwarelösung setzen müsse, die alle Geschäftsbereiche abdecken würde und die vielen bisher eingesetzten Softwareprogramme überflüssig machen würde. Nur noch ein einziges Programm, wäre das nicht toll? Alle Mitarbeiter wären entlastet, weil sie nur noch ein System kennen müssten, und alle könnten einander vertreten, weil sie alle Experten für dasselbe Programm wären.

Was man ihnen natürlich nicht erklärte, war, dass die hochmoderne Softwarelösung sich in einem konstanten Entwicklungsprozess befand, der niemals aufhören würde. Da die Softwarelösung, die man bitte nicht einfach als „Programm" bezeichnen dürfe, weil das ihrem Vermögen in keiner Weise gerecht würde, viele verschiedene Funktionen vereinte, die vorher getrennt waren, war sie auch entsprechend komplexer zu bedienen. Viele der Mitarbeiter, insbesondere die Älteren, würden ihre Probleme damit haben, sich zurechtzufinden, und es würde Widerstände geben.

Was man dem Kunden ebenfalls großzügig verschwieg: es gab gar kein fertiges Produkt, das man sich kaufte und in Betrieb nahm, bis es den Geist aufgab oder etwas Besseres auf den Markt kam, was dann einmalig den Platz des Alten einnahm, so wie damals die neuen elektrischen Brother-Schreibmaschinen die alten mechanischen von Triumph-Adler ersetzten, obwohl diese noch einwandfrei funktionierten, nur eben ohne Strom. Man kaufte eine Reihe von neuen Brothers, schmiss die alten Schreibmaschinen raus, und fertig.

Damals hatte die Umgewöhnung hatte maximal eine Woche betragen, dann hatte auch die dienstälteste Sekretärin den Umstieg geschafft. Aber so einfach war die heutige Welt nicht mehr.

Ab jetzt würde es mindestens alle sechs Monate Aktualisierungen der Softwarelösung geben, die teils erhebliche Änderungen mit sich brachten, was dem Kunden als Funktionserweiterungen verkauft wurde, während man ihm verschwieg, dass der Großteil der Neuerungen in Korrekturen und Reparaturen der vorigen Version sowie Veränderungen der Benutzeroberfläche bestand, während in Wirklichkeit kaum neue Funktionen dazugekommen war. Aber nach jedem neuen Release sah das alte System anders aus als bisher und konnte als Neuerung angepriesen werden. Die Schulungen für die Mitarbeiter, die mit jeder neuen Version des Systems fällig wurden, gab es zum Sonderpreis dazu, fast gratis.

Der Kunde konnte darauf natürlich auf die ganzen Upgrades verzichten, aber dann verlor er auch die Option auf all die neuen tollen Funktionen, die Mitarbeiter blieben dumm, und der Kundendienst und die Beratung vor Ort würden nach dreimaliger Verweigerung zur Aktualisierung ersatzlos wegfallen. Dann wäre man mit dem Softwaremonster auf sich allein gestellt.

Dieses Schreckensszenario verstand der Presales-Bereich derart trefflich auszumalen, dass man schreckensbleich unterschrieb und sich zur Inanspruchnahme von Softwareaktualisierungen und Beratungsleistungen für die nächsten fünfzehn Jahre verpflichtete. Auch finanziell. Die laufenden Kosten schnellten in die Höhe, und irgendwann hielten sich Ausgaben und Einnahmen nicht mehr die Waage, und es kam, wie es kommen musste.

Norbert hatte ein gutes Verständnis für Zahlen. Auch für Geschäftszahlen. Und jetzt musste er einem Firmenchef klarmachen, dass er sein Geld nicht etwa versenkt, sondern klug investiert habe, so wie alle seine Konkurrenten es derzeit auch täten. Er spielte die Komödie gekonnt, sein schauspielerisches Talent war ihm dabei von großem Nutzen. Er landete lukrative Vertragsabschlüsse, auf die seine Chefs stolz waren. Im ersten Halbjahr 1996 war er der erfolgreichste Berater des Unternehmens und erhielt auf der Betriebsweihnachtsfeier eine Lobesrede sowie eine Plakette an königsblauem Ripsband.

Es gab nur ein Problem: Norbert hatte damals noch so etwas wie ein Gewissen. Zuerst meldete ein Hersteller von Kleinteilen für die Automobilfertigung Konkurs an, und zwar als direkte Folge der Softwareumstellung, deren Kosten wegen der erheblichen Nachbesserungen explodiert waren.

Norberts Beraterleistung hatte ihm eine Messingplakette vom Chef eingetragen, aber seinem Kunden den Ruin. Damit konnte er gar nicht gut leben, er konnte einige Monate lang nur mühsam einschlafen. Norbert war so richtig desillusioniert und hatte einen großen Teil seines Glaubens an die Anständigkeit der Menschen verloren. Er lernte eine innere Härte kennen, die ihn selbst überraschte. Dass diese durch seine viel zu früh beendete Kindheit vorbereitet worden war, durchschaute er nicht. Aber es brauchte nicht mehr viel, um ihn in einen ausgemachten Pessimisten zu verwandeln. Sieben Jahre als Berater hatten ihn gestresst, hektisch und zynisch werden lassen. Immer bissigere Kommentare fielen ihm ein, manchmal fiel es ihm schwer, sich wieder zu erden und im Hier und Jetzt wohlzufühlen. Es war kaum noch zu unterscheiden, wo er nur seine schlechte Laune auslebte und wo er zum zynischen Griesgram geworden war.

Und als wieder eine Phase kam, in der er keinerlei Kreativität spürte und kaum noch Zeit für seine Geschwister oder das Theaterspielen hatte, fragte Florida ihn:

„Warum machst du deinen Job eigentlich? Magst du irgendetwas daran?"

Die klare Antwort lautete: Nein. Norbert mochte die BWL-Theorien immer noch, aber seinen Job in der jetzigen Form fand er unethisch, unbefriedigend und widersinnig. Was war bloß aus seinen Motiven geworden, die ihn dazu gebracht hatten, das Medizinstudium abzubrechen? Was sollte aus ihm werden?

Heidikarl hielten sich wie immer raus. Aber ermutigt durch Florida und Ohio, zog Norbert die Reißleine und kündigte. Fristlos. Kleingeld hatten sie durch Karls Erbschaft und durch Norberts Erspartes und seine klug gestalteten Anlagen genug, Norbert allein hätte notfalls die ganze Familie ein paar Jahre ernähren können.

Wieder war es Florida, die ihm die entscheidende Idee gab: „Hör mal, du bist nicht auf ein festes Einkommen angewiesen. Mach irgendetwas anderes. Warum setzt du nicht hauptberuflich auf Comedy? Du musst doch nicht davon leben."

Norbert hatte keine plausible Antwort, warum dies der falsche Weg wäre.

„Ja. Stimmt. Du hast Recht."

Und wo Florida Recht hatte, hatte sie Recht. So einfach war das.

Zentnerschwer wog sein Kündigungsschreiben, aber Norberts Herz war um mindestens ebenso viele Zentner erleichtert. Mit Bedauern verabschiedete sich die Geschäftsleitung höchstpersönlich bei Norbert und wünschte ihm alles erdenklich Gute auf seinem weiteren beruflichen und privaten Weg.

Norbert fühlte sich befreit. Befreit, diese verlogene Kunstwelt hinter sich gelassen zu haben. Und jetzt war es an der Zeit, über weitere Schritte nachzudenken. Klar, das Theaterspielen würde er nicht sein lassen, aber das konnte nicht die Lebensgrundlage werden.

Etwas Handfestes musste her. Etwas, für das es sich lohnte zu arbeiten. Nach der Erfahrung, durch die er gerade gegangen war, verspürte er den Drang, einen Gegenpol auf die Beine zu stellen. Beratung, die die Kunden tatsächlich brauchten.

Gedacht, getan: Norbert gründete seine erste Unternehmensberatung, die nach streng ethischen Prinzipien funktionieren sollte. Als Zielgruppe wünschte er sich kleine Unternehmen, die sich eigentlich keine Beratung leisten konnten, aber dringend eine brauchten. Denen wollte er, zu einem höchst fairen Preis, dabei helfen, ihre Abläufe oder was auch immer zu optimieren und ihnen somit helfen, sich wirtschaftlich zu konsolidieren. Und zwar ohne überdimensionierte Softwarelösungen.

Norbert würde Einblick in die Bilanzen seiner Kunden verlangen. Sein gestaffelter Preis würde entsprechend des Zahlungsvermögens des jeweiligen Unternehmens eher einem Mikrokredit gleichen als einer Bezahlung. Die Zahlungsdauer könnte gegebenenfalls deutlich über die Dauer der Beratungsleistung hinausgehen, aber der Zahlungsbetrag, der anfangs noch weh tat, würde im Laufe der Zeit für den Kunden kein Problem mehr sein.

Ein Name war schnell gefunden. Nur ein einziger Donnerstagabend im Kreis der Könige und drei Flaschen erlesenen Rotweins, den Ohio mitgebracht hatte, und die *Wirtschaft* war geboren. Wie passend. Schließlich ging es um Wirtschaft. Um Betriebswirtschaft. Den passenden Slogan fand – wie könnte es anders sein – Alabama. Sie hob ihr Rotweinglas und prostete Norbert zu: *„Wir stoßen Sie an!"*

Alabamas Gehirn hatte noch im selben Moment begonnen, Namen und Slogan auf der Internet-Homepage, auf Postern, Visitenkarten, Flyern zu visualisieren... das

Bild müsste muntere, offensichtlich intelligente Leute unterschiedlichen Alters mit schicken Brillen zeigen, die mit irgendetwas anstießen, was gleichzeitig das Anstoßen eines Betriebes signalisierte ... das brauchte jetzt ein bisschen Zeit, die Vorstellung musste erstmal reifen. Ihr würde schon noch etwas Geniales einfallen, da war sie sich sicher.

Eine Idee wäre zum Beispiel ein Sektglas, das mit dem blinkenden Startknopf einer Maschine in der Werkshalle auf den Erfolg des Unternehmens anstößt und sie dadurch in Bewegung versetzt. Oder ein Jung-Betriebswirt, der aus allen Knopflöchern Kompetenz atmet und dem man von weitem ansieht, dass er digital unterwegs ist und den Laptop in einer Designeraktentasche bei sich hat, und zwar in einer rustikalen Kneipenumgebung, wo er mit dem fest mit beiden Beinen auf dem Boden stehendem und in ein lockeres, aber biologisch-bewusstes Outfit gekleidetem Kneipenwirt fröhlich und entschlossen, beide mit einem Glas Öko-Rotwein in der Hand, ein Foucaultsches Pendel anstößt. Und darunter den Slogan *Wir stoßen Sie an* ... Vielleicht war das mit dem Pendel ein wenig zu dick aufgetragen, da wollte sie noch einmal darüber nachdenken.

Jetzt fühlte sich endlich alles rund an. Florida hatte inzwischen ihr Studium für Eventmanagement beendet. Im Rahmen des Studiums hatte sie sich intensiv mit Medien, Kommunikation, Buchhaltung und Marketing befasst und Grundkenntnisse in BWL und Recht erworben. Anders als die Schule war es ihr sehr leichtgefallen, weil sie sich für die Themen aufrichtig interessierte. Entsprechend gut war ihr Abschluss. Nach erster Berufserfahrung bei einer örtlichen Eventagentur, die hauptsächlich große Firmenevents plante und durchführte, stieg sie direkt in

Norberts *Wirtschaft* ein. Das passte natürlich perfekt. Schnell wurde sie zu Norberts dringend benötigter rechter Hand und unterstützte ihn bei allen Managementvorgängen.

Nach ihrem erfolgreichen Grafikdesign-Abschluss machte Alabama sich selbstständig. Es ergab sich von selbst, dass ihre ersten Aufträge von der *Wirtschaft* kamen. Als allererstes entwickelte sie eine Corporate Identity, inklusive Logo, Geschäftspapiere, Internetauftritt und alles, was man sonst noch brauchte. Als das kleine Unternehmen expandierte, wurde Alabama eine der ersten Festangestellten. Sie akzeptierte eine Halbtagsstelle und übernahm gemeinsam mit Florida das Marketing und die Unternehmenskommunikation. Mit der anderen Hälfte des Tages baute sie ihre freiberufliche Existenz aus.

Die drei führten die *Wirtschaft* schnell zu einer soliden Größe. Es sprach sich herum, vor allem bei den ganz kleinen Unternehmen, dass es da eine Unternehmensberatung gab, die sie nicht abzocken wollte. Die *Wirtschaft* erhielt deutlich mehr Anfragen, als sie annehmen konnten.

Auch wenn die Könige nach wie vor viel Zeit miteinander verbrachten und nichts heiliger war als die gemeinsamen Donnerstagabende, so waren sie nicht ganz allein auf der Welt. Die darauf herumlaufenden Männer und Frauen waren auch nicht uninteressant.

Alabama ließ nichts aus und probierte eine Zeitlang munter alle hübschen Jungs und auch ein paar Frauen durch, die ihren Weg kreuzten. Irgendwann fand sie dies langweilig und Jonas, den sie im Fitnessstudio kennengelernt hatte, immer spannender. Sie taten sich zusammen und hatten viel Spaß. Es blieb spannend; jedes Jahr trennten sie sich mindestens zwei- oder dreimal und fanden dann in lautstarker Versöhnung wieder zusammen. Sie hatten trotzdem eine gute Zeit miteinander. Und gelegentlich mit anderen, aber sie kamen nicht voneinander los. Kinder machten sie keine, eine Heirat schlossen sie ebenfalls kategorisch aus. Dieses Modell hätte nicht zu ihrem bewegten Lebensstil gepasst, sie waren viel unterwegs, hatten zahlreiche Liebhaber:innen und waren beide beruflich stark eingespannt. Am Ende des Tages sollte dieses Konstrukt für die nächsten Dekaden halten, was im Moment niemand zu ahnen wagte.

Die ersten Semester ihres Studiums war Florida ebenso wie Norbert völlig mit Heidikarl und den Geschwistern beschäftigt gewesen. Nachdem Alabama erfolgreich durchs Abitur gekommen war, begann Florida endlich, die Freiheiten des Studentenlebens zu genießen. Genaugenommen, des Studentinnenlebens. Sie interessierte sich nicht die Bohne für ihre Mitstudenten. Sondern für die Studentinnen. Sie hatte es schon länger geahnt, aber sich nicht damit auseinandergesetzt. Eines Tages sah sie, wie sich ein gut geschnittener Bleistiftrock an Hüften und Beinen einer vor ihr laufenden Studentin abzeichnete. Die Formen waren perfekt, der Gang war wiegend, sie konnte ihre Augen nicht lösen. Da erst traf sie die Erkenntnis wie ein Schlag.

Die Gleichgültigkeit, die die Geschwister seitens Heidikarl erfahren hatten, hatte jetzt ein Gutes. Ihre Eltern fanden sowieso, dass alles „Natur" sei, und was „Natur" sei, sei gut. In der Familie war das Thema damit in weniger als zwei Minuten durch, und Heidikarl zündeten sich feierlich einen Joint an und verneigten sich ehrerbietig vor dem Sein der Liebe.

Florida fühlte sich wie neugeboren und sah die Welt ab sofort mit ganz anderen Augen. Wenig später traf sie in der hochgewachsenen, grazilen Almaz, die alle durch ihre angeborene Anmut in den Bann zog, ihre große Liebe.

Langsam, aber sicher bemerkte selbst Norbert, der Schnellspanner, dass Silke aus seiner Wirtschaftsrecht-Arbeitsgruppe wohl etwas von ihm wollte. Sie flirtete ganz offensichtlich. So offensichtlich, dass alle außer ihm es längst mitbekommen hatten. Als Andreas, ebenfalls Mitglied der Arbeitsgruppe, fragte, was zwischen ihnen liefe, schaute Norbert ihn an wie ein Mondkalb, das eine Steuererklärung abliefern soll.

„Häh?"

„Sag bloß, du hast nicht bemerkt, dass sie auf dich steht?"

Echt jetzt? Das fühlte sich gut an! Norbert war ehrlich überrascht, aber vor allem fühlte er sich geschmeichelt. Silke war wirklich nett. Jetzt war er zwar herzlich ungeübt, wie man mit Frauen umging, aber er hatte reichlich Schauspielerfahrung und spielte Silke einfach vor, dass er mit ihr flirten würde. Sie fiel darauf rein, und wenige Wochen später waren sie ein Paar. Doch leider war sie ziemlich eifersüchtig.

„Du musst heute nicht schon wieder mit deiner Schwester losziehen, oder? Was ist mit mir?"

„Wir haben uns das letzte Mal vor drei Tagen gesehen! Vor DREI Tagen! Mir ist das zu lang ohne dich!"

„Musstest du unbedingt heute Abend deinen Bruder und deine ganzen Schwestern mitbringen? Ich wäre gerne mit dir alleine gewesen!"

Nach ein paar Monaten, vielleicht vier oder sechs, so genau kann das niemand sagen, kam es, wie es kommen musste. Norbert war noch nicht bereit, seine Geschwister herunter- und eine Frau hochzupriorisieren. Silke heulte sich bei Petra und Andreas aus, vor allem bei Andreas, und irgendwann nur noch bei Andreas.

Norbert vermisste sie nicht einmal sonderlich.

Mit Sonja war es von Anfang anders. Sie traf direkt in Norberts Herz. Sie stand vor ihm in der langen Schlange, die vor der Philharmonie auf Einlass wartete. Das Wetter war schön, aber frisch, der Orion hing am Himmel. Auf dem Programm stand Schumanns *Dichterliebe* mit vertonten Gedichten von Heinrich Heine. Der Pianist war weltbekannt, der Sänger ebenso; es versprach, ein wunderschöner Musikabend zu werden.

Auf ihren Schultern hatte sie einen edlen Seidenschal liegen, der sie nicht ernsthaft vor der Abendbrise zu schützen vermochte. Den pastellrosafarbenen Schal zierte ein feines Muster aus japanisch anmutenden Blüten in verschiedenen kräftigen Blau- und Rottönen. Sie kramte in ihrer viel zu vollen Handtasche, vermutlich suchte sie ihre Eintrittskarte.

Durch die Bewegung glitt ihr der federleichte Schal unbemerkt von den Schultern. Norbert hob ihn auf und sagte etwas Hochintelligentes.

„Entschuldigung, Sie haben eben ihren Schal fallenlassen."

Sie drehte sich um, sah ihn an, und Kirchenglocken begannen zu bimmeln. Hinreißende Augen. Farbe? Egal. Er sah nur, dass ihr Blick wunderschön war.

Auch ihre Antwort war preisverdächtig.

„Oh, vielen Dank! Das habe ich gar nicht bemerkt."

Sie nahm den Schal entgegen, lächelte ihn an, legte sich mit einer sanften Bewegung den Schal zurück auf die Schultern, drehte sich wieder um, zeigte ihre Karte vor und weg war sie, auf dem Weg zu ihrem Platz.

Er folgte ihr mit den Augen, aber bis seine eigene Karte entwertet war, war sie verschwunden. Und mit seinen weichen Knien wäre er ohnehin nicht in der Lage gewesen, ihr schnell genug zu folgen.

Was für ein Konzert! Der Pianist tupfte die Noten hin, als gäbe es nichts Leichteres auf der Welt.

Norbert, der vier Jahre lang vergeblich versucht hatte, Klavierspielen zu lernen, starb fast vor Respekt. Er wusste, wie schwer gerade die Leichtigkeit ist. Das Nicht-Wollen. Wie viel Können und Talent nötig sind, damit es so klingt, als würde man mal eben ein einfaches Liedchen spielen.

Und erst der Sänger!

Und die Lieder!

Die Kleine, die Feine, die Reine, die Eine.

Unübertroffen.

Die Rose, die Lilie, die Taube, die Sonne.

Er war noch völlig trunken von der Musik, als es plötzlich Zeit für die Pause war und er den Weg ins Foyer suchte, um sich mit einem Glas Rotwein wieder in die Gegenwart zu befördern.

Und da war sie wieder. Die Kleine. Die Feine. Auf einmal stand sie direkt vor ihm. Sie warteten in der Schlange an der Bar, bis sie an der Reihe waren. Die Worte waren herausgeschossen, bevor Norbert realisierte, was er da eben gesagt hatte.

„Würde Ihnen jetzt der Schal von den Schultern gleiten, ich würde ihn für Sie aufheben."

Groschenroman pur. Irgendjemand sollte das aufschreiben. Sie drehte sich um und sah ihn mit einer Mischung aus Amüsiertheit und tiefem Ernst aus grünen Augen an, die wie ein tiefer Bergsee leuchteten, auf den eine freundliche Frühlingssonne scheint. So grün waren sie.

Nach einer gefühlten Ewigkeit nahm sie mit einer langsamen, eleganten Bewegung den Schal von ihren Schultern und ließ ihn absichtlich zu Boden gleiten. Dabei schaute sie ihm die ganze Zeit in die Augen. Norbert bückte sich, ohne ihre Augen loszulassen, die ihm folgten, als er in die Knie ging. Er hob den Schal auf, als sei er so kostbar und zerbrechlich, dass er ihn mit einer unbedachten Bewegung kaputtmachen würde. Der Schal war so weich! Seide! Er verströmte einen feinen, blumigen Duft. Am liebsten hätte er sein Gesicht darin versenkt, um nie wieder daraus aufzutauchen. Mit seinen beiden Händen reichte er ihr den Schal, gleichsam wie in einer feierlichen, spirituellen Zeremonie. Nur mit Bedauern ließen seine Hände ihn gehen. Norbert machte ganz gegen seine Gewohnheit einen kühnen Vorstoß.

„Wollen wir auf den Schal anstoßen? Würden Sie mir das Vergnügen machen, nach der Vorstellung mit mir ein Glas Merlot zu trinken?"

Norbert, der Charmeur. Zwei Worte, die nicht zusammenpassten. Liebe auf den ersten Blick gab es nur in Romanen, das wusste jedes Kind. Doch Sonja schmolz dahin.

„Ja, mit dem größten Vergnügen. Sehr gerne!"

Wie in Trance bestellte Norbert zwei Gläser Rotwein, als die Reihe endlich an ihn kam. Die Pause war kurz, sie kippten den Wein in den verbleibenden drei Minuten schnell hinunter.

Nach der Vorstellung bedurfte es kaum noch Worte. Norbert holte zwei Gläser Merlot. Sonja stand schon da und wartete. Diesmal tranken sie langsam, bedächtig, Schluck für Schluck.

Jetzt bloß nicht den stillen Zauber mit unbedachten Worten kaputtmachen. Sie sahen sich an und tranken achtsam. Hundert Jahre später blickte Sonja auf ihre zierliche, silberne Armbanduhr.

„Ich muss jetzt zum Bus."

„Es wäre mir ein Vergnügen, wenn ich der Bus sein dürfte."

Sonja zögerte nicht. Sie wusste, dass etwas ganz Besonderes passiert war. Sie stieg in Norberts Auto ein und im Prinzip bis ans Ende ihres Lebens nicht mehr aus. Ihr beider Weg war ab sofort einer. Die Feine, die Reine, der Eine. Norbert war sich vom ersten Moment an hundertprozentig sicher, dass sie die Eine war.

Sonja hatte kein Problem damit, nicht nur einen Menschen, sondern eine ganze Geschwisterlatte in ihr Leben zu bekommen. Im Gegenteil, sie fand es fantastisch, endlich Familienanschluss zu haben. Sie war ein Einzelkind, ihre Eltern waren bereits vor langer Zeit bei einem Autounfall gestorben. Das zehnjährige Waisenkind wurde von seiner alten Tante Hedwig aufgenommen, die, gleichwohl sehr lieb, leider auch streng und unmodern war und viel auf althergebrachte Prinzipien hielt. Sonja blieb Tante Hedwig stets in Dankbarkeit und Zuneigung verbunden, aber sie war trotzdem froh, als sie ausziehen und ihr eigenes Leben aufbauen konnte.

Und dann fand sie Norbert und seine Geschwister. Alles war perfekt. Sogar ihr Nachname passte wie die Faust aufs Auge, als habe sich Miranisa Shinjan dieses Randelement absichtlich ausgedacht: Kaiser!

Alles war einfach. Sie hatten denselben Humor, sie mochten es beide, im Kino absurde Filme anzuschauen, sie liebten lange Spaziergänge, vor allem in der Dämmerung, wenn das Licht weich wurde.

Norbert fand alles an Sonja wunderbar, die Sommersprossen, die leicht schiefe Nase, ihre grünlichen Augen, vor allem aber ihr ansteckendes Lachen. Sonja war Norberts Charme und seinem Charisma völlig erlegen. Und sie konnte ihm alles erzählen, was ihr auf dem Herzen lag, vor allem, wie sehr sie ihre Eltern vermisste, immer vermisst hatte. Zwar hatte Norbert die seinen nicht verloren, aber er wusste, wie es sich anfühlte, wenn Eltern nicht präsent waren und man auf sich allein gestellt war.

Die Gesprächsthemen gingen ihnen nie aus, sie kamen vom Hölzchen aufs Stöckchen und quatschten ganze Nächte durch. Es war ein Selbstläufer. Sonja und Norbert begannen, ihre Hochzeit zu planen. Ein geeigneter Zeitpunkt musste noch gefunden werden, und wie sollte die Zeremonie ablaufen? Warum nicht im Freien, im Wald? Norbert grinste.

„Ich kenne da rein zufällig einen Priester, der würde das für uns tun."

Sonja wünschte sich alles so natürlich wie möglich, ein albernes Kleid mit Riesenschleife auf dem Hintern käme nicht in Frage. In einem Secondhand-Laden wurde Sonja fündig, sie fand ein Kleid mit Geschichte aus edel schimmerndem, cremeweiß-goldenem Taft. Im Einrichtungshaus am Stadtrand fand sie einen traumhaften, zarten Spitzenvorhang mit Pünktchen, davon holte sie sich ein paar Meter und fertigte daraus einen Schleier.

Norbert hatte ebenfalls keine Lust auf den klassischen Männersmoking in mittelgrau. Er fand seinen Hochzeitsanzug im Kostümbedarf für mittelalterliche Requisiten:

ein besticktes Wams, Pluderhosen und ein weites, weißes Hemd. Was an anderen Leuten einfach nur albern aussah, stand ihm hervorragend. Die Brautjungfern, Alabama und Florida, besorgten sich ebenfalls mittelalterlich anmutende Prachtroben.

Zu Norberts Überraschung tauchte eines Tages Heidi auf, ohne Karl, und reichte ihm ohne Worte eine kleine Schatulle. In dieser befand sich eine goldene Halskette mit einem großen, tropfenförmigen Diamanten. Norbert war überrascht. Seine Mutter trug nie Schmuck, und wenn, dann aus Naturmaterialien geflochten, Gräser, Blumen, Makramee. Wo hatte sie ein derart wertvolles Schmuckstück her?

„Von meiner Oma Minna", beschied Heidi kurz und knapp. „Sie hat den Schmuck meiner Mutter vererbt, und die mir. Oma Minna würde sich freuen, wenn sie wüsste, dass deine große Liebe jetzt diese Kette trägt."

Es gab keinen Zweifel, Sonja würde die schönste Braut der Welt sein.

Alles schien sich zu fügen, alles passte zueinander. Nach wie vor, seit gefühlten dreihundert Jahren, trafen sich die Geschwister weiterhin jeden Donnerstagabend und probten ihre Theaterstücke. An dieser lieb gewordenen Gewohnheit hielten sie fest, jahrein, jahraus, sommers wie winters. Der Donnerstag gehörte ihnen, nur ihnen.

Sonja, Jonas oder Almaz waren nur in Ausnahmefällen dabei.

In Norbert reifte ein Plan, wie er sein komödiantisches Talent entwickeln wollte: Er wollte das System Geld, Geschäft und Wirtschaft entlarven. Nach und nach dachte er sich mehrere BWL-Sketche aus, die er als One-Man-Show aufführen konnte.

Ein Arbeitstitel war schnell gefunden. *Wirtschaftswahrheit* nannte er sein Programm, mit Dr. Norbi als allwissendem Protagonisten, der die großen Fragen der Welt beantworten würde und für alles, wirklich alles, eine Lösung hatte. Ja, Dr. Norbi sollte derjenige sein, der die Lachwelt rettete. Nicht Norbert. Und so war das Medizinstudium am Ende doch noch zu etwas nütze gewesen.

Elegant war die Idee, nicht alle Sketche vorher bis ans Ende auszudenken, sondern das Publikum miteinzubeziehen: Vor der Vorstellung würden den Zuschauern kleine Zettel ausgehändigt, auf welche sie mit einem Dr.-Norbi-Fankugelschreiber ihre weltbewegenden Fragen schreiben sollten. Alabama und Florida würden, als durchs Foyer tänzelnde Balletttänzerinnen verkleidet, die Zettel in einem silbernen Champagnerkübel einsammeln. In der Garderobe würden die Könige schnell die Zettel durchsortieren. Welche Frage hatte Spaßpotenzial? Die Guten in den Kübel, die Schlechten in den Orkus. Anschließend käme der Kübel auf die Bühne, und Dr. Norbi würde sich aus dem Kübel bedienen und mit dem Publikum in einen heiteren Dialog treten; er würde eine Frage nach der anderen aus dem Champagnerkübel mithilfe des Publikums beantworten und die Auflösung bewusst unbeholfen so lange hinauszögern, bis allgemeine Heiterkeit ausbräche.

Es wurde ein lustiger Donnerstagabend. Norberts Idee fand sofort Anklang bei seinen Geschwistern. Ohio bot an, ebenfalls beim Einsammeln der Fragen zu helfen. Er hatte auf einem Flohmarkt eine prächtige, türkisfarbene Uniform mit goldenen Tressen gefunden, mit der er sich gerne als Elefantendompteur verkleidete. Er besaß auch eine schwarz-weiß gestreifte Hose und einen silbernen Zylinder, die er oft auf dem Dachboden für seine Lieblingsrolle als Zirkusdirektor eingesetzt hatte. Daraus würde sich etwas machen lassen.

Alabamas Fantasie war sofort angestachelt. Um die *Wirtschaftswahrheit* in Szene zu setzen, benötigte sie nur wenige Requisiten. Sie dachte sich ein passendes Bühnenbild aus: Die *Wirtschaft* bestand aus einem alten, verkratzen Stehtisch aus dunklem Holz, der aus der Spelunke an der nächsten Ecke hätte stammen können, darauf ein Bierdeckelhalter aus angegilbtem Plastik, ein Barhocker aus demselben dunklen, stark abgenutzten Kneipenholz wie der Stehtisch, und natürlich ein gefülltes Bierglas, das Dr. Norbi in Echtzeit leeren würde, während er die *Wahrheiten* aus der *Wirtschaft* zum Besten geben würde. Einzig der Ständer für den Fragen-Kübel würde in glänzendem Chrom erstrahlen und so die Aufmerksamkeit auf sich ziehen.

Dr. Norbis Outfit bereitete ihnen einiges Kopfzerbrechen. Auf einen Bademantel wurde verzichtet. Es musste ein guter Kompromiss zwischen Hochzeitssmoking und Jogginghose her. Zu gediegen war langweilig, aber Norbert war auch nicht der Typ für ein hippes Äußeres mit nach hinten gedrehter Baseballmütze. Am nächsten Donnerstag brachte Florida einen braunen Anzug mit, den sie im Schaufenster eines Secondhandladens entdeckt und ohne Zögern gekauft hatte. Die Farbe war hochgradig unelegant. Die Hose war Norbert etwas zu weit und zu kurz, deswegen hatte Florida quietschbunte Socken und einen Gürtel mitgebracht. Im selben Laden hatte sie ein Hemd mit einem ebenso quietschbunten Seifenblasenmuster gefunden. Das Jackett war etwas zu weit und flatterte Norbert um die Schultern. Dazu kamen einige exzentrische Krawatten mit Tapetenmustern aus einem lang vergangenen Jahrhundert. Die Könige lachten, bis sie nicht mehr konnten. Norbert sah aus wie die Inkarnation des perfekten Staubsaugervertreters.

„Und ob ich dir den Kobold da abkaufe!" Ohio hielt sich den Bauch. Alle waren sich einig, dass es so perfekt war. Wie von selbst entwickelte sich der weitere Ablauf.

„Frollein!" Auf Norberts Ruf, bei dem er gleichzeitig den leeren Humpen am Henkel in die Luft schwang und so drehte, dass jeder sich mit eigenen Augen überzeugen konnte, dass er leer war, würde Alabama auf die Bühne eilen, in der Rolle des „Frollein", das, mit schwarzer Servierkleidung und weißer, gestärkter Rüschenschürze vor dem Bauch, mit einem gefüllten Humpen aus den Kulissen kam und Dr. Norbi mit Nachschub versorgte. Eine Vorstellung würde ungefähr zwei Humpen dauern.

Es funktionierte. Die kleinen Säle der Umgebung konnte Norbert füllen. Er hatte viel Spaß. Die Grenzen von Parodie und bissigem Zynismus und, noch schlimmer, Realität flossen so dicht ineinander, dass sie kaum auszumachen war. Den leicht beduselten Volltrottel, der trotzdem (oder deswegen?) seine Lebensweisheiten und Ratschläge zum Besten gibt, spielte Norbert überaus überzeugend, trotzdem nahm er sich selbst nicht zu ernst. Er war nach wie vor hauptsächlich mit der *Wirtschaft* beschäftigt. Die Leute verstanden nicht, dass Dr. Norbi sich in *Wahrheit* permanent über ihre *Wirtschaft* lustig machte, aber sie kamen trotzdem, um die *Wirtschaftswahrheit* zu erleben.

Und kamen.

Und kamen wieder.

Das Ganze wurde zusehends größer. Dr. Norbi füllte Vereinsräume, kleinere und größere Kleinkunstbühnen, und er nahm mehr und mehr an Gruppenvorstellungen wie *Die intelligente Sommerpause. Euch werden wir es zeigen!* oder *Kulturwinter* teil, wo er zusammen mit anderen Lokalmatadoren für Erheiterung sorgte.

Und dann kam der Tag, als Florida mit ernstem Gesicht Norberts Büro betrat, um die halbjährliche Bilanz der *Wirtschaft* zu besprechen.

„Steht es so schlimm?"

Florida hatte eine Grafik dabei, auf der vier Linien, zwei rote und zwei blaue, davon je zwei gestrichelt beziehungsweise als Linie durchgezogen, von links unten nach rechts oben kletterten. Die x-Achse zeigte den Zeitverlauf, die y-Achse zierte ein kleines €-Zeichen. Die roten Linien erkannte Norbert sofort, er hatte sie erst vor drei Tagen mit seinem Steuerberater durchgesprochen: Umsätze und Gewinne seines Beratungsunternehmens.

Doch was bedeuteten die beiden blauen Linien? Sie begannen deutlich später als die roten Linien, verliefen aber deutlich steiler. Im Dezember des Vorjahres sah man, dass sie die roten Linien eingeholt hatten und sich mit ihnen schnitten. Irgendjemand war erfolgreicher als die *Wirtschaft*. Gab es etwa einen Konkurrenten, der ihnen ernsthaft gefährlich wurde?

Florida nickte ernst.

„Ja, genau."

Norbert sah seine Schwester einige Momente lang an, bevor bei ihm der Groschen fiel. Sie nickte wieder.

„Du."

„Nee, ne ... du meinst, also, nee, du meinst Dr. Norbi??"

Norbert war perplex. Der Spaß hatte den Ernst überholt? Ernsthaft? Dr. Norbi fuhr mehr Gewinn ein als die *Wirtschaft*? Wie sollte man das interpretieren, und vor allem: was nun? War das ein Zeichen?

Und wenn er sich teilweise aus dem Unternehmen herauszog? Und die Gewinne in weitere Mikrokredite investierte? Nein, das war zu kurzlebig, das konnte auf Dauer nicht gut gehen. Es reichte zu wissen, dass Norbert sich selbst der stärkste Konkurrent war.

Sechs Monate später kam Florida mit derselben Grafik. Dieses Mal lief die Schere noch weiter auseinander. Die beiden blauen Linien stiegen deutlich steiler als die beiden roten, die sich abflachten.

Die nächste Woche verbrachten Norbert und Florida mit vielen mehrstündigen Gesprächen. Sie analysierten die Zahlen, verdrehten sie, analysierten sie noch einmal, doch das Ergebnis blieb unverändert. Am Donnerstagabend setzten die vier Könige sich zusammen, und am Ende der Woche stand das Ergebnis fest: Norbert würde seine Arbeitszeit in der *Wirtschaft* auf die Hälfte reduzieren und die restlichen fünfzig Prozent auf die Weiterentwicklung des Comedy-Programms *Dr. Norbi und seine Wahrheiten* verwenden.

Ohio konnte inzwischen brauchbar Gitarre spielen. Wenige Donnerstagsabende später überraschte er seine Geschwister mit einer Eigenkomposition. Eigentlich war es nur ein Vers, aber dieser eignete sich perfekt als Anfangsmusik zu Beginn von Dr. Norbis Show – nicht zu lang, nicht zu kurz, ganz wie ein Werbejingle. Ob er es mal ganz kurz anspielen dürfe? Die Könige lauschten erst hingerissen, doch dann lachten sie sich scheckig und konnten den ganzen Abend nicht mehr damit aufhören. Der Priester hatte da eine wirklich zündende Idee gehabt.

Ohios Lied *Urbi et Norbi* entpuppte sich als einer dieser Ohrwürmer, der problemlos den Ersten Preis beim WAL, dem Wettbewerb für das Albernste Liedchen des Jahres, abräumen würden, aber den man beim besten Willen nicht mehr aus dem Ohr bekommt. Ob sich Roland Kaiser wohl erbarmen würde, es einzusingen? Das Liedchen erinnerte entfernt an die Melodie von Roy Blacks *Weihnachten bin ich zu Haus*.

Ohio war sehr zufrieden mit seinem Övre. Nicht nur hatte es eine eingängige Melodie, die ein Streichquartett wunderbar zu Beginn jedes Auftritts seines Bruders spielen könnte. Es war ihm auch geglückt, Einflüsse aus seinem Theologiestudium einfließen zu lassen. Das Wortspiel mit „frommen" war äußerst gelungen. Heute denkt jeder an die Kirche, kaum einer weiß noch, was das alte Wort ursprünglich bedeutet. Egal, die Assoziation war ihm natürlich nicht unrecht.

Und besonders gut gefiel ihm der Titel: *Urbi et Norbi*. Grandios.

Alabama kicherte auf dem Heimweg, sie kicherte, als sie ihre Wohnungstür aufschloss, sie legte sich kichernd schlafen, konnte vor lauter Kichern aber nicht einschlafen.

„Urbi et Norbihihihihi!"

Schließlich stand sie wieder auf und skizzierte schnell das Bild, das ihr eben durch ihre Imagination geschossen war, auf eine innere Leinwand projiziert, die nur sie selbst sehen konnte: Dr. Norbi brauchte selbstverständlich ein Werbeplakat, mit dem man ganz Deutschland tapezieren würde!

Am nächsten Donnerstagabend brachte sie einen Entwurf mit, der bei den anderen Königen helles Entzücken auslöste. Auf dem Poster, im Stil von comicähnlichen Zirkusgrafiken aus den Fünfzigern gehalten, erstrahlte ein hypermunterer Mann, der Dr. Norbi entfernt ähnlich sah. Er strahlte den Betrachter enthusiastisch an, seine Augen suchten die des Betrachters und folgten einem, egal in welchem Winkel man sich zu dem Plakat befand.

Der Hintergrund bestand aus stilisierten Sonnenstrahlen in zwei sich abwechselnden Farben, gelblich und rötlich, die sich von der Mitte aus zum Rand verbreiterten. Der Mann trug einen roten Anzug mit gelben Streifen. Die Aufschläge seines Sakkos waren petrolblau. Sein gelbes Zirkushemd wurde am Hals durch eine rot-gelbe Minikrawatte geschlossen.

Alles in allem ein gefälliges, nicht zu pastellfarbenes Farbschema, das stark an die Nierentischromantik der fünfziger Jahre erinnerte. Der Mann hatte in überzogener Begeisterung den Mund wie ein Marktschreier so weit aufgerissen, dass fast sein Gaumenzäpfchen fast zu erkennen war, und schien betont forsch „… *er kooooommmmt! In DEINE Stadt!*" zu rufen. Darunter war ausreichend Platz, um den Namen der jeweiligen Stadt inklusive aller weiterer Veranstaltungsdetails aufzudrucken.

Auch Ohio war äußerst vergnügt nach Hause gegangen. Am nächsten Tag setzte er sich auf den Hosenboden und schrieb *Urbi et Norbi* als Chorsatz auf, wobei er peinlich genau darauf achtete, „orbi" statt „Norbi" zu schreiben. Die Noten gab er dem Kantor seiner Gemeinde. Wenige Wochen später, Anfang März, bedeutete ihm der Kantor, dass der Kinderchor bereit sei.

Die Chorprobe war hinreißend. Ohio war gerührt. Siebzehn engelsgleiche Kindersopranstimmen stimmten das alberne Liedchen an. Einstimmig. Sie sangen mit solch einer Hingabe, dass es eine wahre Freude war.

Ohio beschloss, einen Schritt weiter zu gehen. Mit dem Einverständnis der Eltern, das Lied aufnehmen und für kommerzielle Werbezwecke verwenden zu dürfen, besorgte er einen Aufnahmetechniker, der den Kinderchor bei der nächsten Probe professionell aufnehmen würde. Diese Probe würde in der Kirche stattfinden, und Ohio persönlich säße an der Orgel, während der Kantor den Chor leiten würde.

Die Kinder fanden die Vorstellung einer professionellen Aufnahme sehr aufregend. Es dauerte eine ganze Weile, bis der Kantor wieder Ruhe hergestellt hatte. Doch schließlich waren alle für die Aufnahme bereit. Jetzt wagte Ohio sein großes Experiment. Er nahm einen kleinen Jungen beiseite und erklärte ihm, dass es leider einen kleinen Fehler im Text gäbe: er solle bitte „Norbi" statt „orbi" singen.

„Hast du mich verstanden? Du singst einfach ‚Enorbi', ja? Nicht ‚et orbi'. Alles klar?"

Der kleine Junge kicherte und fing sich rügende Blicke des Kantors ein. Aber Ohios Plan klappte. Der kleine Kindermund tat sich durch besondere Inbrunst hervor und brachte ein deutlich hörbares „N" hervor.

Zum ersten Donnerstagabendtreffen der Könige im Mai brachte Ohio neben dem üblichen guten Tropfen, diesmal einem kräftigen, sardischen Cannonau, der zweieinhalb Jahre lang in einem Kastanienfass gelagert worden war, eine CD mit, um die eine große rote Schleife gebunden war.

Ohio schrieb immer mehr Sketche, er wurde besser und besser, seine Fantasie ging mit ihm durch. Er lieferte pfiffige Gags wie am Fließband. Ohio war mit Abstand der Witzigste der Könige und ein talentierter Stücke-schreiber, das hatte er in der Vergangenheit oft unter Be-weis gestellt. Jetzt, als Gemeindepfarrer, war sein Gottes-dienst am Sonntagmorgen immer prall gefüllt. Niemand wollte sich die mitreißenden Predigten des jungen Pries-ters entgehen lassen.

Auch der Löwenanteil der Skripts für die Theaterstü-cke der Geschwister ging auf Ohios Konto, und mit gro-ßer Begeisterung erklärte er sich bereit, noch intensiver als bisher Gags zu entwickeln und Norbert mit so viel Blöd-sinn wie möglich zu versorgen.

Alabama war immer noch zu fünfzig Prozent selbstän-dig, als Grafikerin. Sie arbeitete jetzt noch enger mit Flo-rida zusammen und vertrat diese in der *Wirtschaft*, wenn Florida wegen Dr. Norbi beschäftigt war. Jonas be-schwerte sich immer wieder, dass sie so wenig Zeit für ihn und ihr gemeinsames Zuhause hatte.

Florida reduzierte ihre Arbeitszeit in der *Wirtschaft* ebenfalls um fünfzig Prozent und wurde Dr. Norbis Event- und Künstlermanagerin. Sie verschaffte ihm Auf-tritte und regelte alles Nötige mit den Veranstaltern. Die Aufwände wurden im selben Maße höher, wie Dr. Norbis Bekanntheit zunahm. Florida traf eine Entscheidung: sie reduzierte ihre Arbeitszeit um weitere dreißig Prozent und blieb mit den restlichen zwanzig Prozent in der *Wirt-schaft,* aber sie gab so gut wie alle Tätigkeiten an Alabama und zwei andere Projektmanager ab, um sich exklusiv dem Projekt Dr. Norbi zu widmen.

Es kamen immer mehr Auftritte dazu. Private Veran-staltungen, Weihnachtsfeiern und Sommerfeste bei Groß-konzernen, Gastauftritte bei allen möglichen Veranstal-tungen. Die ersten Fernsehauftritte drohten. Zuerst als

Gast bei prominenten Komikern oder im Frühstücksfern-sehen und beim Mittagsmagazin. Und dann kam der Abend dazu: erst Late-Night-Talk-Shows, dann die Kö-nigsklasse: der Comedy-Donnerstagabend zur Prime Time im Privatfernsehen.

Das Dachboden-Spaßprojekt der Könige bekam Flügel.

Der Wintergarten

Mit viel Geschick und Sorgfalt hatte Johanna Mauersegler ihren Wintergarten angelegt. Nach der Trennung von Henning war ihr das Dach auf den Kopf gefallen; sollte sie nicht besser für sich, Greta und Rüdiger ein neues Zuhause ohne Geschichte suchen? Aber Greta würde ihr kleines Herz brechen, falls das Kaninchen nicht mit umziehen könnte. Wochenlang hatte sie bittere Tränen geweint, als Tigerchen überfahren worden war, er war nicht einmal ein Jahr alt. Deswegen hatten sie Rüdiger geholt, der im Garten ein erfülltes Leben in Sicherheit führte. Sein gemauertes Gehege im Garten war nicht mobil, und hier hatte er es so gut! Stets gab es genug frischen Löwenzahn, direkt vom Rasen in den Hasen.

Im ganzen Haus fanden sich Spuren des alten Lebens. Das Hochzeitsfotos sowie die meisten Urlaubsbilder hatte Johanna in eine Schublade verbannt. Aber Greta wollte unbedingt ein Bild ihres Papas auf ihrem Nachttisch aufstellen. Johanna liebte ihre Kleine heiß und innig, aber jeden Morgen beim Aufwecken versetzte ihr das Foto einen Stich. Ob der Neuen klar war, was sie angerichtet hatte? Sie hatte einen Familienvater gestohlen! Und Henning, dieser Feigling, hatte etwas von „höherer Gewalt" gemurmelt und war innerhalb von zehn Minuten ausgezogen.

Johanna war kurz davor gewesen, das rote Klinkerhäuschen zu verkaufen, um mit dem Gemäuer auch die Erinnerungen hinter sich zu lassen.

Anfangs suchte sie intensiv nach einem neuen Zuhause. Dieses musste nah genug an Gretas Schule liegen, für die Großeltern musste es mit öffentlichen Verkehrsmitteln erreichbar sein, der Vater sollte nicht allzu weit weg wohnen. Doch die Wirklichkeit hatte sie schnell auf den Boden der Tatsachen zurückgeholt. Das Häuschen war abbezahlt und gehörte ihr. Selbst wenn sie es verkaufte, gab es auf dem Markt zu einem vergleichbaren Preis nichts Gleichwertiges.

Anfangs paralysiert, gewann Johanna irgendwann so viel Energie zurück, dass sie zumindest die Spuren des gemeinsamen Lebens tilgen konnte. Bilder wurden entfernt, seine restlichen Klamotten schickte sie ihm teils nach, teils gab sie sie in die Altkleiderverwertung, ja, auch seinen Hochzeitsanzug. Erinnerungsstücke aus dem Urlaub landeten auf dem Dachboden oder gleich im Müll. Bald erinnerte nichts mehr an Henning. Außer dem Bild auf Gretas Nachttisch.

Johanna ging endlich daran, sich einen alten Traum zu verwirklichen. Vom Wohnzimmer aus führte eine doppelte Flügeltür in einen alten, ziemlich kaputten Wintergarten. Greta liebte ihn, sie spielte dort oft Dornröschen oder versteckte sich zwischen großen Pflanzenkübeln, und Johanna musste sie suchen.

Der Anbau war zwar keine hundert Jahre alt, aber gekonnt hatten ihre Eltern einen alten Jugendstilpavillon imitiert, mit grün angelaufener Gusseiseneinfassung und gebogenen Fensterscheiben. An den Eisenteilen gab es deutliche Korrosionsspuren. Einige der Scheiben waren zerbrochen.

Der Wintergarten war Henning stets ein Dorn im Auge, gewesen er wollte ihn mehr als einmal ersatzlos abreißen, aber das hatte Johanna stets zu verhindern gewusst. Nach Hennings Auszug nahm sie das Projekt und einen Bankkredit in die Hand und ließ den Pavillon fachgerecht restaurieren.

Das Ergebnis war wunderschön. Die Eisenträger waren in hellem Grünspangrün gestrichen, die zerbrochenen

Fensterscheiben waren repariert. Johanna besorgte gemütliche Rattansitzmöbel, einen zierlichen Bistrotisch mit Marmorplatte sowie diverse mediterrane Pflanzen in großen, dekorativen Kübeln, ein Zitrusbaum, eine Feige, Oleander, Bougainvillea. Am liebsten versteckte Greta sich in den überhängenden Zweigen der Bougainvillea. Es sah allerliebst aus, wie die fast Achtjährige von oben bis unten mit tiefrosafarbenen Blüten geschmückt war. Johanna ging bei diesem Anblick das Herz auf; sie ließ sich stets extra viel Zeit, bevor sie ihre Tochter „fand".

Nichts liebte Johanna mehr, als an den Wochenenden, wenn Greta bei Henning war, mit einem guten Buch in den Schaukelstuhl zu versinken und für ein paar Stunden abzutauchen. Doch momentan war ihr sogar ihr Wintergarten verleidet. Auf einem bestickten Samtkissen ruhte ein sehr hübsches, weinrotes Vintage-Telefon, mit Drehscheibe, erhöhter Hörerauflage und mit zweifarbigem Stoff umwickeltem Spiralkabel. Johanna liebte ihr Telefon und nutzte jede Gelegenheit, vom Wintergarten aus zu telefonieren. Aber nun musste Johanna jedes Mal, wenn sie ihr schönes Telefon ansah, daran denken, dass sie es seit Wochen, nein, inzwischen waren es Monate, nicht geschafft hatte, telefonisch zu Claudia durchzudringen. Unzählige Male hatte sie es versucht, immer, wenn sie ein paar freie Minuten im Wintergarten hatte.

Es war offensichtlich, dass Claudia sie abblockte, und Johanna hatte Verständnis dafür. Sie musste selbst ständig an Christian Richter und sein deplatziertes Verhalten im Försterhof denken. Und Miranisa Shinjan hatte seit Längerem nichts Neues veröffentlicht, Johanna fand nicht einmal in ihren geliebten Büchern Ablenkung.

Ja, Klödias Durchbruch war geschafft, das konnte man aus der Presse entnehmen. Trotzdem war es Johanna ein

Bedürfnis, das Geschehene im Gespräch zu verarbeiten. Als Initiatorin des Klassentreffens fühlte Johanna sich mitschuldig, auch wenn sie wusste, dass sie nichts für Christians Unverschämtheit konnte. Sie beschloss, dranzubleiben. Früher oder später würde Claudia Luschka wieder mit Johanna Mauersegler sprechen.

Und wenn nicht Claudia, dann Klödia.

Merci

Quod erat demonstrandum – das Leben besteht gar nicht aus Hauptrollen. Im Gegenteil. Ohne die vielen Statisten würde es nicht funktionieren. Eine davon bin ich. Und ganz viele andere haben während des Schreibens dieses Romans meinen Weg gekreuzt und sogar begleitet.

Meine tollen Nichten und Neffen Luzie, Calissi und Vito haben die zauberhaften Zeichnungen der drei Umlaute Ö, Ä und Ü angefertigt. Ihr seid echte Künstler, ihr Lieben! Ganz lieben Dank!

Das Manuskript durfte durch die Hände einer ganzen Reihe von Testlesern gleiten, denen ich allen von Herzen danke.

Änder Steinmetz, Johannes Mirbach, Clemens Ostrowicz, Claudia Mann: ich danke euch von Herzen. Unzählige Stunden habt ihr mir zugehört, mich ermutigt und mir wertvolle inhaltliche Ratschläge gegeben, die alle in das Manuskript eingeflossen sind.

Gabriela Ernst, es ist mir immer wieder eine Freude, unsere Synästhesien mit dir zu diskutieren. Lieben Dank, dass ich DEINE synästhetische Beschreibung des Wortes L U F T verwenden durfte (nachzulesen in Teil 2).

Ich weiß, das glaubt niemand bei immer noch knapp 700 Seiten insgesamt für *Klödia und die Könige* (ihr habt momentan ja nur das erste Drittel in den Händen), aber nach **Karin Melchert**s Feedback hat das Manuskript drastische Kürzungen und Straffungen erfahren. Hat ihm gutgetan. Danke dir!

Raimund Frings, als professioneller Wörterschaufler hattest du ganz entscheidendes Feedback zur Struktur des

Övres. Dein Hinweis auf das System „Kurzgeschichten"
war Gold wert. Tausend Dank!

Oliver Glassl: und du hast echt durchgehalten! Vom
ersten Moment an hast du das Buchprojekt begleitet, das
halbfertige Manuskript mehrfach gegengelesen, kriti-
sches Feedback gegeben, mich x-mal motiviert und dich
entlang des ganzen Weges mit mir gefreut. DANKE!

Ich habe das große Glück, einen der besten und
schärfsten Kritiker an meiner Seite zu haben. Merci
villmools, **Pierre**, für Jahrzehnte der Unterstützung, und
für deine Begeisterung für Kreativität. Und fürs Da-Sein.

Tausend Dank an euch alle! Ihr habt mir nicht einfach
geschmeichelt, sondern mich mit ehrlichem, teils sehr
kritischem Feedback versorgt. Ihr habt das Buch besser
gemacht, ohne es mir leicht zu machen, und dafür danke
ich euch.

Nachwort

Die Umlaut-Trilogie

In den Händen halten Sie den Teil 1 des ersten Bandes der Umlaut-Trilogie mit dem Titel *Klödia und die Könige* (Ö). Die Teile 2 und 3 werden in absehbarer Zeit folgen. Zwei weitere Umlaut-Bände befinden sich in der Entstehung: *Das Porträt* (Ä) und *Übeldrüssig* (Ü).

Die Umlaut-Trilogie ist mehr als eine bloße Aneinanderreihung von Geschichten – jeder Band symbolisiert einen eigenen Umlaut, der als Schlüssel zu einem bestimmten Thema dient. Der Umlaut Ö repräsentiert dabei nicht nur Klödias Erlebnisse und die Reise durch ihr Leben, sondern die klangliche Verfremdung ihres Namens und die daraus entstehenden Folgen für ihre Persönlichkeitsentwicklung bilden ein Schlüsselelement der Handlung. So lädt jeder Band dazu ein, mit den Augen der Figuren nicht nur auf die Welt, sondern auch auf das Sprachliche und die Vieldeutigkeit der Sprache zu blicken.

Die Idee hinter der Trilogie ist also nicht nur eine narrative, sondern auch eine sprachliche: Sprache, Name und Persönlichkeit sind untrennbar miteinander verbunden, und jeder Umlaut öffnet eine andere Tür zur Identität der Figuren.

Synästhesie

Seit über zwei Jahrzehnten beschäftige ich mich intensiv mit Synästhesie, einem faszinierenden Phänomen unserer Wahrnehmung, das immer noch viel zu unbekannt ist.

Synästhesie ist die Verknüpfung von Sinneswahrnehmungen, bei der ein Reiz in einem Sinneskanal unwillkürlich eine zusätzliche Wahrnehmung in einem anderen Sinneskanal auslöst. Ein typisches Beispiel wäre das Erleben von Farben beim Hören von Musik oder das Sehen bestimmter Farben in Verbindung mit Buchstaben und Zahlen. Da etwa vier Prozent der Weltbevölkerung Synästheten sind, müsste statistisch gesehen in jeder Schulklasse mindestens ein Synästhet sitzen, und dennoch fehlt es an Aufklärung. Es liegt mir am Herzen, das zu ändern. Ich möchte nie wieder von Ärzten, Psychologen oder Lehrern hören, die entweder nichts über Synästhesie wissen, sie missverstehen oder erst gar nichts darüber wissen wollen.

Ich bezeichne mich gerne als Synästhesie-Übersetzerin, weil ich regelmäßig Wissenstransfer zu Synästhesie leiste. Als genuine Synästhetin mit über dreißig verschiedenen Synästhesien halte ich Vorträge, in denen ich diese höchst subjektiven Wahrnehmungen so erkläre, dass sie auch für Nicht-Synästheten nachvollziehbar sind. Ich besuche regelmäßig Fachkonferenzen, um auf dem neuesten Stand der Forschung zu bleiben, und nutze jede Gelegenheit zum Austausch mit anderen Synästheten.

Seitdem es die technischen Möglichkeiten gibt, bin ich in virtuellen Synästhesie-Foren und sozialen Medien aktiv, sowohl im deutschsprachigen Raum als auch international.

Als Psychologische Beraterin für Hochsensibilität, Hochbegabung und vor allem Synästhesie unterstütze ich Menschen, die Fragen zu ihren synästhetischen Wahrnehmungen haben. Eine kleine Minderheit von Synästheten muss sich mit (zu) intensiven oder unangenehmen Synästhesieformen auseinandersetzen. Diese begleite ich dabei, sich mit ihren Synästhesien anzufreunden und, da man sie ja nicht ausknipsen kann, sie als Werkzeug zu nutzen. Weitere Informationen finden Sie auf meiner Webseite www.jasminsinha.com.

Synästhesie als Handlungselement

Natürlich sollte mein erster Roman Synästhesie als Thema aufgreifen. Ich stellte mir Claudia als Synästhetin vor, die in der Lage ist, Stimmungen und Befindlichkeiten anderer Menschen anhand ihrer Farbigkeit zu beurteilen – bis hin zur Erkennung von Lügen. Mit dieser Gabe ausgestattet, sollte sie als synästhetische Kommissarin mehrere Morde aufklären.

Eine häufige Enttäuschung beim Lesen von Werken, in die Synästhesie in die Handlung eingebaut ist, besteht für mich darin, dass Synästhesie als reißerisches Element, ohne echte Relevanz für die Handlung, eingesetzt wird. Auch in meinem Buch erwies sich Synästhesie, so sehr ich es mir auch anders gewünscht hätte, letztlich als nicht essentiell, weder für den Handlungsverlauf noch für die Charakterdarstellungen.

Natürlich habe ich als Autorin die Freiheit, zu schreiben, was ich möchte. Doch sollte ich das auch? Ich habe mich dagegen entschieden, um nicht denselben Fehler zu begehen wie etwa Martin Suter in *Der Teufel von Mailand*

– mein Lieblingsbeispiel für schlampig eingebundene Synästhesie, ohne Mehrwert fürs Buch.

In Suters Krimi dient Synästhesie lediglich als effektheischendes Erzählelement, das jedoch nichts zur Handlung beiträgt. Noch dazu wird sie faktisch falsch dargestellt – sowohl in Bezug auf ihren Krankheitswert (der bei Synästhesie nicht existiert, was Herr Suter leider bewusst übersah) als auch auf die Auslöser der Synästhesie. Solche Darstellungen lassen meine Fußnägel hochrollen – definitiv nicht mein Vorbild. Es überrascht daher kaum, dass die synästhetischen Beschreibungen in der Fernsehverfilmung von Der *Teufel von Mailand* keine Erwähnung finden.

In meinem Werk *Klödia und die Könige* entwickelte sich die Handlung so, dass die synästhetischen Beschreibungen künstlich aufgesetzt wirkten, ohne etwas zum Plot beizutragen. Daher habe ich alle synästhetischen Elemente wieder entfernt. Claudia zeigt zwar Persönlichkeitsmerkmale einer hochsensiblen Person und ist mindestens überdurchschnittlich begabt, doch sie ist keine Synästhetin. Und falls doch, dann nicht mit offensichtlichen, dominanten Synästhesien.

Tatsächlich weiß selbst ich, die Autorin, es nicht mit letzter Sicherheit.

Synästhesie bei der Entstehung des Manuskripts

In der Handlung fand Synästhesie also zunächst keine Erwähnung. Aber sie schmuggelte sich doch noch durch die Hintertür.

Am Ende umfasste das Manuskript von *Klödia und die Könige* über 700 Seiten, also begann ich mit dem Kürzen.

Beim Durchsehen des Textes spielte plötzlich meine synästhetische Wahrnehmung eine Rolle: einzelne Textpassagen visualisierten sich mir als Rechtecke mit unregelmäßigen Rändern, deren Breite von der Textlänge abhing, während sie alle mehr oder weniger gleich hoch waren. Jedes Rechteck nahm eine pastellfarbene Nuance an. Diese Segmente formten wie von selbst eine lange Kette, die ich in einem Aquarell nachbildete – eine exakte Wiedergabe bleibt dennoch unmöglich.

Diese Art der Synästhesie ist eine Form der Ideasthesie, bei der ein **Konzept** eine synästhetische Wahrnehmung hervorruft. Das Konzept in diesem Fall ist meine Beurteilung eines Textes. Meine Bewertung eines Textteils ist abstrakt und kann sich ändern, aber das Prinzip bleibt stabil: das Ergebnis meiner Bewertung visualisiert sich mir, wenn ich mit einem Text zufrieden bin, als pastellfarbenes Rechteck, das sich nahtlos in die Kette einfügt. Fehlt ein Teil der Zufriedenheit, bleibt die Farbe aus – ein Zeichen für weiteren Überarbeitungsbedarf. Einige Textteile schafften es nie, ein farbiges Rechteck zu erzeugen, was für mich ein Alarmzeichen darstellte: die betreffenden Stellen wurden besonders geprüft und in den meisten Fällen gelöscht.

Im zweiten Band findet sich die einzige synästhetische Darstellung in diesem Roman. Johanna Mauersegler wird

Klödia einen Brief schreiben, in welchem sie menschliche Charaktermerkmale und Verhaltensweisen der einzelnen Buchstaben des Wortes L U F T synästhetisch beschreibt, anhand von personifizierender (Ordinal Linguistic Personification, OLP) und Graphem-Farbe-Synästhesie.

Diese Beschreibung beruht komplett auf der synästhetischen Wahrnehmung meiner Freundin Gabriela Ernst; meine eigenen Farben und synästhetischen Charaktereigenschaften der Buchstaben L U F T wären ganz andere.

Eine Geschichte wächst

Was als kürzere Erzählung geplant war, entwickelte sich zu meiner eigenen Belustigung zu einem umfangreichen Werk von mehreren hundert Seiten.

Claudia blieb nicht die einzige Protagonistin; viele weitere Figuren traten hinzu, und am Ende gibt es keinen klaren Hauptcharakter mehr. Jede Figur erhält ihren Raum und spielt eine einzigartige Rolle. Ohne all diese Statisten würde die Geschichte nicht funktionieren, denn ihre Lebensspuren verweben sich immer wieder neu. So wie im richtigen Leben.

Auch der Krimi verschwand dabei allmählich. Das Schreiben entwickelte eine Eigendynamik, und nur indem ich dem Prozess freien Lauf ließ, entstand ein überzeugender Handlungsstrang – ganz ohne Krimi. Das alltägliche Leben, das wir alle kennen, mit all seinen Protagonisten, erwies sich letztlich als deutlich interessanter. Die Geschehnisse im Roman sind am Ende viel näher am wirklichen Alltag, so wie wir ihn selbst erleben.

Künstliche Intelligenz

An diesem Thema kommt man heute kaum noch vorbei. Auch in *Klödia und die Könige* habe ich gezielt die Unterstützung von KI genutzt, aber erst seit dem Jahr 2024.

Zunächst das Wichtigste: Der Löwenanteil des Manuskripts entstand im Jahre 2018. Die Korrekturarbeiten zogen sich über die Folgejahre. Beides geschah, bevor ich Zugang zu KI-Angeboten bekam Der gesamte Romantext stammt bis ins kleinste Detail aus meiner eigenen Feder. Jedes Wort ist von mir verfasst, und KI kam dabei ausdrücklich **nicht** zum Einsatz.

Die beiden farbigen Bilder – der Bauer an der Hauswand und das Dr.-Norbi-Plakat – wurden mittels KI erstellt. Bereits vom ersten Moment des Schreibens an hatte ich diese Bilder klar vor Augen, doch mangels Möglichkeiten, sie zu realisieren, hatte ich bereits entschieden, sie wegzulassen. 2024 entdeckte ich die Möglichkeiten der KI-Bildgeneratoren und experimentierte begeistert mit diversen Systemen. Am Ende waren es die Grafiken von ChatGPT, die meiner Vorstellung am nächsten kamen.

Ich habe der Versuchung widerstanden, auch die Neo-Fresko-Darstellung der griechischen Inseln beim Esso-Griechen mitaufzunehmen, aber da die Darstellung ziemlich witzig ist und an eine prähistorische Eidechse erinnert, möchte ich sie mit Ihnen teilen:

Das Nachwort und die Danksagung habe ich von ChatGPT gegenlesen lassen und einige Vorschläge übernommen, aber nur, wenn sie zur Straffung beitrugen. Das Cover habe ich eigenhändig gestaltet, doch die KI war eine wertvolle Unterstützung: Sie half bei der Auswahl passender Schriftarten für Titel, Verfasser und Verlag und lieferte konstruktives Feedback zum fertigen Design. Sehr hilfreich war die Hilfe der KI bei der Erstellung des Impressums.

Alles nur erfunden

Die gesamte Handlung des Buches sowie alle Schauplätze und Charaktere sind rein fiktiv. Der Plot wurde von den vielfältigen Eindrücken inspiriert, die man automatisch sammelt, wenn man seine Umwelt aufmerksam beobachtet und sich vom wichtigsten Element des Lebens inspirieren lässst: den Menschen.

Vielen Dank, dass Sie dieses Buch gelesen haben. Ich hoffe, das Lesen hat Ihnen Freude bereitet.

Klödia und die Könige

Erster Band der Umlaut-Trilogie

◦ *Teil 2* ◦

Klödia und die Könige erleben den absoluten Durchbruch und eine Fanwelle von ungeahntem Ausmaß – ganz Deutschland gerät aus dem Häuschen. Doch nicht jeder Fan ist ein Grund zur Freude: Die kleine, zornige Leni Perlon brodelt in sich, und der Redliche Reporter Raoul H. Schlüpfer weist Klödia die Schattenseiten des Ruhms. Ein Fanclub entsteht, skurrile Wettbewerbe – etwa um Klödias schrottreifen Wagen – sorgen für Wirbel. Dr. Norbi muss Verluste nahestehender Menschen verkraften, während Miranisa Shinjan im Fernsehen ihre Gäste auf ihrer *Wolke* empfängt – nicht immer mit glimpflichem Ausgang. Eine schwindelerregende Achterbahnfahrt des Ruhms, die für Klödia, Dr. Norbi und die Könige kaum zu fassen ist.

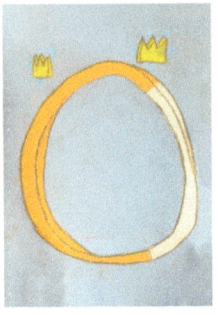

Klödia und die Könige

Erster Band der Umlaut-Trilogie

∘ *Teil 3* ∘

Der Wettbewerb ist entschieden – mit unangenehmen Folgen für Klödia und die Könige. Raoul H. Schlüpfer ist noch lange nicht am Ende seiner journalistischen Schikanen, und jetzt mischt sich auch noch die katholische Kirche ein. Und auch der Richter kann sich dem Strudel der Geschehnisse nicht entziehen. Leni Perlon, inzwischen erwachsen und keineswegs weniger zornig, kann nun ernsthaft Unheil anrichten. Und Miranisa Shinjan? Die schreibt unermüdlich weiter: Ihr neuestes Machwerk *Sekretärinnen* ist gruselig, wird aber als Musical inszeniert (wer berühmt ist, darf das!).

Im furiosen Finale prallen alle Protagonisten aufeinander – und es wird turbulent.

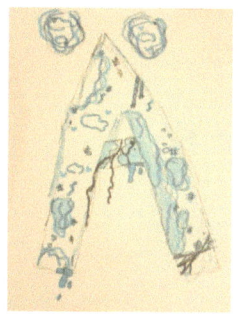

Das Porträt

Zweiter Band der Umlaut-Trilogie

Eine schneeweiße Hand, ein silberner Faden
Hat einst ein Maler auf die Leinwand gebannt
Ein feines Gesicht im goldenen Rahmen
Hängt, ohne Namen, hier an der Wand

Ein mysteriöses Porträt zieht seine Spuren, von der Vergangenheit bis in die Gegenwart. Miranisa Shinjan schreibt noch immer. Und es tun sich wieder einmal allerlei menschliche Abgründe auf. Romy muss all ihre Fantasie aufbieten, um die Fäden zu entwirren, die Leni Perlon verknotet hat.

Übeldrüssig

Dritter Band der Umlaut-Trilogie

Über den Türmen der kleinen Stadt braut sich
düsteres Ungemach zusammen.
Die Brüder Übeldrüssig machen sich an die
Rettung der Welt, was fürchterlich schiefgeht,
trotz aller zünischer Bemühungen von Klödia
und den Königen.
Muss wohl am Umlaut liegen.
Miranisa Shinjan schreibt immer noch,
doch jetzt ist es trügerische Betroffenheitslürik.
Und Leni Perlon ist immer noch wütend und
brütet üble Ideen aus, die trotz aller Mühen
selbst die Brüder Übeldrüssig als dümmliche
Stümper erscheinen lassen.

 **Jasmin Rani Sinha** hat mal was mit Sprache studiert und arbeitet als Forschungsreferentin sowie als Psychologische Beraterin für Synästhesie, Hochsensibilität und Hochbegabung. Sie ist Musikerin, Synästhetin, und sie liebt Sprache und Sprachen. Die Umlaute Ä, Ö und Ü mag sie besonders gerne, und das im Luxemburgischen so wichtige Ë ist für sie der schönste Buchstabe der Welt.

Mit großer Zuneigung beobachtet sie ihre Umwelt und lässt sich von den vielen faszinierenden Menschen um sie herum inspirieren. Ihre Werke entstehen mit Herz, Humor und dem tapferen Versuch, ernsthaft zu bleiben – ein Vorhaben, das der Schalk meist durchkreuzt, denn er lauert wie ein frecher Kobold hinter jeder Ecke und zerlegt ihre Seriosität mit der Hingabe eines Kindes, das Luftpolsterfolie entdeckt hat.

Die Umlaute spielen in ihrer Wahrnehmung – und in ihrer Umlaut-Trilogie – eine besondere Rolle: lebendig, skurril und voller unerwarteter Wendungen. Es entfaltet sich ein kaleidoskopartiges Mosaik von Begegnungen und Schicksalen. Mit Figuren wie Klödia, die zufällig zur erfolgreichen Komikerin wird, gibt die Autorin Einblicke in eine Welt, die uns alle geprägt hat – eine Welt, in der letztendlich zufällige Wendungen und Begegnungen unseren Weg bestimmen. Und wer spielt dabei die Hauptrolle? Niemand – oder: wir alle.

Jasmin Rani Sinhas Geschichten, die mit Ironie, einem zwinkernden Auge und einer Prise Salz erzählt werden, zollen ehrfürchtig all den Statisten des Lebens Tribut, ohne die weder Geschichten noch das Leben selbst funktionieren würden.